クランツ竜騎士家の箱入り令嬢３

箱から出たのに竜に呼び戻されそうです

JN118159

紫　月　恵　里

E R I　S H I D U K I

一迅社文庫アイリス

CONTENTS

ジークヴァルド
竜たちの長である強い力を持つ
銀竜で、エステルの主竜。
人型は怜悧な顔立ちの美青年。
近寄りがたい雰囲気の持ち主。
番候補であるエステルに対して
過保護気味。
エステル・クランツ
17歳。リンダール国の竜騎士の名門
である伯爵家の令嬢。最強の銀竜
ジークヴァルドの竜騎士であり、
彼の番《つがい》候補。竜騎士だが高所恐怖症で
現在克服中。絵を描くことが大好き。
クランツ竜騎士家の
箱入り令嬢3
箱から出たのに竜に呼び戻されそうです

ユリウス・クランツ

16歳。エステルの弟で、上位の竜であるセバスティアンと契約をした竜騎士。シスコン気味。

セバスティアン

ユリウスの主竜。竜の中でも上位の力を持つ若葉色の鱗の雄竜。食欲旺盛で食い意地が張っている。

レオン・クランツ

42歳。エステルの叔父で、アルベルティーナと契約をした竜騎士。年齢よりも若々しく見え、快活でよく笑う。

アルベルティーナ

レオンの主竜。紅玉石のような色の鱗の雌竜。エステルのことを気に入っている。

エドガー・ニルソン

ウルリーカと契約した下級騎士出身の竜騎士。黙っていれば少し陰のある美形。竜好きの竜オタク。

ウルリーカ

エドガーの主竜でマティアスの番。金糸雀色の鱗の雌竜。沈着冷静であまり感情を表に出さない。

ラーシュ・アンデル

マティアスと契約をした竜騎士で、リンダールの友好国であるレーヴの貴族。野心家。

マティアス

ラーシュの主竜でウルリーカの番。黒鋼色の鱗、背中に金色の筋が一本通っている雄竜。好奇心旺盛。

イラストレーション◆椎名咲月

クランツ竜騎士家の箱入り令嬢3

箱から出たのに竜に呼び戻されそうです

A pet daughter of the Kranz Dragon Knights

プロローグ

凍《い》てついた冬の空気に包まれた【庭】に立つ、三つの尖塔《せんとう》を持った灰色の塔の前に広がる庭園に、静寂を割るような子竜の泣き声が響き渡っていた。

『エステル、ニンゲンの棲《す》み処《か》に帰っちゃったら、やだあああっ！』

ひし、とエステルの片腕にしがみつき、耳が壊れるのでは、というほどの大音声で泣き叫ぶ砂色の子竜に、エステルは掴《つか》まれていない方の手で子竜の頭をおろおろと撫《な》でた。しなやかな砂色の鱗《うろこ》は凍えるような寒さと同様にひやりとしていて、指先がすぐに冷たくなる。

つい先ほどまで遊んでもらえると機嫌よく揺れていた子竜の尾は、すっかり元気をなくしてしょんぼりと地面に垂れてしまっていた。

子竜とはいえ、竜だ。小さいながらも鋭い爪《つめ》が怪我《けが》が完治したばかりのエステルの腕に食い込んで少し痛かったが、それよりも子竜のあまりの嘆きように罪悪感が浮かんでくる。

「あ、あの、帰るとはいっても、すぐに戻ってきますから。あ、そうだ。絵の練習でもして待っていてください。また描いてもらえるのを楽しみにしているんです」

砂色の子竜は最近エステルと同じく絵を描くことに夢中になっていたのでそう宥《なだ》めてみたが、それでも泣きやまず、だだをこねるようにふるふると首を横に振るだけだった。

困り果てて眉《まゆ》を下げたエステルは、今度はスカートの裾《すそ》を絶対に放すまいときつくくわえて俯《うつむ》いている空色の子竜をそっと見下ろした。こちらはこちらで無言のまま小刻みに震えている。その地面にはぽたぽたとこぼれ落ちた涙によって、小さな水溜《みずた》まりができていた。

「ええと……。わたしが【庭】に帰ってきたら、乗せてくれますか？　塔の庭でしたら、そんなに高く飛ばなければ、多分もう乗れると思います」

『…………っ』

エステルが微笑《ほほえ》みながら語りかけても、怪我をして飛べなかったが近頃《ちかごろ》ようやく不自由なく飛べるようになった空色の子竜はやはり返事をしてくれず、ひくひくと喉《のど》を鳴らして静かに泣き続けている。

――「ちょっと用事ができたので、リンダールに帰ります」

塔にいたエステルの元に、いつものように遊びに来た子竜たちにそう告げるなり、彼らはとんでもなく動揺してしまった。詳しい事情を話そうにも、先ほどから宥めるだけでなかなか話が先に進まない。

『ニンゲンの棲み処に帰っちゃったら、戻ってこないもん！　他《ほか》のニンゲンがそうだもん！』

うわあああん、とさらに盛大に泣き始めた砂色の子竜に、エステルは気まずそうに唇を引き結んだ。

（確かに一度【庭】から出たら、戻ってこない方の方が多いかもしれないけれども……）

ここ、竜の国である【庭】で行われる一年に一度の竜が竜騎士を選ぶ選定期間を過ぎれば、選ばれなかった竜騎士候補たちは国に帰っていく。来年もまた候補として来られるかどうかはそれぞれの国の事情によって異なり、一度きり、という候補者もいるのだ。竜騎士になれたとしても、竜騎士選定の世話役にでもならない限り、おそらく【庭】にはほとんど戻らない。

そしてエステルは今のところは竜騎士だ。それを考えると、嬉《うれ》しいことにエステルに懐いてくれている子竜たちが不安になるのもわかる。

どうしたら落ち着いてくれるだろうとエステルが小さく唸《うな》り始めた時、ふいに塔の方から聞き慣れてしまった落ち着いた声が耳に届いた。

「お前たち、そう泣くな。エステルは戻ってくると言っているだろう。それ以上強く掴むとエステルが傷つく」

はっとしてそちらを見ると、塔の方から淡々と諭しながらこちらに歩いてきたのは、冴《さ》えざえとした怜悧《れいり》な美しさを持った銀髪の青年――竜の長《おさ》であるジークヴァルドだった。本来なら氷を思わせる銀の鱗を持つ優美な竜だが、今は藍色《あいいろ》の竜眼と首にうっすらと浮かぶ鱗だけがその名残だ。

子竜たちは、深く眉間《みけん》に皺《しわ》を刻んだままエステルの傍《そば》までやってきたジークヴァルドに畏怖《いふ》を覚えたのか、しゃくりあげながらもそろそろと腕と服の裾を放した。だが、その代わりとでもいうように両端から挟まれるようにぴったりとくっつかれる。

　少し苦しくても大好きな竜にまとわりつかれるという状況に、ついエステルが相好を崩して幸福を噛《か》みしめていると、それとは逆にジークヴァルドが深々と嘆息した。

「……出発をする時にも騒ぎそうだな」

「ちゃんと説明をすればわかってくれると思います。わたしの言い方が悪かったので、ちょっとびっくりしただけですよ。――だって、同族の方が助けを求めているんですから」

　苦笑したエステルは数日前、すぐに【庭】に戻ってくると言ったまま、秋が過ぎ、徐々に寒さが増してきてもリンダールから戻ってこなかった叔父レオンと、その主竜のアルベルティーナが持ち込んできた話を思い起こし、意気込むようにぐっと拳《こぶし》を握りしめた。

第一章　竜から助けを求められました

「エステル、リンダールに帰ろう」

その日の朝、ジークヴァルドと一緒に彼の棲《す》み処《か》からやってきて塔に入ったエステルは、初冬とはいえ真っ白な息を吐きながらそう告げてきた弟のユリウスに目を瞬《まばた》いた。

この世界の中心にある竜の国――通称【庭】にある、【塔】の寒々とした廊下を駆けてきたユリウスの切羽詰まった表情に、何かあったのかと身構えていたのだが、放たれた言葉に脱力してしまった。

「……何度も言っているでしょ。わたしはジークヴァルド様の番《つがい》になるって決めたの。だから帰らないわ」

「番になるのはわかったよ。わかったけどさ。いや、わかりたくもないし納得もいかないけれども、姉さんがどうしてもって言うのなら、応援したくはないけれどもしないとまた大怪我《おおけが》をするんじゃないかと思うと心配なんだよ。ジークヴァルド様は絶対にこの様子じゃ、エステルを手放してくれそうにもないし、セバスティアン様に引きずってでも連れ帰ってもらいたくてもジークヴァルド様に殺されたくない、って嫌がられるし。――だから帰ろう」

寒さのためか、それとも頭に血が上ってでもいるのか、鼻の頭と頬《ほお》を真《ま》っ赤《か》にしながら口を挟む隙《すき》もなく言い募るユリウスに、エステルは小さく嘆息した。その息も霧のように白くけぶり、すぐ傍《そば》の窓ガラスがふわりとくもる。

「……だから、って話が繋《つな》がっていないと思うんだけれども。ちょっと言葉もおかしいし。でも、とりあえず心底わたしにジークヴァルド様の番になってほしくないと思っていることだけは、よくわかったわ」

【庭】に来てから度々帰ろうと言われてきたが、ここしばらくは聞かなかった。エステルを国に連れて帰るのは諦《あきら》めたのかと思っていたが、どうもそうではなかったらしい。

傍らに立つジークヴァルドが先ほどから一言も言葉を発しないので、大丈夫だろうかとちらりと見上げてみると、彼はわずらわしげに眉《まゆ》を顰《ひそ》めてユリウスを見据えているだけだった。

不愉快なのだろうが、どうやらそこまでは怒っていないようだ。眉間《みけん》の皺《しわ》が浅い。

（……セバスティアン様も言っていたけど、やっぱりユリウスはわたしのことになると、無謀というか無茶を言い出すわよね。それは……わたしの腕が竜に食いちぎられそうになったから、心配するのもわかるけれども）

だが、人智を超えた力を操る竜たちの中でも、最も強い力を持つ竜の長《おさ》である銀の竜にたてつこうとするのは、はっきりと番を断った覚えのあるエステルと同様に無謀だ。

自然の力をその身に宿す竜は、力を人間に分け与え竜騎士にすることによって膨大な力を操りやすくする。一方で人は竜騎士になることにより竜を国に招き、その力の恩恵を受けて豊かさを得るのだ。

エステルは高所恐怖症であるのにもかかわらず、その竜騎士になるために【庭】に来たのだが、突然当時は竜の次期長だった銀竜ジークヴァルドの番だと告げられた。

竜は番を得られないと力がうまく巡らず、寿命が短くなる。番の香りがしない者とは番うことができず、子孫も残せない。そしてジークヴァルドの番はなかなか見つからず、そろそろ体調にも影響が出てくる頃《ころ》だった。そういった事情を教えられたが、竜と人間が番になることは前例があるもののほとんどない。幼い頃から憧《あこが》れていた銀の竜だとはいえ、種族の違いに戸惑ったエステルは番を断ってしまったのだ。

それでもジークヴァルドから返事は一年後でいい、それまでは竜騎士をやっていろ、と言われ保留にしていたが、つい二月ほど前に起こった【庭】の力の乱れによる崩壊を発端とした一連の事件で、エステルは力を欲した竜に腕を食いちぎられかけた。

危うく死にかけ、はっきりと番の返事をしなかったことを後悔したエステルは、これ以上ジークヴァルドに番がいない不便さを感じさせたくないと、ようやく彼の番になる覚悟を決めたのだ。

そして来年の竜騎士の選定の後には、番の誓いの儀式を行うことになっている。

(ジークヴァルド様と一緒に色んな感情を知っていくのを約束したし)

嬉《うれ》しいような、恥ずかしいような温かな気持ちで、そっと右耳に手をやる。指先に触れるのはジークヴァルドの鱗《うろこ》があしらわれた耳飾りだ。

エステルの仕草に気づいたのか、ふいにジークヴァルドが頭に手を乗せて軽く撫《な》でてきた。驚いて見上げると、目元を和らげたジークヴァルドと目が合って、微笑《ほほえ》み返す。

「姉さん……」

ユリウスがなぜか潤んだ目でこちらをじっとりと見据えてくる。エステルは慌てて緩んだ唇を引き結び、頭に置かれたジークヴァルドの手をやんわりと下ろした。

「もうあそこまで危ない目には遭わないわよ。ジークヴァルド様が竜の方々に人間を食べないように、釘《くぎ》を刺してくれたわ」

今度はエステルがユリウスの頭を撫でて宥《なだ》めると、弟はなおさら苛立《いらだ》ったようにその手をがしりと両手で握りしめてきた。

「そうじゃなくて……。――ここって、寒すぎるんだよ！　まだ冬の初めなのに建物の中でもこんなに寒いなんて、いくら竜騎士でもこのままじゃ絶対に凍え死ぬ。エステルの手だってこんなに冷たいじゃないか」

言い切るなり、くしゃん、と横を向いてくしゃみをしたユリウスは、ぶるりと大きく身を震わせた。

「それは……ジークヴァルド様の棲み処から飛んできたばかりだからだと思うわよ」

竜に食われかけた怪我の治療中はユリウスが世話をするという名目で塔にいたが、怪我が治ってからはジークヴァルドの棲み処からこの塔まで通ってきている。徐々に寒くなってきているのだ。手も体も冷えて当然だろう。ユリウスの手がかなり温かく感じるくらいだ。

ジークヴァルドが不可解そうに片眉を上げた。

「この程度が寒いのか？　まだこれからなおのこと寒くなるというのに。人間はやはり弱いな」

「ユリウスは他《ほか》の方より少し寒がりですから……。――ん？」

苦笑いをしたエステルはふとあることに気づき、掴《つか》まれていた手を抜き取ると、ぺたぺたとユリウスの頬や額を触った。そうしてみて、どこかぼんやりとした表情を浮かべている弟に首を傾《かし》げる。

「ねえ、ちょっと熱いような気がするんだけれども……」

「――ああ、よかった。熱があるのに、どこへ行ったのかと思いましたよ」

ふいにユリウスの背後からそんな声がしたかと思うと、ほとんど足音をさせずにやってきたのは理知的な印象の黒髪の青年――ジークヴァルドの配下の黒竜クリストフェルだった。ほっとしたように息をつき、かけていた片眼鏡《かためがね》を押し上げるクリストフェルの言葉に、エステルは驚いて目を見開いた。

「え、熱!?　大丈夫なの？」

慌てて弟の両肩を掴む。どうも目が潤んでいたのは、熱のせいだったようだ。

「――うん、大丈夫。ただの風邪だから。昨日エステルたちが棲み処に戻った後、作りかけの夕食を狙《ねら》う誰《だれ》かさんのつまみ食いを止めようとして、水桶《みずおけ》を引っくり返しただけだよ……」

「寒空の下、濡《ぬ》れた服のままセバスティアン様を追いかけ回していましたからね。暖炉も塔にはありませんので」

苦笑しながら補足するクリストフェルに、エステルはぎょっとした。

「暖炉がないんですか？　ジークヴァルド様の棲み処にはありますけれども……」

そればかりか、小さな厨房《ちゅうぼう》まである。エステルがジークヴァルドの棲み処に滞在するようになった当初は朽ちていたが、【庭】の崩壊事件の後に帰ってくると、修復されて使えるようになっていた。

「あちらは昔竜の番になった人間の娘のために造られた建物ですので、人が一年中住めるような設備が整っています。塔は夏季に行われる竜騎士選定のためのものですから、必要ありません。暖をとるには、焚火《たきび》をしていただくか、竜騎士候補用の厨房の火で温まってもらうしかないのですよ」

おっとりと返され、納得した。それもそうだ。人間が【庭】で一年中過ごすことはほぼない。

クリストフェルの言う通り、必要ないのだ。

「だからエステル、冬の間だけでもリンダールに帰ろう。父上たちも心配しているよ。ここは寒い……」

エステルの肩に半ば倒れ込むように頭を預けてきたユリウスに、なおのこと焦った。

「ちょ、ちょっとユリウス、全然大丈夫じゃないわよ。早く寝台に戻って寝ないと……」

力の抜けたユリウスを何とか支えていると、深く眉間に皺を寄せたジークヴァルドがユリウスを引きはがしクリストフェルの方へと押しやった。

「その夕食泥棒は自分の竜騎士を放ってどこへ行った?」

「セバスティアン様でしたら、せっせとあれを作っていらっしゃいます」

クリストフェルがユリウスに肩を貸しながらにっこりと笑った。その視線が窓の外の庭園に向く。

視線の先を辿《たど》ったエステルは、塔の二階に届きそうなほどの緑の小山を目にして、瞠目《どうもく》した。

「あれ、何ですか……? 雑草——あ、ええと、沢山の草花の山に見えますけれども」

いくら竜騎士になり、飛ぶことにも少し慣れてきたとはいえ、高所恐怖症はやはり完全には克服できず、降下する時には度々目を瞑《つむ》ってしまっているせいなのか、着地場に降り立った時にはあんなものがあることに気づかなかった。

「解熱作用のある薬草に、体を温める薬草、喉《のど》の痛みに効く薬草、あとは吐き気止めなどの諸々《もろもろ》の薬草です。【庭】のあちらこちらからセバスティアン様が運んできて積み上げているのですよ。窓は開けないでくださいね。匂《にお》いが混ざってしまって、鼻が曲がりそうになりますので」

張りつけた笑みを浮かべるクリストフェルに、エステルもまた頬を引きつらせた。いくらなんでも多い。多すぎる。罪悪感を覚えているのが目に見えてわかるが。

ジークヴァルドが盛大な溜息《ためいき》をついた。

「どうりでおかしな匂いがすると思ったが……。あの大食らいは本当に厄介事を引き起こすな」

「それだけユリウスを心配しているのかもしれませんよ……。あ、戻ってきましたね」

エステルたちが唖然《あぜん》として薬草の山を眺めていると、ふいに窓がガタガタと震えだし、若葉色の竜が庭園に半ば墜落するようにふらふらと降り立った。やはりユリウスが乗っていないと、飛ぶのも着地するのも相変わらず下手《へた》だ。

「セバスティアン様！　それ以上は飲めないと思いますから、もう集めなくても大丈夫ですよ」

口にくわえていた大きな布袋を引っくり返し、小山をさらに高くしようとしていたセバスティアンにエステルがガラス越しに声をかけると、弟の主竜は大きく目を見開いた。かと思うと、ぶわっと大粒の涙をこぼす。そのままガラスを割りそうな勢いで窓に張りついた。

『うわああんっ、エステル助けて！　ユリウスが死んじゃったら、僕のご飯がなくなるし、番も見つからなくなる！』

「……そこは俺《おれ》の心配をしてくれていたんじゃないんですか!?」

肩を貸してもらっているクリストフェルから身を離し、セバスティアンに向けて怒鳴ったユリウスが眩暈《めまい》でもしたのか、ふらりとよろける。

エステルは慌ててその背を支えながら、いつも通り遠慮がない主従関係に苦笑いを浮かべるしかなかった。

＊＊＊

赤々と燃える暖炉の火で暖められたジークヴァルドの棲み処の自室で、エステルはほっと息を吐いた。

いつもエステルが使っている寝台では、穏やかな寝息をたててユリウスが眠っている。その額に乗せた濡れた布を再び水で冷やして取り換えたエステルは、弟の頭を軽く撫でると、ゆっくりと立ち上がった。

「……こんなに食べてもいいのぉ？」

ユリウスが眠る寝台に背を預けて床に座り込み、何やらむにゃむにゃと寝言を口にした若葉色の髪を持つ儚《はかな》げな青年姿のセバスティアンに、エステルは小さく笑った。

（よかった。ジークヴァルド様がユリウスを棲み処に招いてくれて……）

竜はたとえ自分の竜騎士だとしても、棲み処に人間を入れることはない。ジークヴァルドが番だと認めているエステル以外の人間を、棲み処に入れてくれるとは思わなかった。

ジークヴァルドの寛大さに感謝しつつ外套《がいとう》を羽織ると、水桶を手にとって音を立てないようにそっと部屋を出た。

途端にひんやりとした冷気が体を包み込み、慌てて外套の前をかき合わせる。

（寒いっ……。これじゃ、風邪をひいて当然よね。疲れが溜《た》まっていたのかもしれないし。わたしも沢山心配させているから、帰ろう、とか言いたくなるのはわかるけれども……）

今更だが、さすがに申し訳なくなって、肩を小さく落とす。

竜騎士になれば竜の力を分け与えられるため、体が強化されて傷も早く治るらしいが、そうだとしても、濡れたまま駆け回った上、色々と気を張っていたせいで知らず知らずのうちに蓄積されていた疲れがどっと出たのだろう。

（心配といえば……。――ユリウスの言う通り、お父様とお母様もきっと心配しているわよね。竜騎士どころか、竜の長の番になる、なんて聞いたらどう思うかしら。帰らないとは言ったけれども、帰国して自分で報告できれば……）

周囲に「クランツ家の箱入り令嬢」と揶揄《やゆ》されるほど、エステルを過保護に扱っていた両親だ。気をもんでいるに違いない。

おそらく竜騎士にならずにリンダールに帰っていれば、待っているのは政略結婚だっただろう。エステルだって貴族の娘だ。婚姻は家と家との繋がりだということは理解している。

だが、竜は番の香りであるミュゲの香りが互いに感じ取れれば、それで番になれるのだ。当事者同士の問題であって、家や親は全く関係ない。ジークヴァルドは理解を示してくれるかもしれないが、他の竜たちにはなぜわざわざ親に報告をしに帰るのだ、と首を傾げられるだろう。

（でも、一応、ジークヴァルド様に聞いてみるだけ聞いてみて……）

【庭】に来てからの出来事が想定外すぎて、今までそちらまで気が回らなかったことを反省しつつ階下へと下りていくと、下り切ったその先の中庭に銀の竜が佇《たたず》んでいるのが見えた。

銀竜は、夕日に照らされた色とりどりの林檎《りんご》にも似た実をつけた巨木を見上げていたかと思うと、まるで歌を歌うかのように咆哮《ほうこう》した。周囲を氷交じりの風が舞い、枝から落ちた実が次々と淡い光となって粉々に砕け散る。

（いつ見ても綺麗《きれい》な光景よね……。ああ、描きたい……！）

創作意欲をかき立てる幻想的な光景を描きたくてうずうずとしてくるが、あの巨木の実――人の言葉で言う長命の実は、亡くなった竜の力が凝縮されたものだそうだ。人間が食べれば毒になり、その土地が腐敗するという恐ろしくも美しい実だ。

中庭をぐるりと取り囲む回廊まで行き、食い入るように眺めていると、しばらくしてジークヴァルドが風を止めた。

『――そんなところで見ているな。体を冷やす』

首を巡らしたジークヴァルドに声をかけられ、少し驚いて肩を揺らす。

「……っお役目の邪魔をしてしまってすみません。外套を着ているので大丈夫です。つい観察をしたくなって……」

実を壊し、力を自然に還《かえ》すのがジークヴァルドの役目の一つだ。竜の弔いの最後の仕事を中断させてしまっただろうかと内心焦っていると、銀竜は機嫌を損ねた様子もなく、尾をわずかに揺らした。

『いや、終えたところだ。――ユリウスたちは落ち着いたか？』

「はい。暖かいので、安心して眠っています。ユリウスが失礼な言動ばかりしているのに、棲み処に入れてもらって、本当に助かりました。ありがとうございます」

感謝をこめて頭を下げたエステルだったが、顔を上げるなり未《いま》だ淡く光る長命の実に引き寄せられるように視線が持っていかれる。ジークヴァルドが喉の奥で小さく笑った。

『……そんなに気になるのなら、近くで見てみるか？』

「いいんですか⁉」

『ああ。この木が恐ろしくなければな』

皮肉気に言われたが、そんなことは気にもならなかった。何があるかわからないからあまり近づくな、と言われていたのだ。是非とも近くで観察をしてみたい。

持っていた水桶を回廊に置き、いそいそと近づく。しかしながら、近づくにつれていくつもの実が生《な》ったしなやかな枝を見上げたまま、足を止めてしまった。

『やはり恐ろしいか？』

竜の姿のままのジークヴァルドが静かに尾を一度だけ揺らした。

「いえ、あの、なんて言ったらいいのかわからないんですけれども……。こう、思っていたよりも泰然としているような感じがして――。ずっと見ていたくなるような、穏やかな気持ちになります」

遠くから見ていた分には、竜を前にした時にも似た畏怖《いふ》と圧倒的な存在感で人を寄せつけない感覚があったが、近くで見ると何となく安心感を覚える。

『俺たち竜がそう思うのは当然だが……。人間のお前がそれを感じるとはな』

「ええと……。――あ、多分、神殿に雰囲気が似ているんだと思います」

そうだ。国にある神殿に似ているのだ。厳粛で荘厳な近寄りがたい雰囲気だが、それと同時に安らいだ気持ちにもなる。

「【庭】にも人の国と同じような物があるのは、何だか嬉しいです」

微笑みを浮かべ、ジークヴァルドの許可が出たら描いてみたいと思いながらまじまじと巨木を見上げていると、ふとジークヴァルドが黙ったままじっとこちらを見下ろしているのに気づいて、はっとした。

「すみませんっ。人の国と同じ、だなんて気を悪くしましたよね」

焦ってエステルが謝ると、ジークヴァルドは唐突にふわりと竜の姿から銀の髪の青年へと姿を変えた。怒ったのだろうか、とエステルが緊張感に背筋を伸ばすと、やんわりと、それでいて振り払えないような力で引き寄せられた。そのままジークヴァルドが纏《まと》うマントに包まれるように抱きしめられてしまう。

急に近くなった距離にあたふたとしていると、ジークヴァルドの声がすぐ傍で聞こえてきた。

「そんなことはない。逆だ。お前が俺と同じように感じてくれるのは、こんなにも嬉しく愛《いと》おしいと感じるのだな」

頬に片手が添えられたかと思うと、ジークヴァルドがその反対の頬に唇を寄せてきた。少し冷たく柔らかい唇の感触に目を見開いたまま硬直してしまうと、唇を離したジークヴァルドが藍色《あいいろ》の竜眼に隠しようのない熱をともしたまま、頬に触れていた手を首筋に滑らせた。

「──嫌か？　人は愛しいとこうするのだろう」

抑揚がないながらも窺《うかが》う言葉に、エステルははっと我に返った。途端に、心臓が激しく暴れ出す。ジークヴァルドの唇が触れて熱くなった頬を片手で押さえた。

(愛しい、ってこう、小動物とかを愛《め》でる意味じゃないわよね？　れ、恋愛的な意味よね!?)

消毒だと頬の傷を舐《な》められたことはあるが、あの時とは意味が違うのはわかる。これは心配をしたからではない。それがわかっているからなのか、鼓動がなおのこと速くなってくる。

「いえっ、あの、そのっ」

「違うのか？」

「ち、違ってはいません！　でも……ど、どこで知ったんですか？」

首を甘噛《あまが》みするのが竜にとってはキスと同じらしい。以前、可愛《かわい》らしくてつい噛んだ、というジークヴァルドに驚きと羞恥《しゅうち》のあまり涙目になって怒ったエステルを気遣ってくれたのだろう。あれ以降、抱き寄せることはあっても、首に触れたり噛んだりすることは一切しなかった。それがここへきて「人間の愛情表現」をしてくるとは思わず、完全に油断をしていた。

「俺が言葉以外で愛しさを伝えるにはどうしたらいい、と聞いた後、お前が頬に唇を押しつけただろう。お前ははっきりとそうだとは言わなかったが、俺はあれが人間の愛情表現なのだと理解したのだが」

不可解そうに片眉を上げたジークヴァルドに、エステルはなかなか熱がひいてくれない頬を引きつらせた。

（そ、そうよね。挨拶《あいさつ》でもするけれども、あのやり取りの後だとそう思って当然よ）

頬に口づけたすぐ後に逃走したセバスティアンを捕まえたユリウスが乱入してきたので、説明しそびれたのだ。

「嫌なら嫌だと言ってくれ。俺はお前が嫌がるようなことはしたくない」

引き寄せる腕にわずかに力がこもる。それさえもエステルが本気で嫌がれば、放してくれるのだろう。

ジークヴァルドは人間の感情のやり取りを学ぶのと同時に、エステルの気持ちが追いつくのを待っていてくれているのだ。それを思うと、胸の辺りが温かな嬉しさにしめつけられる。

（そういうところは好きだとは思うけれども……。愛しいとか愛している、とかはやっぱりまだよくわからないのよね。――でも、傍にはいたい、なんておかしいのかしら）

貴族令嬢として親の決めた相手に嫁ぐのは当たり前のことだと思っていた。誘拐されたことのあるエステルを心配した両親にあまり社交には出してもらえなかったこともあり、エステル自身もそれほど積極的に出ようとはしなかったので、恋愛結婚などは端から考えていなかった。

そんな自分が、この誠実で優しい竜の傍で番として過ごしたいと、両親に伝えたいと思うのは、おかしいのだろうか。

エステルはジークヴァルドを見上げて微笑み、首筋に添えられたジークヴァルドの手に自分の手を重ねた。

「嫌ではないです。あの、ジークヴァルド様――」

口を開きかけた時、ふいにジークヴァルドが鋭い表情で空を見上げた。どうしたのだろう、とつられるように空を振り仰いだエステルの目に、いくらも経《た》たないうちに薄茶色の竜の姿が映る。

「何かあったな」

ジークヴァルドが面倒そうに嘆息する。

庭の崩壊の件で後回しにしていた老竜への挨拶はつい先日、全《すべ》て終えた。長の引き継ぎもほぼ済んだので、しばらくは落ち着いて過ごせる、と言っていたが、やはり長はなかなか多忙だ。

腰に回されたジークヴァルドの腕を労《いた》わるように軽く握りしめると、彼はエステルの頭に一度だけ頬を摺《す》り寄せ、すぐに腕をほどいた。

そうしている間に降下してきた薄茶色の竜は、ふわりと中庭に降り立つとすぐに口を開いた。

『長、クリストフェル殿からの伝言です。相談があるという者が来ていますので、都合がよければ塔に来ていただきたいとのことです』

「――相談？　それほど急ぎの用か？」

ジークヴァルドの声が真剣味を帯びる。本当に危急の要件ならばクリストフェル自身がこちらに来て話すはずだ。だが、明日《あす》の朝を待たずにジークヴァルドを呼ぶとは、都合がよければとは言っていても、それなりに急ぐ相談なのだろう。

薄茶色の竜は、ちらりとエステルの方を見やったかと思うと、ジークヴァルドの耳元で声を潜めて告げた。

『――が、――ったそうで。レーヴの竜がお願いを――』

途切れ途切れに聞こえてくる言葉だけでは詳細がわからないが、レーヴ、という聞き覚えのある言葉に、エステルは目を瞬いた。

（レーヴって……この前の竜騎士選定で竜騎士の契約をした護衛隊長の国よね？　あの時はすごく感動したけれども）

それに加えエステルの母国リンダールの友好国で、王妃の出身国だ。新しく竜騎士になった護衛隊長の他にもあと二人、竜騎士がいたはずだ。

その国の竜が、どんな相談を持ち込んだというのだろう。以前にも似たことがあったが、エステルに聞かせないということはもしかしたらリンダールにも関係することなのだろうか。

「――わかった。向かおう」

あまり大事でなければいい、とエステルが案じていると、重々しく頷《うなず》いたジークヴァルドがこちらを振り返った。その眉間には先ほどまではなかった皺が深々と刻まれている。

何を言われるのかと身構えたが、エステルを見て逆に眉間の皺を緩めたジークヴァルドに少しだけ肩の力を抜いた。その肩にジークヴァルドが自分のマントを着せかけてくる。

「お前はここにいろ。ユリウスの容体が気にかかるだろう。あと、いつ戻れるかわからない。出迎えなど気にせずに先に寝ていていい。もし何か用事があれば、セバスティアンを叩《たた》き起こして塔によこせ」

「はい、わかりました。気を使っていただいて、ありがとうございます」

どうやらリンダールには関係のないことらしい。掛けられたマントからジークヴァルドの温もりを感じ、つい赤面しつつ胸を撫で下ろしていると、ふとジークヴァルドの後ろに控える薄茶色の竜が目を眇《すが》めてエステルを見ているのに気づいた。しかしながらエステルと目が合いそうになると、すっと目を逸《そ》らしてしまう。

エステルの目には生き物全てを虜《とりこ》にする魅了の力があるそうだ。成竜はよほど力が弱くない限りはかからないらしいが、それでも万が一のことがある。操られるのを危惧《きぐ》して目を逸らされることは日常のことだが、薄茶色の竜の尾がなぜか苛立ったように小刻みに揺れているのを見て、疑問が浮かんだ。

（ん？　わたしに怒っているの？　どうして——。……あ、もしかしてお前の弟のことで長に迷惑をかけるな、とか？　それとも、番になるのに長の手伝いもできないのか、かしら……）

頭をよぎったのは人間の立ち入りを禁じている【奥庭】での出来事だ。

正気を失った竜の前に長を手伝え、と放り出されたあの時の緊張感を思い出し、静かに喉を鳴らす。

そうしている間に、銀竜の姿へと戻ったジークヴァルドが飛び立とうとして、ふと何かを思い出したのか翼を畳んだ。

『そういえば先ほど何かを言いかけていたが、何だ？』

「え？　あ、ええと……。——大したことじゃないので、大丈夫です。なんでもありません。クリストフェル様が待っていらっしゃると思いますから、早く行ってあげてください」

苦笑いをしつつ急《せ》かすと、ジークヴァルドは何かを考えるように少し間を置いたが、やがて空へと舞い上がった。ためらうようにくるりと棲み処の上を一度だけ回り、塔の方角へと飛んで行く。薄茶色の竜が、エステルを振り返ることなくその後を追う。

彼らの姿が見えなくなると、エステルは小さく嘆息した。

「一度、リンダールに帰りたい、って言わなくてよかった……」

ただでさえ竜に比べて生物的に能力の劣る人間の番は、他の竜にはいい顔をされない。ジークヴァルドの配下の竜たちはそうではないと思っていたが、中にはやはり認めたくない者もいるのだろう。

　ここは竜の国【庭】だ。それならば竜の文化や風習に馴染《なじ》まなければ。そうでなければ番の香りがすると言われていても、ジークヴァルドの傍にはいられない。

（いくらジークヴァルド様が寛容で優しいからって、わがままを言ったら駄目よね。――うん、できるだけ竜の方々に認めてもらえるような行動をしないと。……申し訳ないとは思うけれども、お父様たちには手紙を書いて、ユリウスが帰る時に渡すしかないわよね）

　吹きつけてきた冷風に身を震わせ、ジークヴァルドが貸してくれたマントを握りしめる。すでに温もりは消えていたが、ひやりと冷たい澄んだ冬の夜の空気のようなジークヴァルドの残り香を感じ、エステルは勇気をもらったかのように笑みを浮かべた。

＊＊＊

　棲み処を後にしたジークヴァルドは塔を目指して飛びながら、舞い上がる寸前に見たエステルの表情を思い出していた。すでに日が落ちた空は、うっすらと藍色に沈んでいる。

(あの表情《かお》は何だ?)

大丈夫だ。なんでもない。と口では言いつつも、明らかに言いたくても言っては駄目だ、という表情をしていた。言いたくない、というのとも違う。

いつもならたとえ竜に睨《にら》まれていたとしても、物怖《ものお》じせずにはっきりと意見を口にするエステルだ。あんな様子は珍しい。

自分がともすれば言葉が足りなくなるのはわかっている。先代の長からも注意をされたほどだ。だからこそ何か気づいたことがあれば言ってほしい、と伝えているが、それだけでは駄目なのかもしれない。

(番になると決めてくれたとはいえ、まだ完全には心を開いてはいないのだろう)

幼い頃の誘拐事件の夢を見て、未だに時折うなされているとユリウスから聞いているが、それさえも詳しくは話してくれない。だが、恐れや怯《おび》え、どんな負の叫びでも聞いてやりたいと思っていても、無理に話をさせて困らせたいわけではないのだ。

大好きな絵や竜を前にした時の、あの生き生きと輝く目が曇ってしまうのを見たくはない。

——銀の竜は引きこもっていたわたしに、憧れと希望を与えてくれたんです。

畏怖と畏敬《いけい》の目ばかり向けられていたジークヴァルドに対して、そう言って感謝と憧憬《どうけい》のまなざしを向けてきたのはエステルが初めてだった。

喜怒哀楽の表情を隠すことなく見せてくれるのもそうだ。ジークヴァルドが貶《けな》されれば竜が相手でも躊躇《ちゅうちょ》なく怒り、すぐに怪我をする人間だというのにこちらの心配をする。くるくるとよく変わる表情で絵を描いているのを見ているのは、楽しくもあり、愛おしくもなる。自分の感情をこれほどまでに大きく動かすのは、エステルだけだ。

出会った頃はこんな風に思うようになるとはこれっぽっちも思わなかった。

竜と人間の寿命は違う。共に生きるのは短い間かもしれないが、もともと自分に番ができるとは思っていなかったのだ。たとえ短くとも同じ物を見て、同じ感情を共有できるのなら、エステルが亡くなった後もその記憶と共に過ごしていける。

(だが、エステルの方はどうだろうな)

竜騎士は普通の人間よりは寿命が長いが、過去に番になった人間の娘もまた平均より大分長かったはずだ。もしかしたら竜騎士よりも。見知った者たちが先に逝ってしまうのを見ることになると、きちんと理解しているのだろうか。

少しだけ憂慮が残るが、それをこちらから指摘することはしない。もしもエステルが国に帰りたいと泣いて懇願してくるとしたら、その願いを聞いてやってしまうだろうということがわかっているからだ。自分はエステルが思っているほど誠実でも優しくもない。

(もう――手放すつもりは一切ない)

帰すとしたら、エステルの命が尽きた後だ。そう約束している。

エステルが乗っていないと、こんなにも背中が薄寒く、体が重かっただろうかと思いながら先を急いでいると、しばらくして塔が見えてきた。

着地場にゆっくりと下降していくと、塔の出入り口の傍で黒髪の青年姿のクリストフェルが佇んでいるのが見える。

（クリスも物好きなものだな。塔がいくら竜と人とを繋ぐ窓口とはいえ、自分から管理を引き受けるとはな）

塔は竜騎士を選定する場として人の大きさに合わせて造られている。竜がそこに入る際には自然と人の姿にならざるを得ないが、閑散期の塔の管理を自ら買って出るほどの人間好きな竜はクリストフェルぐらいのものだろう。生物的に劣る人間を下位の存在とみなし、人の姿になることを厭《いと》う竜もいるくらいだ。竜騎士を得て【庭】の外に出たがる竜と同様にクリストフェルもまた、人間への親愛の情は深いのかもしれない。

ジークヴァルドが人の姿になって近づくと、一番の側近は静かに頭を下げた。付き従っていた薄茶色の竜が、一礼して静かに下がっていく。

「ゆっくりお過ごしのところ、呼びたててしまいまして申し訳ございません。明日まで待てない、とあの方が仰《おっしゃ》いまして……。あのままですと棲み処に乱入し、破壊しかねませんでした」

「乱入？　レーヴの竜が来ていたのではないのか？」

あの国に出向いている竜は皆、建物を破壊してしまうような過激な気性ではなかったはずだが。訝《いぶか》し気に眉を顰め――ふと気づいた。そのまま苦々しそうに顔をしかめてクリストフェルを睨み据える。

「クリス、お前は……。訪問者はレーヴの竜ではないな」

　破壊行動をよくする【庭】の外にいる竜など、ジークヴァルドの知っている限りでは一匹だけだ。

「はい。エステルがせっかく番になると決めてくださったのです。里心がついては、元も子もありません。こちらで解決できるのでしたら、会わせないまま、解決してしまった方が都合がよろしいかと」

「来ているというのに知らせない方が、エステルに恨まれるとは思わないのか」

「知られないようにすればよろしいかと思いますが。そもそも、レーヴの竜の使いだというのは、半分は間違っておりません。リンダールとレーヴの両方の竜の使いです」

　にっこりと食えない笑みを浮かべる黒竜に大きく嘆息したジークヴァルドは、塔の廊下をばたばたと駆けてくる足音を聞き取り、眉間にきつく皺を寄せた。

　ほどなくして現れたのは、赤い髪をした少し吊《つ》り目がちの竜眼を持った少女竜だ。その後ろには壮年の同じ髪色をした人間の男を従えている。誰かを探すようにぐるりと着地場を見回した少女竜は、そこにジークヴァルドとクリストフェルしかいないとわかると、腰に手を当て、問い詰めるように睨み据えてきた。

「エステルは？　竜騎士なんだからジークヴァルド様と一緒に来るはずでしょ。ユリウスの容体も聞きたかったのに」

「そのユリウスの看病をしている。お前はエステルに会いに来ただけではないだろう。リンダールとレーヴの同胞二匹から、俺への相談事を頼まれたのではないのか？　早く詳細を話せ、アルベルティーナ」

ジークヴァルドの淡々とした指摘に、エステルたち姉弟《きょうだい》を溺愛《できあい》する赤い少女竜は、不貞腐《ふてくさ》れたように唇を噛みしめた後、「わかっているわよ」と渋々と唇を開いた。

「――リンダールにいる竜が早産したの。その件で長に助けを求めているわ。どうにかしてあげて、ジークヴァルド様」

＊＊＊

「エステル！　元気だった？　怪我なんかしていないでしょうね。ユリウスは風邪をひいたって聞いたけれども、大丈夫なの？」

ジークヴァルドが塔へと呼び出された次の日、エステルがジークヴァルドと共に塔のジークヴァルドの部屋に入ると、中で待っていたアルベルティーナに満面の笑みで飛びつかれた。

喜びのあまりうっかりと絞め殺されるのでは、と思ってしまうほどきつく抱きしめてきた叔父の主竜に、しかしながら苦しさよりも久しぶりに会えた嬉しさが先立って、笑みを浮かべて抱きしめ返す。

「はい、わたしはすごく元気です。ユリウスはもうだいぶ良くなりましたけれども、無理をしてまた寝込んだら大変ですし、今日はジークヴァルド様の棲み処に置いてきました」

出てくる際、一緒に行くと言い張っていたが、セバスティアンに絶対に連れてこないように頼んだ。報酬は夕食のメニューの一品追加だ。

夏の竜騎士選定が終わり、アルベルティーナがすぐに戻ってくると言い置いて泣く泣くリンダールに帰ってからすでに季節は初冬になっている。竜に噛まれて怪我をする等、色々あったせいか、それ以上に長く会っていないような気がして、エステルは懐かしさのあまり少しだけ鼻の奥がつんとした。

――リンダールに出向いている竜・ウルリーカが早産し、その番のレーヴの竜からも助けを求められていると、アルベルティーナたちが伝言を持って戻ってきた。

今朝方《けさ》塔から戻ってきたジークヴァルドから聞かされたのは、そんな驚くべきことだった。

アルベルティーナたちが【庭】になかなか戻ってこなかったのは、その件で両国が大騒ぎになっていたためらしい。もたらされた件に、ジークヴァルドたちもどうするのか結論が出ず、棲み処に戻ってくるのが朝方になったそうだ。

(リンダールに番がいる竜がいたなんて、知らなかったけれども……。早産、ってことは卵を産んだのよね？　ウルリーカ様は大丈夫かしら……)

卵、という響きにわくわくとした高揚感を覚えるが、早産、と聞いてしまうと母体も卵も大丈夫なのか、という心配が湧き上がってくる。

早産したという竜・ウルリーカは鮮やかな金糸雀《カナリア》色の鱗を持つ優美な竜だ。遠目でしか見たことはないが、凛《りん》とした雰囲気の竜だったと思う。その竜騎士はちょっと陰のあるような、落ち着いた印象の青年だった。

「そろそろ放してやれ、アルベルティーナ。エステルは竜騎士になったんだ。主竜の目の前であまり馴《な》れ馴れしくすると、気分を悪くするだろう」

「――叔父様！」

苦笑しつつアルベルティーナを引きはがしてくれたのは、精悍《せいかん》な面差しの叔父・レオンだ。奔放な主竜を唯一宥めることのできる叔父の変わらない様子に、エステルは安心しつつ満面の笑みを浮かべた。

「あら、レオン。いくら竜騎士になっても、あたしの可愛い子なのは変わらないわ。こーんなちっちゃい頃からずっと見てきたのよ。よしよししたくなるのは当たり前じゃない」

「アルベルティーナ様……、さすがにそんなに小さくはないです」

不満げに唇を尖《とが》らせ、人差し指と親指を軽く広げたアルベルティーナに、エステルは苦笑いをした。成人して竜騎士になっても、アルベルティーナにとっては、いつまで経っても小さくて守らなければいけない子供なのだろう。

（この様子じゃ、クリストフェル様も誰がやってきたのか隠したくもなるわよね。番になるのを決めたって知ったら、大暴れしそう……）

よしよししたくなる、と口にした通り、頭を撫でてこようとしたアルベルティーナが、ふと眉を顰めてエステルの耳元を飾る耳飾りを凝視した。

「ちょっと待って。ねえ、これ何？　……これって、もしかして――」

エステルがぎくりとした時、アルベルティーナの言葉を遮るように小さく咳《せき》ばらいが響いた。

「――感動の再会に水を差すようで申し訳ございませんが、そろそろ本題に入らせていただいてもよろしいでしょうか」

「あ、すみません、クリストフェル様。お待たせしてしまって……」

にこやかに割って入ってきたクリストフェルに首をすくめたエステルは、耳飾りのことを問い詰められずに助かったと思いつつ、無言でこちらを眺めていたジークヴァルドが座る長椅子《ながいす》の傍に立った。――と、ジークヴァルドの手が伸びてきて、エステルの手をとる。

「そこではないだろう」

手を引かれるまま、すとん、とジークヴァルドの隣に座ってしまい、一瞬何が何だかよくわからず、首を傾げる。たちまち怒りに顔を赤くしたアルベルティーナが非難の叫び声を上げかけたのを、とっさに叔父がその口を手で塞《ふさ》いで止めた。

「ええと……ジークヴァルド様？　竜騎士の位置じゃないと思うんですけれども」

エステルは張りつけたような笑みを浮かべ、ジークヴァルドを窺うように見た。

この場には番（予定）ではなく、竜騎士としているのだ。立ち上がろうとするが、ジークヴァルドは掴んだ手を放してはくれない。それればかりか目元を和らげた。

「いい。ここにいろ。――クリス、話せ」

戸惑うエステルをよそに、ジークヴァルドは側近を促した。

「はい、かしこまりました」

クリストフェルが片眼鏡を押し上げ、静かに頷く。話が始まる気配に、エステルは立って傍に控えるのを諦め、頭をどうにか切り替えようとアルベルティーナたちの方へと顔を向けた。

そのアルベルティーナもまた、一旦エステルのことは置いておくことにしたのか、不満げながらも大人《おとな》しく向かいの席に座る。その背後に叔父がそっと控えた。

「結論から申し上げますと、卵がどのような状態なのかわかりませんので、ジーク様がリンダールに出向かれた方が早いかと思われます」

「やっぱりそうなるわよねえ……」

アルベルティーナが難しい顔をして、大仰に肩をすくめた。

「え？　ジークヴァルド様がリンダールへ行くんですか？」

結論をまだ聞かされていなかったエステルは、ジークヴァルドを驚いたように見上げた。

「ああ。そもそも卵が【庭】の外で産まれること自体が稀《まれ》だ。竜の力に満ちている【庭】以外で孵《かえ》ったこともない。それに卵の親が問題だ」

ジークヴァルドが眉間に皺を寄せて嘆息し、アルベルティーナが困ったように自分の頬に片手を当てた。

「ウルリーカはあたしより力が下だけれども、レーヴの雄親の力があたしより強いのよ。そうね、セバスティアン様よりちょっと下くらいね。上位の竜の卵だから、卵が成長して孵るまで普通より多い力が必要なの。【庭】の外だと力が足りなくて死んじゃうわ」

呑気《のんき》なセバスティアンだが、上から数えて三、四番目くらいの力の持ち主らしい。そのセバスティアンに迫るほどの力を持っているのなら、相当強い竜だ。

「せっかく産まれたのに、それじゃ……」

エステルを慕ってくれる子竜たちのように、元気に遊び回ることもできずに死んでしまったらと思うと、胸が痛くなる。胸元を押さえると、手を握っていたジークヴァルドが宥めるように少しだけ力を込めた。

「そうならないために、俺が行く」

クリストフェルもまた肯定するように頷いた。

「【庭】に移動させるにしろ、卵の力が安定していなければ無理です。そうしますと、ジーク様が力を貸す必要が出てきます。安定しているか別の竜に確認をさせてからですと、二度手間になってしまいますので、ジーク様が直接状態をご覧になられた方が早いかと。……他の竜の方々を説得するのは少々骨が折れましたが」

いつも飄々《ひょうひょう》としているクリストフェルのにこやかな顔には、わずかに疲れが滲《にじ》んでいる。相当説得するのに苦労したのだろう。何せ長が【庭】の外に出るのはほぼないのだから。

「あたしの見立てだと、ちょっと安定していなさそうなのよね。それはマティアス様——ああ、レーヴの雄親ね。そのマティアス様やウルリーカも同じ意見みたい」

「あの、それって……卵の親でもはっきりと力が安定しているのかどうかわからないのに、ジークヴァルド様にならわかるんですか？」

エステルがふと浮かんだ疑問を投げかけると、アルベルティーナが苦笑いをした。

「得手不得手があるのよ。強い力を持つ上位の竜でも、力の強弱や質とかを見るのが苦手な竜は珍しくないわ。あたしも含めて今リンダールにいる竜はあまり得意じゃないの。ましてや卵だからなおさら判断が難しいし。でも、ジークヴァルド様は力を操るのがうまいから、その辺りも得意なのよ」

「だからジークヴァルド様が行かれて確認をした方が、二度手間にならないんですね」

確かに別の竜を向かわせるよりも、その方が確実に早い。

「そうなのよ。まあ、多分ジークヴァァルド様の力が必要になると思うんだけれども、でもねえ……」

煮え切らない様子のアルベルティーナに、ジークヴァルドが不可解そうに目を眇めた。

「俺がリンダールに行くのは、何か不都合でもあるのか？」

「――噂《うわさ》があるの。白い竜が現れた国は、神の裁きを受ける、って。ほら、ついこの前、アレクシス様を幽閉していた件で番が大暴れしたでしょ。あと、十年前、だったかしら。ジークヴァルド様が長命の実を盗んだ盗人の国を凍結したじゃない。そのせいで人間たちはそう噂して怯えているのよ」

「ジークヴァルド様の銀の鱗も、アレクシス様の番の方の薄水色の鱗も、白く見えないこともないものですから、そんな噂になったのだろうと思われます」

叔父が付け加えた言葉に、ジークヴァルドが無言のまま片眉を上げた。

まさかそんな噂になっていると思わず、エステルも軽く目を見開く。

「十年前……わたしがジークヴァルド様を初めて見かけた時ですよね。でも、あれはどちらも人間側の自業自得ですよね。それに怯えるって……。なんだか腹立たしくなります」

憤慨していると、クリストフェルが苦笑した。

「下手をすると国を滅ぼせてしまえるほど竜は力を持っているのだ、と目に見えてわかれば、悪事を働いていなくとも怯えるのは仕方がありません。――しかしそれでは困りましたね」

「俺が姿を見せただけで、恐慌に陥る可能性があるな。竜側の問題で無駄に人を恐れさせるのは、さすがに避けたいが……」

どうしたものか、とジークヴァルドが考え込むように軽く目を伏せた。

窓から差し込む午前中の日差しは暖かいが、外はおそらく寒風が吹いているのだろう。沈黙が落ちた室内に、かたかたと小さく窓が震える音が響いた。

それを耳にしつつエステルもまた頭を悩ませていたが、ふと、あることが気になった。

「そういえば叔父様、卵が産まれたことはレーヴ以外の他国には知られていないんですか？」

卵が産まれたのは叔父たちが帰国して一月ほど経った頃らしい。それからさらに一月近くあれこれ騒ぎになっていたというのだから、もし他国に知られていたとしたら、もっと早くに【庭】に伝わっていたとしてもおかしくはない。外で卵が産まれることが稀ならば、竜騎士を得て各国に出向いている竜の誰かがその話を聞いたらすぐに知らせに飛んでくるだろう。

叔父は聞かれたくなかった、とでもいうようにわずかに間を置いてから浮かない顔で答えた。

「ああ。今のところは漏れていないはずだ。ただ、卵の所有権を両国の一部のお偉方が主張していてな。レーヴの交渉団が表向きには竜騎士の合同演習として、リンダールにやってきている」

聞き捨てならない言葉に、エステルは思い切り顔をしかめた。

「どうして国が竜の卵の所有権を争うんですか？　いくら自分の国の竜騎士の主竜でも、竜は国民じゃありませんよね。そもそも卵を所有物扱いにすることが、すごく嫌な気持ちになります。親御さんだって許せないと思いますけれども」

親でなくとも、気分が悪くなる話だ。

エステルが憤っていると、アルベルティーナが呆《あき》れたようにひらひらと手を振った。

「勝手に争っていればいいわ。竜騎士にお願いされたとしても、大事な我が子のことよ。人間の決定になんか従うわけがないでしょ。マティアス様たちも結果がどうなろうが、気にもしていないし。それより自分たちの卵が孵ることができるのかどうかの方が、重要だもの」

何でもないことのようにアルベルティーナは言っているが、叔父の方を再び見ると難しい顔をしていた。

「まあ、竜たちが人間の話し合いに興味を示さないのが救いだな。卵の所有権を争うなど、下手をすれば竜の怒りを買うことだと、俺やレーヴの竜騎士がいくら進言しても聞こうとしない。人間の国で幼竜を育てられれば、従順な竜になるだろう、なんて思惑が透けて見える」

「……それなら、もういっそのことジークヴァルド様が竜の姿のまま出向けばいいんじゃないでしょうか。そうすればきっとやめてくれると思います」

竜の長が出向いたとわかれば、どんなに失礼で不毛なことを争っているのかがよくわかるだろう。

勢い込んで言い切るエステルの頬を、傍らのジークヴァルドが宥めるようにやんわりと撫でた。思ってもみない仕草に少し肩を揺らしてしまう。

「落ち着け、あまり騒がせたくはないと言っただろう。マティアスたちが腹を立てているのならともかく、俺たちがわざわざ波風を立てるようなことをする必要はない」

「そうですけれども……」

ジークヴァルドの言っていることはわかるが、卵を助けることも、人間たちの見当違いな諍《いさか》いをおさめることもできるのではないだろうか。

(それにしても、ちょ、ちょっと頬を触られるのは緊張するんだけれども……)

昨日《きのう》の頬への口づけを思い出してしまい、つい頬を赤らめてしまうと、エステルたちの様子を凝視していたアルベルティーナが疑い深そうな様子で声をかけてきた。

「ねえ……さっきからずっと言いたくて仕方がなかったんだけれども、エステルとジークヴァルド様の距離が近いわ。それにその耳飾り、ジークヴァルド様の鱗よね？」

半眼になって、じっとりと見据えてくるアルベルティーナに、エステルがどう言えばアルベルティーナの怒りに火をつけないだろうかと迷っていると、それよりも先にジークヴァルドが口を開いてしまった。

「エステルは俺の番になることを受け入れた。次の夏、竜騎士選定の後に番の誓いの儀式をする予定だ」

「――……っなんですって!?　本当なの、エステル」

瞬く間に室内にいくつもの真っ赤な炎の塊が現れる。怒りの感情に反応して、みるみるうちにアルベルティーナの首から頬を紅玉石のような鱗が覆っていった。

肌を焼くような熱さから守るようにエステルを抱え込んだジークヴァルドが、それを収めようと、ふわりと周囲に氷交じりの風を巻き起こす。

（やっぱり怒るわよね⁉　で、でも、ちゃんと言わないと。叔父様だって、アルベルティーナ様を止められないくらい驚いているみたいだし）

しっかりと抱えてくれるジークヴァルドの胸元を一度握りしめてから身を離すと、緊張に喉を鳴らして顔を上げた。

「本当です。わたしはジークヴァルド様の番になります。もう決めました」

毅然《きぜん》とアルベルティーナと叔父を見据えると、くるくると回っていた炎が、ぴたりと停止した。それと同時にジークヴァルドの氷の風が炎を吹き消す。

「決めたって、そんな。だって……。ちょっとレオン、あなたもなんとか言いなさいよ！　可愛い姪《めい》っ子が竜の餌食《えじき》になってもいいの？」

アルベルティーナが焦ったように、背後に控える自分の竜騎士の服をぐいぐいと引っ張る。

「竜の餌食とか……本竜の前でそれを言ってもいいのか？」

叔父はそれだけ言うと、しばらくアルベルティーナに揺らされるままでいたが、一度目を閉じてジークヴァルドに目を向けると、すぐにエステルに視線を合わせた。

「エステル、お前は竜の番になることがどういうことなのかわかっているのか？」

「わかっています。力を安定させるための竜の伴侶《はんりょ》で、一生に一度しか選べないんですよね。わたしが番にならないせいで力がうまく巡らなくて、ジークヴァルド様の寿命が短くなってしまうのは、どうしても嫌なんです」

番の儀式の一環として、番の香りのする者同士が血を飲むというものがあるそうだが、ジークヴァルドがエステルの怪我を手当てした際、血を飲んでしまった可能性がある。

（もしかしたら番の儀式が半分成立しているかもしれない、なんて言えないけれども……）

そうなるとジークヴァルドはエステル以外を番にすることができないのだ。エステルが番を断れば、その時点でジークヴァルドが短命になってしまうかもしれない。ジークヴァルドは気にしなくていいとは言うが、万が一にでもそうなるのは受け入れられるはずがない。

唇を引き結び、真っ直《ます》ぐに叔父を見上げると、叔父はしばらくこちらを見据えていたが、やがて肩を大きく揺らして溜息をついた。

「――確かに番はやめておけ、と言いたくなる。言いたくなるが……そんなに覚悟を決めた顔をされたら、こっちも腹をくくる覚悟を決めないとならなくなるじゃないか。ここで強固に反対すると、二度と俺たちと会わないと言い出しそうだな」

苦渋の決断、とでもいうように険しい表情を浮かべていた叔父だったが、エステルを見るその目は柔らかだ。

「お前がそれでいいのなら、心配をする権利はあっても、止める権利は俺にはないな」

「叔父様……いつも心配をさせてしまってすみません」

胸を撫で下ろし笑みを浮かべてジークヴァルドを見上げると、つられたように彼もまた小さく唇の端を持ち上げて笑ってくれた。自分のことのように喜んで笑ってくれるのが嬉しくなる。

しかしながら、納得できない一匹が、きっと叔父を睨みつけた。

「レオンの裏切り者。……あたしは認めないわ」

アルベルティーナがぶるぶると怒りなのか、悲しみなのか肩を震わせてぶつぶつと呟《つぶや》き出す。

「番なんて駄目よ。エステルはリンダールで人間の伴侶と結婚するの。あたしの選んだ花嫁衣《い》裳《しょう》を着てもらって、神殿で婚儀を挙げるのよ。それに、エステルの赤ちゃんだって抱っこしたり、ご飯を食べさせたりしたいもの。あ、おしめだって替えてあげるわ。ちっちゃい頃のエステルやユリウスみたいに、アルベルティーナ様の竜騎士になる、って言ってもらえるようにそれはもう、可愛がりたいのに。番になんかなったら全部叶《かな》わなくなるじゃない。そんなの嫌よ！」

嫌々と首を横に振るアルベルティーナの発言に、唖然とした空気が室内に流れる。ジークヴァルドでさえも、怒るよりも奇妙なものを見たかのように片眉を上げて驚いている。

叔父が申し訳なさそうに自分の額に手をやり、息を吐いた。

「エステル……、なんか悪いな。俺の主竜の妄想が激しくて」

「いいえ……大丈夫です。ちょっとびっくりしましたけれども」

花嫁姿どころか、エステルの子供の将来まで想像しているとは思わなかったが。もしかしたらユリウスが激高《げっこう》するとまくしたてるように迫ってくるのは、アルベルティーナの影響なのだろうかと、ちらりと頭をよぎった。

「あたしも決めたわ。……夏までに絶対に番になるのを諦めさせるから！」

涙目になって宣言するアルベルティーナを嬉しいような、少し困ってしまうような複雑な気分で眺める。

（わたしがもしジークヴァルド様じゃなくて、人間の男性を選ぼうとしても、きっと色々と条件を出して反対……。――あっ！）

ふとエステルはぱっと顔を上げて、ジークヴァルドをまじまじと見つめた。

光の加減によっては氷を思わせる銀の髪は、繊細な銀細工のようでとても綺麗だが、セバスティアンの若葉色の髪のように、人間では見かけない奇抜な髪色ではない。リンダールよりずっと北の国に、似たような髪色を持つ人間がいるというのを聞いたことがある。

（これならきっと大丈夫だと思うのよね）

竜の姿を見せられないというのなら、こんなに簡単な方法があるではないか。

「どうした？」

エステルは不思議そうに軽く眉を顰めたジークヴァルドの手を、両手で力強く握りしめた。

「ジークヴァルド様……。――人間になりましょう！」

先ほどのアルベルティーナの発言と同じように、今度は自分が周囲を困惑させたとは全く思わずに、エステルは妙案を思いついたとばかりに満面の笑みを浮かべた。

＊＊＊

頬に当たる風が【庭】にいた時よりもずいぶんと暖かくなった。

それに気づいたエステルは、きつく閉じていた目をそっと開けた。

視線の先には紅玉石のような鱗を持つ竜の頭と首が見える。さらにその先に見えるのは、澄んだ青をした冬の空だ。あまりの青さに引き込まれそうな気分になって、エステルは慌てて再び顔を伏せた。

「大丈夫か？　リンダールの国内に入ったぞ」

エステルを抱え込むようにして後ろに座っていた叔父に声をかけられ、エステルは唇を引き結んだまま小さく頷いた。身動きした途端に体が少し傾き、腹の前に回されていた叔父の左腕を握る手になおさら力を込めてしまう。

（や、やっぱりジークヴァルド様の背中に乗っている時には、すごく安定していたのがよくわかる……。自分の主竜じゃないと、ここまで不安定だなんて……）

乗せてもらっているアルベルティーナの背中は、少し揺れただけでも落ちそうな気配がし、体の内からこみ上げてくる震えを抑えるのに必死だ。セバスティアンの背中に乗せられたことはあったが、それほど長時間ではなかったので耐えられただけだったようだ。恐れと緊張に声も出せない。高所恐怖症はやはり完治していなかった。

急いでいるとのことで、かなりの高速移動だ。それもまた恐怖に拍車をかけてしまい、叔父の腕に掴まるというよりもずっと縋《すが》りついている。

アルベルティーナが卵の件で【庭】にやってきてから三日目。リンダールへ向かうために日が昇るよりも早く【庭】を出たが、今はもう太陽がほぼ沈んでしまっている。まだ空はかろうじてうっすらと明るいが、リンダールの王都に着くのはおそらく夜も深まった頃だろう。

「……しかし、お前のあの突拍子もない提案に、ジークヴァルド様が頷くとは思わなかったぞ」

驚きと苦笑が混じった叔父の言葉を耳にしながら、エステルはそうっと横を飛ぶ若葉色の竜――セバスティアンの方へと目を向けた。正確には、その背に乗るユリウスの後ろに同乗する銀の髪の青年姿をしたジークヴァルドを。

（今ならわたしもそう思います……。人間になりましょう、なんてかなり失礼よね。ジークヴァルド様が寛容でよかった）

竜の姿ではリンダールに行けないのならば、ジークヴァルドは人の姿になると普通の人間の容姿とそう変わらないのだから、人間だと偽ればいいと思ったのだが、今から思えば大分失礼だ。生物的に弱い人間に扮《ふん》すればいいなどと、誇り高い竜にしてみれば馬鹿《ばか》にされたと憤慨してもおかしくはない。

クリストフェルがその手がありましたか、と乗り気になったのはまだわからなくもないが、少し前まで人間には全く興味がなかったというジークヴァルドがよく拒否しなかったと思う。

（……【庭】で会った他国の竜騎士候補で、竜のことを学びたいから、叔父様が客人としてリンダールに招待した。――っていう設定まで受け入れたのは驚いたけれども）

考えたのはクリストフェルとアルベルティーナだ。嬉々《きき》として考えていた姿が忘れられない。

ふとアルベルティーナが疲れたように溜息をついた。

『ジークヴァルド様の説得より、セバスティアン様の説得の方がすごく大変だったわよねえ……。ジークヴァルド様を乗せたくない、って嫌がって泣いて逃げ回っちゃって。エステルがリンダールへ帰るって言った時の子竜たちよりも、往生際が悪かったわ』

リンダールへ行く移動手段として、エステルはアルベルティーナに叔父と同乗し、人間を装うジークヴァルドはセバスティアンにユリウスと乗ることになったが、ユリウスは了承してもセバスティアンは断固拒否した。

（馬が竜に怯えるから、馬車が使えないのが難しいところよね……）

人の姿をしていても、動物はすぐに見抜いてしまうのだ。

『だったらティーナが乗せればいいのに！　ジーク強いから、重石を乗せて飛んでるみたいなんだよ!?』

アルベルティーナの言葉を聞きつけたセバスティアンが、くわっと大きく口を開けて喚《わめ》き声を上げる。

『無理に決まってているでしょ。あたしセバスティアン様よりもっと力が下だもの。ジークヴァルド様の威圧感が怖くて飛び上がれないわ』

アルベルティーナが迷惑そうに首を軽く横に振ると、エステルが乗っている背中がぐらぐらと揺れた。常に感じていた恐ろしさがなおのことこみ上げ、喉を押し開ける。

「……っア、アルベルティーナ様！」

悲鳴じみた声を上げ、手袋越しでも爪痕《つめあと》がつきそうなほど強く叔父の腕を握りしめる。

「セバスティアン、あまり騒ぐな。エステルが落ちる。――大丈夫か？」

セバスティアンの背に乗るジークヴァルドから案じる視線を向けられ、エステルは唇の端を引きつらせつつもこくこくと頷いた。

アルベルティーナにしれっと言い返され、ぐずぐずと恨み言を吐いていたセバスティアンが、それを聞いて愚痴を言う矛先を変えた。

『ジークはエステルが心配なら、歩いて行けばいいいんだよ。馬で三日くらいなんだから、歩けるよ』

「その間に卵が死んだら、お前は責任をとれるのだな？　飛んでいけばその日の内には着けるというのに。ただでさえアルベルティーナが知らせに来てから三日経っている。痺《しび》れを切らしたマティアスが怒り狂うぞ」

『そ、それは……。うぅ……。マティアス怖いんだよねえ……。どうして僕より弱いのに、あんなに怖いんだろう』

怯えたようにぶるりと身を震わせたセバスティアンの首を、風邪がすっかり完治したユリウスが呆れつつも宥めるように軽く叩いた。

「あと少しですから、頑張ってください。着いたら何でも好きな料理を好きなだけ作りますよ、って約束しましたよね」

『あっ、そうだった。うん、わかったよ。できるだけ早く着けるようにするから！』

ご褒美をちらつかされ、はっと思い出したように首を上げたセバスティアンは、現金にも俄《が》然《ぜん》やる気になったのか、大きく羽ばたいたかと思うと、速度を上げた。

昇り始めた月がその若葉色の鱗を照らし、あっという間にアルベルティーナとの差が開いていく。

『あ、行っちゃったわ……。もうっ、こっちはこれ以上早く飛べないのに』

「いい、アルベルティーナ。ゆっくりと飛んでくれ。――それともエステルはさっさと着いた方がいいか？」

拗《す》ねるアルベルティーナに苦笑した叔父がしがみつくエステルの頭を軽く撫でた。

「――っジークヴァルド様のおかげで、こ、これでもちょっとは慣れましたけれども、これ以上速いと多分、むりです……。ジークヴァルド様の背中に乗りたいっ……」

あの絶対に落ちないという安定感が恋しい。

気絶しないで乗っているだけで精一杯だと考えていると、アルベルティーナが喉の奥で小さく唸《うな》った。

『……エステルが意識を飛ばさないで乗れるようになって嬉しいのに、何だか腹が立つわぁ』

「言うな。俺も気持ちはわかる」

アルベルティーナの苛立ちを宥める叔父に、乗せてもらっているのに失言だったと気づいてエステルが青くなっていると、アルベルティーナが怒りを収めるように長い溜息をついた。

『……ねえ、エステル。本当にジークヴァルド様の番になるの？　ずっと憧れていた銀の竜が目の前にいて、番だって言って優しくしてくれるんだもの。憧れを恋と勘違いしていない？竜騎士と竜の番は違うのよ。番になったら、嫌になっても竜騎士の契約を破棄するみたいにはいかないんだから。あたしはエステルが後悔して泣くのを見るのは嫌よ』

嘆くでもなく、怒るでもなく、案じるように紡がれる言葉に、エステルは大きく目を見開いた。視界の端に、風で乱れないようにと編んでまとめていたが、いつの間にかほつれてしまっていた銀の髪が映る。

叔父から聞かされたが、リンダールではエステルのことは竜の長の番に選ばれそうだ、ということしか伝わっていないようで、竜騎士になったことは話題にも上っていないらしい。それよりも卵の方に注目が集まっているそうだ。

それでも、ジークヴァルドの正体を隠すために、エステルが竜騎士であることは明かせない。竜騎士になるとその主竜と同じ目と髪の色になる。藍色の瞳《ひとみ》は元の瞳の色が暗い灰色だったため何とか誤魔化せるが、銀色の髪は元の茶色の髪とは明らかに違う。そこで染めようとしたが一切染まらず、竜騎士の契約を一度切ることをアルベルティーナたちに勧められた。

(でも、どうしても切りたくなかったのよね……。まだ番にはなっていないから、なおさら)

リンダールで鬘《かつら》を手に入れればいいと言い張って、譲らなかった。

今現在のジークヴァルドの傍にいてもいい唯一の繋がり、と言っていい竜騎士の契約をたとえ一時的だとしても、切ってしまうのが怖かったのだ。

「――はい、番になります。ジークヴァルド様の傍にいたいんです」

はっきりとそう告げるも、わずかな不安が心の片隅に小さな染みを作った気がした。

時々言葉が足りないが、優しく誠実な、そしてその力の強さゆえに孤高の存在である竜の傍に寄り添っていられたら、とそう思うのに、アルベルティーナの言葉がどうしようもなく気になってくる。

（竜騎士と同じようにはいかないのはわかっているけれども……。後悔、するのかしら。――ううん、そんなことを悩んでいる場合じゃないわ。今は卵を……ん？）

不安の染みがこれ以上広がらないように、頭を切り替えようとしたその時、ずっと先に行ってしまっていたセバスティアンが、何かから逃げるように半泣きになりながらこちらに戻ってくるのが見えた。

『来た、来たよ！　なんかすごく怒っているんだけれども⁉』

ご褒美に釣られた時と同じくらいの速度で戻ってくるセバスティアンの後ろから、青紫の空に紛れてしまうような黒鋼色の鱗の竜が追いかけてきているのがわかる。

『いやだわあ、来ちゃったのね。ウルリーカに止められたでしょうに』

必死で戻ってくるセバスティアンに対し、アルベルティーナは全く焦る様子もなく、その場で滞空する。わずかな揺れに唇を噛みしめたエステルはぎゅっと叔父の腕を握りしめた。

（あれって……）

エステルが戸惑っているうちに、近くまで戻ってきたセバスティアンは、アルベルティーナの周りをぐるぐると回りながら叫んだ。

『あんなに気が立っているなんて、僕知らないよ⁉』

『だって、言っていないもの。近づく雄竜を全部威嚇するなんて。卵を抱えている竜はだいたいそうだって知っているでしょ』

『それにしたって、こんな国の端まで出てこないよ！』

『セバスティアン様とジークヴァルド様が一緒に来ているんだもの。マティアス様は誰の力かなんて判断できないし、得体のしれない強い力の持ち主、って思われて必要以上に警戒されても仕方がないわ』

ぎゃあぎゃあと騒ぐセバスティアンに、アルベルティーナが冷静に返しているうちに、黒鋼色の竜が空高く咆哮した。

その途端、黒い竜巻のような風の塊が、雷《かみなり》を纏ってこちらに襲いかかってくる。

（え、そこまでやるの⁉）

息を呑んで叔父の腕にしがみついたエステルの目の前で、悲鳴を上げたセバスティアンが竜巻に叩き落とされそうになる。その時だった。

「――マティアス、やめろ」

声を張っているわけでもないのに妙によく通るジークヴァルドの静止の声に、竜巻がまるで糸がほぐれるようにするするとほどけていく。最後に小さく弾けた雷を最後に、竜巻は跡形もなく消え失《う》せた。それとほぼ同時に、すぐ近くまでやって来た黒鋼色の竜はくるりと一回転をしてその場に滞空した。身軽で俊敏なその様子は、すらりとした体格から想像できる通りだ。

だが、その背には竜騎士の姿は見当たらない。

（……っ背中に金色の筋があるわ。爪も角も黒いから、よく目立ってすごく綺麗……。目は赤いけれども、アルベルティーナ様より黒っぽい？）

　ここが空の上だというのを忘れそうになるほどエステルが黒鋼色の竜に見惚《みと》れていると、柘《ざく》榴《ろ》にも似た赤い瞳がすっとセバスティアンの背中に乗るジークヴァルドへと向けられた。

『――なんだ、ジークヴァルドじゃん。変な力を持った奴《やつ》が近づいてくんなー、と思ったらなんで人間の姿でセバスティアンになんか乗ってんの？　紛らわしい真似《まね》すんなよ』

　拍子抜けするほど明るい声で話しかけてきた黒鋼色の竜に、エステルは思わずアルベルティーナの背中に突っ伏した。

（か、軽い……。え、つい直前まであんなに怒っていたのに）

　切り替えが早すぎる黒鋼色の竜に、エステルが唖然としていると、セバスティアンが叫んだ。

『僕だって、乗せたくないよ！　マティアスのために我慢してジークを乗せてきてあげたのに襲ってくるなんて。ウルリーカに言いつけてやる』

『あぁ？　なんでお前が俺のウルリーカに助けを求めてんだよ。気安くウルリーカの名前を呼ぶな』

　一気に低くなる声音に、セバスティアンがひいっと情けない声を上げる。

『……マティアス様って、本当にセバスティアン様が嫌いよね』

　やれやれといったように呟いたアルベルティーナが小さく頭を振る。その一連のやり取りでセバスティアンとマティアスの相性の悪さが目に見えてわかるような気がした。竜は力が強い者には逆らわないはずだが、力はセバスティアンよりも下だとしても、ジークヴァルドにさえも怯えた様子を見せないマティアスだ。確かに気弱で能天気なセバスティアンは気に入らないかもしれない。

「マティアス、セバスティアンに突っかかるのはやめろ。ウルリーカとお前の子が待ち侘《わ》びているのだろう」

ジークヴァルドが静かに割って入ると、マティアスはセバスティアンを威嚇するのをやめ、再び柘榴色の双眸《そうぼう》をそちらに向けた。

『ああ、頼むよ。俺たちの子を助けてほしい』

懇願の言葉には、案じる響きが滲んでいる。

マティアスはすいと身を翻《ひるがえ》すと、先導するかのようにリンダールの王都へと向けて翼を羽ばたかせた。

＊＊＊

リンダールの王都は城を中心として円環状に街が広がり、中央に行くほど身分が高い者が住む屋敷が多くなる。

竜騎士の屋敷は、竜が離着陸する広い敷地が必要となるため、貴族街と庶民街のちょうど境目となる場所に点在していた。

そのうちの一つ、城の背後を望むその屋敷に件《くだん》の卵の母竜・ウルリーカはいるという。ちなみにエステルの生家のクランツ邸は、それとは真逆の正面側に位置する。どちらかといえば家格の高い家の方が正面には多い。ウルリーカの竜騎士は元下級騎士だったため、急遽《きゅうきょ》屋敷を用意されたというから、この場所になってしまうのだろう。

夜も更けたためか、辺りは静まり返っている。王城に近い中央の屋敷では、夜会が行われているのか明るい屋敷が多いようだが、この辺りは静かだ。

疲れ切ったようにその着地場に降りたセバスティアンが、べしょりと地面に潰《つぶ》れてしまっていた。その傍らで、ユリウスが何か労《ねぎら》うような言葉をかけている。

(こんな夜遅くに訪問しても大丈夫なの？　それにマティアス様の竜騎士がいないのも気になるし……)

一刻も早く卵の状態を確認してほしいとマティアスが急かすので来てしまったが、ウルリーカもその竜騎士も迷惑ではないのだろうか。

そんなことを考えながらエステルがアルベルティーナの背中から滑り降りようとすると、いつの間にか傍に来ていたジークヴァルドに手を差し出された。

「体が冷えただろう。疲れてはいないか？」

「はい、大丈夫です。あ、一人で降りられます。マティアス様がお急ぎで――」

「いいから手を貸せ」

　反射的に出してしまった手を引っ込めようとして逆にジークヴァルドに引かれ、あっと思う間もなくそのまま地面に抱き下ろされる。長時間恐怖に晒《さら》されていたせいか、地に足をついても足元がふわふわと覚束《おぼつか》ない。力が入らず膝《ひざ》をつきそうになると、ジークヴァルドがその体を支えてくれた。

「やはり冷たいな。お前は先にクランツの屋敷に行くか。このままだと風邪をひく」

　手袋越しにでもエステルの手が冷えているのがわかったのだろう。眉を顰めたジークヴァルドが温めようとするかのように肩を抱きこんだ。

「……っ、だ、大丈夫ですから！　沢山服を着ていましたし、アルベルティーナ様は温かい方ですし」

　よく炎を操っているせいか、アルベルティーナの背中はジークヴァルドに比べてどことなく温かかったのだ。叔父が後ろに乗っていたおかげでもあるだろう。

（なんだか過保護に磨きがかかっているような……。これって多分、ユリウスが風邪をひいたからよね）

　人は寒いとすぐに体調を崩す、と思い込んでしまったのかもしれない。

案じてくれるのが嬉しいと思う半面、なぜか後ろめたくなる。

ジークヴァルドがかいがいしくも外れてしまっていた外套のフードを被《かぶ》せ直そうとしてくるので、慌ててエステルが自分でやろうと手を伸ばすと、ふいに背後から驚いたような声が響いてきた。

「――嘘《うそ》だろ。お前本当にあのジークヴァルド？　人間の、それもクランツの娘が番だって聞いたけどさ……。見かけない人間がいるな、とは思ってたけどやっぱりそれが番なのかよ。……人間には一切興味はない、って感じで無関心も無関心、寄ってくるな鬱陶《うっとう》しい凍らせるぞ、って態度だったじゃんか。おいおい嘘だろ……」

そっと振り返ってエステルが見たものは、何か恐ろしいものでも見たように表情を引きつらせる、黒と金が交じった短い髪をした快活そうな青年だった。驚愕《きょうがく》に目を丸くしたその柘榴色の竜眼に、人間の姿のマティアスなのだとわかる。

驚くマティアスの隣で、人の姿になったアルベルティーナが自分の頬に片手を当てながら溜息をついた。

「嘘だろ、って二回言うくらい驚くのもわかるわ。現実なのよ、あれ。信じられないけれども、現実なの」

自分自身でも「現実なの」と二回繰り返すアルベルティーナを尻目《しりめ》に、エステルは被ったフードの上からさらに自分のマントを着せかけてこようとするジークヴァルドを止めるのに必死だった。

「そこまでしなくても、大丈夫ですから」

「だが……、こんなに冷えている」

「――あー……ジークヴァルド様、エステル、なおさら遅くなって冷えると思いますが」

しょうもない攻防に割って入ってきた勇者である叔父に、このまま意地を張っていては足を引っ張ってしまうと気づいたエステルは、さっさとジークヴァルドのマントを羽織った。

「ちゃんと暖かくしましたから、ウルリーカ様と卵のところへ早く行ってあげてください」

ぐいぐいとその背中を押すと、ジークヴァルドは納得してくれたのかようやくマティアスの方へと向いた。

「マティアス、どこへ行けばいい」

「あ、ああ。こっちだ」

あまりにもジークヴァルドの態度の変化が衝撃的だったのか、軽く頭を振って我に返ったマティアスは、慌てて庭を歩き出した。

『僕もうお腹《なか》が減って動けない。置いて行っていいよー……』と力なく告げたセバスティアンとユリウスを残し、マティアスの後についていく。

敷地内に立つ小ぢんまりとした二階建ての屋敷には、見える範囲では灯《あか》りがついていない。寝静まるにはさすがにまだ早いだろうが、留守なのだろうか。

（でも、卵があるのに留守にする？　竜の卵を盗もうとする無謀な人はいないとは思うけれども……。万が一ってこともあるし、大丈夫なの？）

そんなエステルの疑問はすぐに解消された。

マティアスが屋敷の角を曲がると、その先の庭に人の背丈の倍以上もあろうかという巨大な金色の毬《まり》のようなものが鎮座していた。目を凝らしてよく見てみると、淡く金色に光る蔓《つる》のようなもので編まれていて、その隙間《すきま》から丸くなって眠る金糸雀色の竜が見える。

「――金の鳥籠《とりかご》……！」

息を呑んだエステルは、いつもポケットに忍ばせているスケッチブックに手をやりかけて、慌てて自分でその手を止めた。許可もとらずに描き始めるのは、マティアスたちの怒りを買いかねない。

ふいに風が吹き、ふわりと一枚の庭木の葉が鳥籠に落ちると、たちまちのうちに燃え上がり跡形もなく消えた。

（え、燃えた？　燃えたわよね？　……あれなら簡単には手を出せなさそう）

ジークヴァルドが立ち止まったのでエステルもまた足を止め、まじまじと見つめていると、複数の気配に気づいたのか、眠っていた金糸雀色の竜がぱちりと目を開けて首をもたげた。深緑色の竜の瞳がこちらの姿を捕えるのとほぼ同時に、マティアスが鳥籠に駆け寄る。

「ただいま、ウルリーカ。具合はどう？　卵の様子は？」

『お帰り、我が番。私も我が子もさほど変わりはない』

凛とした声とともに、ほどけるように金の檻《おり》がふわりと開き、まるで鳥の巣のような形になる。そうしてみて初めて金糸雀色の竜がその腹と尾で守るように卵を抱いているのが見えた。

大きさはエステルが両手で抱えることができるほどだろう。ウルリーカの鱗と同じ金糸雀色の殻に、マティアスの背中にある一筋の金模様のような横縞《よこじま》が所々に入っている。普通の鳥の卵のように不透明ではなく、半透明、とでもいうのだろうか。湯気で温められたガラスのように曇っている不思議な見た目だ。

「綺麗……」

まるで巨大な鉱石のような美しさにうっとりと見惚れてしまう。

(孵ったら、ちょっとだけ殻をもらえないかしら。顔料にしたらすごく鮮やかな色が出そう。そしたら、お祝いに子竜の絵を描かせてもらって……)

あれこれ想像しながら感嘆の溜息をつくと、叔父がそっと耳打ちをしてきた。

「エステル、あれは駄目だ。いくら何でもあれは顔料にしたらただじゃ済まない」

どうしてばれたのだ。ぎくりと肩を揺らして気まずげに叔父を見上げる。

「わ、わかっています。大丈夫です。欲しいなんて言いません。絶対に言いませんから」

慌てて首を横に振って否定していると、幸いなことにこちらの会話は聞こえなかったのだろう。マティアスの後を追うようにウルリーカに近づいたジークヴァルドが、金糸雀色の竜に話しかけるのが聞こえた。

「大事ないか、ウルリーカ」

『はい。こんな遠方までご足労いただき、申し訳ございません』

頭《こうべ》を垂れるウルリーカの尾が小刻みに震える。アルベルティーナよりも力が弱いと聞いているが、そうなるとジークヴァルドを恐れ敬う気持ちがより強いのかもしれない。

委縮してしまっているウルリーカを労わるように、人の姿のままのマティアスがその首を優しく撫でる。

「怖がらなくていいって言っても無理だろうけどさ、大丈夫だから。卵が安定しているかちゃんと確認してもらおう」

こくりと頷いたウルリーカは、どことなく億劫《おっくう》そうに立ち上がろうとした。

「ああ、そのままでいい。体力が戻っていないのだろう。少し恐ろしいだろうが、すぐに済ませる」

ジークヴァルドの静止に再び頭を下げたウルリーカは、それでもしっかりと抱きかかえていた卵から身を離した。

少し身を屈《かが》め、卵の上部に手を置いたジークヴァルドはしばらく目を伏せていたが、いくらもたたないうちにふっと目を開けた。

どうなのだろうかとエステルがはらはらとしていると、ジークヴァルドはウルリーカをこれ以上緊張させないためにか、数歩離れてから真っ直ぐにマティアスを見据えた。

「――安定していないようだとは聞いていたが……。思っていたよりは悪くない状態だ。これならばしばらくたてば安定してくるだろう。ただ……」

「ただ？　何だよ」

マティアスが焦《じ》れたように身構えた。その傍でウルリーカが不安げにぱちりと目を瞬く。

「卵と土地の繋がりができてしまっている。このままここに卵を置いておくと、孵るどころか卵が土地の活力を奪って、土地が枯れる。この屋敷の敷地内だけで済めばいいが、おそらくはもっと広範囲にわたって影響が及ぶだろう」

わずかに目を見張るマティアスに言い聞かせるように、ジークヴァルドが先を続けた。

「【庭】でなら思う存分力を貰《もら》っても問題はないが、ここは竜の力に満ちていない人の国だ」

動揺したのか、再び小刻みに震えるウルリーカを落ち着かせるように、アルベルティーナが傍に歩み寄り、その体をぽんぽんと軽く叩いた。

「なんとなくそんな気はしていたのよねえ……。やっぱりジークヴァルド様を連れてきてよかったわ。なんとかなりそう？」

「ああ、枯れないように俺が一日に一度、この土地に力を注げばいい。卵が安定する頃には、ウルリーカも【庭】へ帰る体力を取り戻せているのではないか」

「じゃあ、俺たちの卵は孵ることができるんだな？」

「そうだな。力は安定していないが、弱ってはいない。【庭】に戻れれば問題なく孵るだろう」

ジークヴァルドの回答に安堵《あんど》したのか、肩に入っていた力を抜いたマティアスはそのまま勢いよくウルリーカの首を抱きしめた。

「孵るってさ、ウルリーカ！　よかった……。本当によかったなあ」

くしゃりと顔を歪《ゆが》めて笑うマティアスに抱きつかれながら、ウルリーカもまた安心したようにほろりと一粒の涙をこぼした。思わぬ早産でしかも卵が安定していないばかりか、孵らないかもしれないとなると不安でたまらなかっただろう。

喜ぶ番に胸を撫で下ろしていたエステルは、ジークヴァルドがこちらに戻ってくると穏やかな笑みを浮かべた。

「なんとかなりそうでほっとしました。リンダールの滞在が長くなりそうですか？」

「そうなるな。一日二日では無理だろう」

頷くジークヴァルドの眉間には皺がない。本当にそれほど深刻な状態ではなかったのだろう。

ただし、がつくが。

「ジークヴァルド様、今のお話を一応上に報告させていただきますが、よろしいですか？」

叔父が竜騎士の顔で問いかけてくるのに、ジークヴァルドは静かに頷いた。

「かまわない。ただ、俺が力を注ぐのではなく、セバスティアンが注ぐことにしておけ。アルベルティーナが【庭】から連れてきたのはセバスティアンだ。俺はここにいないことになっている」

「かしこまりました。では、滞在先はどちらになさいますか？　予定通りですと、クランツの敷地内の私の離れになりますが、こちらの屋敷の方が卵に何かあればすぐに対処できますし、人目にもつきにくいと思われますが」

ジークヴァルドが少し考えるように視線を落とすと、すぐさま背後から悲鳴のような声が上がった。

「駄目よ！　レオン。この屋敷じゃだめ！　ジークヴァルド様がリンダールを壊滅させちゃうわ！」

壊滅させる、とはどういうことだ。穏やかではない言葉に瞠目したエステルがジークヴァルドと顔を見合わせてしまうと、アルベルティーナがずかずかとこちらに歩み寄ってきた。

「わかっているでしょ、あの変《へん》た……。ううん、エドガーの屋敷よ？　いくらウルリーカがいても、絶対にやらかすわよ。とてもじゃないけれども、ジークヴァルド様をここに滞在させられないわ」

血相を変えて反対するアルベルティーナの迫力に、エステルは首を傾げた。

「ウルリーカ様の竜騎士の方って、確かエドガー・ニルソン様とかいう方でしたよね？　何かの式典の時に見かけましたけれども、落ち着いた印象の方に見えました。悪い噂も聞きませんし」

凛とした雰囲気のウルリーカと、少し痩《や》せているが長い金糸雀色の髪を頭上で束ねたその青年は、とても絵になる姿だったと思う。陰のある美形と言ってもいいだろうか。生真面目《きまじめ》そうで、それほどおかしな人物には見えなかった。

「まあ、悪い奴ではないな……。ウルリーカ様が竜騎士に選ぶくらいだ」

苦笑いをする叔父の隣で、アルベルティーナがきょろきょろと周囲を見回した。

「そういえば、そのエドガーはどうしたの？　出てこないけれども」

「あいつなら、朝、ラーシュと一緒に卵の所有権の交渉に引っ張り出されていったぜ。出てこないってことは、まだやってんじゃねえの」

一通り喜び終えたのか、こちらの会話を聞きつけたマティアスが面倒そうに嘆息した。

「またなの？　よく飽きないわねえ……」

呆れたように肩をすくめるアルベルティーナを眺めつつ、エステルは聞き覚えのない名前に目を瞬いた。

（ラーシュ？　話の流れからすると、マティアス様の竜騎士の方かしら……。それにしても本当に卵の所有権を争っているのね）

決めたとしても聞いてやるつもりなどない竜そっちのけで争っているというのが、滑稽《こっけい》じみているが。

黙考していたジークヴァルドが一度目を瞬いて口を開いた。

「ともかく、アルベルティーナが賛成できないというのなら、当初の予定通り、レオンの客人として世話になろう。人に扮するのなら、その方が滞在の言い訳が立ちやすいだろう」

「人に扮する？　なに、ジークヴァルド、人間のふりをするのかよ。だからセバスティアンに乗ってたのか……。でも、なんでそんな面倒なことをしてんの？」

首を捻《ひね》るマティアスに、ジークヴァルドが白い竜が現れると神の裁きを受ける、という噂があると教えると、ああ、と思い出したように頷いた。

「そういえば、そんなのがあったな。――面白そうじゃん。それなら俺も協力するよ。俺もウルリーカの竜騎士の国を騒がせたいわけじゃないしさ。それで何、ジークヴァルドはアルベルティーナの竜騎士のお客なわけ？」

にやりと笑みを浮かべたマティアスの口元から八重歯が覗《のぞ》く。乗り気になったマティアスに、アルベルティーナがあれこれ説明をし始めるのを横目で見つつ、エステルは傍らのジークヴァルドをちらりと見上げた。

(叔父様の離れにジークヴァルド様が滞在するのよね。それならお父様たちと顔を合わせたり……。――ううん、ないわよね。わざわざ竜が人間に挨拶に行くなんて)

親に娘を貰う許可を得に行くなど、竜の概念にはないというのはわかっているではないか。ジークヴァルドは卵の件で来ているのだ。そして正体も隠している。ただでさえ大変なのに、こんなことを考えている場合ではない。

「――どうした？」

すぐに目を逸らしたが、遅かったようだ。ジークヴァルドに問いかけられて、エステルは慌てて首を横に振った。

「な、なんでもありません」

笑って誤魔化すと、ジークヴァルドは眉間の皺をなおのこと深く刻んだ。そしてじっとエステルを見下ろしたかと思うと、わずかに困ったように眉を顰め前を向いてしまった。

「──お前は、前にもそれを言ったな。なんでもないと」

「え……それは……」

「俺は言葉が足りない。種族の違いもある。言いたいことがあるのなら、言ってほしいと俺は伝えたな。だがお前は、どうも言いたくても言っては駄目だと自ら律しているように見える。違うか？」

図星を指され、エステルは軽く目を見開いた。

「言いたくないことを無理に口にさせたいのではない。ただ、言いたいことを呑み込まれてしまうと、俺には人間の考え方を察することが難しい。それに──これがどういうことなのかわからないが、お前が口を噤《つぐ》んでしまうと胸の辺りが寒くなる」

「……寒い？」

妙な表現に、エステルは目を瞬いて自分の胸元に手を当てた。

（寒いって、何？　すーすーするの？　冷たいじゃなくて、寒い……。──あ、もしかして）

いつも一匹でいたせいだろう。おそらくジークヴァルドはその感情を知らないのだ。

「それって、多分……。寂しいんだと思います」

エステルが目に見えておかしいことがわかるのに、尋ねても心の内を明かしてもらえないのは、それは寂しく思って当然だ。

「――寂しい？　俺は寂しいのか？　そうか……」

納得したように自分の胸を片手で押さえるジークヴァルドを見上げ、エステルは微笑んだ。

「寂しい思いをさせてしまって、すみません。ジークヴァルド様にご迷惑をおかけしたくなかっただけなんです」

「どんな迷惑だ？　話してもらわなければ迷惑なのかどうかも判断できない」

「そ、そうですよね……」

エステルは小さく咳ばらいをして、ジークヴァルドと向かい合うように立った。

「――ええと、お時間があればでいいんです。わたしの両親に会ってもらえませんか？」

理由から話すべきかどうか迷って、緊張しつつそれだけ言ってみると、ジークヴァルドは迷いもせずに頷いた。

「ああ、かまわない。屋敷の敷地内に滞在するからな。挨拶くらいはしなければならないと思っていた。棲み処に勝手に知らない者に居座られるのは、気分が悪いだろう」

「本当ですか？　ありがとうございます！」

ぱっと笑みを浮かべると、ジークヴァルドが不思議そうにその頬に触れてきた。

「俺がお前の親に会うのがそんなに嬉しいのか？」

「はい。ジークヴァルド様は前にわたしが喜ぶと嬉しい、って言ってくれましたよね。それと同じです。わたしが幸せなら、政略結婚をさせるよりお父様たちも嬉しいと思います。だから、ちゃんと番になることを報告したいんです」

親子の情というものがわからないのだろう。エステルの頬に手を当てたまま、不可解そうな表情を浮かべるジークヴァルドの手の上からそっと自分の手を重ねると、ジークヴァルドは目を細めた。

「そういうことなら理解できる。そうだな。お前が無理やり番にさせられると思わせてしまうのは、俺も本意ではない」

エステルはジークヴァルドにつられるように柔らかな笑みを浮かべた。

やはり話し合いをしなければ駄目だ。初めから駄目だと決めつけて、話さなければ不快な思いをさせてしまう。

「――あの、ジークヴァルド様、わたしにお手伝いできることはありませんか？　番になるんです。わたしにも何かできることがあればやらせてください」

エステルが身を乗り出すのとほぼ同時に、小馬鹿にしたような笑い声が背後から響いた。

「無理じゃね？　だってお前、力も何もない人間だろ」

（それはそうですけれども!?）

聞き慣れてしまった否定の言葉に同意しつつも勢いよく振り返ると、話は終わったのだろう。マティアスがいかにもおかしいといったように口元を歪めてこちらを見ていた。

「ちょっとマティアス様！　それはあたしだって賛成はしないけれども、そんな馬鹿にした言い方はないでしょ！　……っ放しなさいよ、レオンっ」

エステルに突っかかってきたマティアスに怒ったアルベルティーナが、叔父に羽交い絞めにされて止められる。それでもマティアスは言葉を続けた。

「いや、全然ないってわけじゃないか。【庭】からこの前新しくやってきた奴が魅了の力があるとか言っていたな……。でも、それだけで竜の番になれるとは思えないんだよな」

蔑《さげす》むわけではないが、番になることを賛成もしていないといった風情のマティアスをエステルは真っ直ぐに見据えた。

「そんなことはわたしが一番よくわかっています。それでも、力がないならないなりに何かできることがあるはずです。それにわたしの前にも番になった人間の女性の方がいたんですよね。それなら番になることが無理なわけがありません」

番がいればジークヴァルドも力がうまく巡り、普通の寿命を得て、できることの範囲が広がるだろう。だが、いるだけでいいと言われても、それに甘えたくはないのだ。

意気込むエステルの肩にジークヴァルドが手を置く。思わずそれを見上げると、ジークヴァルドが不快だというように眉を顰めてマティアスを睨み据えていた。

しかしながらマティアスは怯《ひる》むことなく、呆れたように肩をすくめた。

「それを知ってんなら、その娘が死んだ後に番の竜に食べられたのも知ってるよな。番になれば竜騎士よりも寿命が長くなるけどさ、それでも人間だ。あっという間に番を亡くした喪失感に耐えられなかったんだよ。俺ら竜からしてみても、いくら人間でも番を食うなんて狂ってる。

――お前は、ジークヴァルドにそんな思いをさせるつもりかよ」

魅了の力があるとわかっているというのに、射るような視線を向けてくるマティアスに圧《お》されれ、エステルは息を呑んだ。

その話を聞いた時、おぞましいと思うよりも胸が痛んだのを思い出し、血の気が引く。

（……そう、よね。わたしはよくても、ジークヴァルド様はわたしがいなくなった後、長い時間を一匹で過ごすことになるんだわ）

一度、様々な感情を知ってしまった後だと、その孤独は耐え難いかもしれない。

ふと、アルベルティーナを押さえる叔父の姿が目に入る。アルベルティーナはエステルが幼い頃から一切変わらず何年経っても可愛らしいままだが、叔父はいくら若々しいとはいえそれなりに年を重ねている。竜騎士になり寿命が長くなっても、竜と一緒に老いることはないのだ。

今現在のこと、しかも自分のことばかりで、そこまで考えが至らなかった自分が情けなくなる。この分だと、他にも色々と浅い考えをしていそうだ。だからこそ周囲は反対するのだろう。

ぐっと唇を引き結ぶと、ふいにジークヴァルドが小さく嘆息をした。

「よけいなことを……。俺が狂うと勝手に決めつけるな。もし狂ったとすれば、それまで共に過ごした日々さえもなかったものになるだろう。エステルと共に得た感情も記憶も全て失うことなど、その方が俺には堪《こた》える。だから狂ったりなどするものか」

肩に置かれたジークヴァルドの手に力がこもる。驚いて彼を見上げると、ジークヴァルドはエステルを見下ろして目元を和らげた。

「大丈夫だ。悲しみに暮れて狂うことはない。お前に出会えなかったとしたら、おそらく俺は番を得ることも、こんなにも感情を動かされることもなかっただろうからな。後悔などしない」

ジークヴァルドの手がエステルの耳飾りを慈しむように撫でる。

もしかしたらエステルの後に番の香りがする竜が現れるかもしれないのだ。それでもこう言ってくれるのに、胸が痛みを超えて苦しくなるほど嬉しいと感じてしまう自分は、なんて酷《ひど》い人間なのだろう。

「わたし……絵を描いておきます。ジークヴァルド様が寂しくないように、これからの出来事を全部絵に描いて残しておきますから！　ジークヴァルド様の棲み処がわたしの絵で埋め尽くされるくらい描きますので、覚悟していてください」

もういらない、と言われるほど描いてやるのだ。我ながら気持ちが悪いと思うが。

思わず笑ってしまうと、虚を突かれたように軽く目を見開いていたジークヴァルドが、つられるように苦笑してくれた。

そんなエステルたちを前に、アルベルティーナが苛立ったようにマティアスを睨み据えた。

「よけいに決意を固めさせちゃったじゃないの。どうしてくれるのよ、マティアス様！」

「はあ？　俺のせいなのかよ。だいたいな、俺の指摘したことだって考えていなかったくらいじゃないか。力もないんだ。そんな半端な覚悟じゃ、早々に死ぬからな。贄《にえ》の娘みたいに竜との子を成せるまで生き延びられるとも――」

『マティアス、我らの子を助けてもらうのに、それはさすがに失礼だ』

見かねたのか、ウルリーカが巣の方から咎《とが》めてくる。番の声に、マティアスが不満げに口を閉ざすのをよそに、ウルリーカが気遣うようにこちらを見た。

『番殿、申し訳ない。マティアスも悪気があって言っているわけではないのだ。番殿が苦労しそうなのを放っておけずに――』。番殿？　どうした？』

エステルの表情を見たウルリーカが怪訝《けげん》そうに首を傾げたが、エステルはある一言に言葉を返すどころではなかった。

（竜との子って……できるの⁉　アルベルティーナ様は子供の面倒を見られない、って残念がっていたし、アレクシス様も番の儀式が済んだら、自分を主竜にして竜騎士として国に帰れとか言ったから、種族が違うから子供はできないものだと勝手に思い込んでいたけれども……）

子孫が残せないからこそ、竜たちはあまり歓迎していないのかと思っていたが、どうやら違うようだ。

【庭】の崩壊事件に紛れてエステルを竜騎士に勧誘してきた朱金の竜の言葉を思い出しつつ、動揺にみるみると顔が赤くなっていく。

「エステル？」

ジークヴァルドに顔を覗き込まれて、エステルは思わず肩を大きく揺らした。羞恥のあまり、肩に乗せられていたジークヴァルドの手から逃げるように、すすっと後ずさってしまう。

（も、もしかして、ジークヴァルド様がすごくわたしの世話を焼いて、嫉妬《しっと》深くなるのって、形式的なものだけじゃなくて、わたしと本当の夫婦になるつもりだからなの？）

番になる覚悟を決め、ジークヴァルドの好意がわかっていても、そういった関係になるのだということは頭から考えていなかった。

挙動不審なエステルの様子に、マティアスが半眼になった。

「お前……あれだけ大口を叩いておいて、まさか番がうまく力を巡らせて命を繋ぐためだけの存在だって、思ってたんじゃ――」

マティアスが問い質《ただ》しかけたその時、着地場である裏庭の方から野太い竜の悲鳴が響いてきた。

＊＊＊

「……何があったんですか？」

　ユリウスに抱きつき、がたがたと震える人間姿のセバスティアンを見て、エステルは瞠目した。

　悲鳴を聞き、番をその場に残して駆けつけてみれば、思ってもみない主従の姿があったのだが、一体これはどういうことなのだろう。

「尻尾、尻尾の鱗……とられた」

「とられていませんし、むしろとられる前に自分で弾《はじ》き飛ばしていますから」

　涙目で訴えるセバスティアンに力任せに抱きつかれて苦しいのか、少しだけ遠い目をしたユリウスが嘆息混じりに言い放つ。

「鱗？　弾き飛ばされた……？」

　疑問符を頭に浮かべたエステルだったが、ふと庭木の一部ががさがさと激しく揺れたのに気づき、そちらへと視線を向けてぎょっとした。金糸雀色の長い髪を振り乱した青年が、枝や葉をくっつけたまま庭木の間から出てきたのだ。

　ジークヴァルドが守るように抱き寄せてくるのと同時に、エステルは被っていた外套のフードを深く被り、ジークヴァルドの竜騎士の証《あかし》である銀の髪をしっかりと隠した。

（――誰!?　……あ、竜騎士服。もしかして……）

所々乱れているが、ユリウスと同じ青と白の竜騎士服を身に纏っているのに気づき、ようやくそれが誰なのか思い至った。頭頂部で一つにまとめられた長い金糸雀色の髪に、深緑の瞳。少し陰のあるような、痩身《そうしん》の青年は確かに見覚えがある。

叔父が頭痛をこらえるように頭に手をやりながら、呆れたように口を開いた。

「エドガー……、留守中、邪魔をしているぞ。それと一応聞いてやるが、帰ってくるなり、お前はセバスティアン様に何をしたんだ？」

「オレの家に竜がいたので、ちょっと鱗を拝借したくなっただけっす」

拝借、ということは返すつもりだったということか。抜いてしまった鱗をどうやって返すつもりだったのだろう。

体や頭についた枝葉を払い落としつつ、ぼそっとよくわからない理由を口にしたエドガーはこちらを興味なさそうに眺めたが、エステルと目が合うと一瞬固まり、ぱっと目を逸らした。かと思うと困惑する面々を置いて、一目散にウルリーカがいる表の庭の方へと駆けて行く。

「あっ、まずいわ！　エドガーが卵が無事に孵るって知ったら喜びまくって、マティアス様に吹き飛ばされちゃうわよ。止めなくちゃ、レオン」

「ああ、わかっている」

はっと我に返ったアルベルティーナが、叔父を急かしつつエドガーの後を追って行った。

「ユリウス……あの方、ウルリーカ様の竜騎士のエドガー・ニルソン様、で合っているわよね？」

エステルが生真面目そうだと認識しているエドガーとは想像もつかない行動に頭がついていかない。慌ただしく去っていく彼らの背を呆然《ぼうぜん》と見送りながら、思わず弟に確認をしてしまう。

「……そうだよ。思っていた通り、エステルを見て逃げ出したね」

「やっぱりあれって逃げ出したの？　どうして……」

目が合った途端に逃走したような気がしたが、気のせいではなかったらしい。

「――女性が苦手だそうだよ、彼は」

唐突に聞き覚えのない、天鵞絨《ビロード》のように耳に心地いい男性の声が割って入ってきた。今度は誰だとそちらを振り向いたエステルは、すぐにそれが誰なのか予想がついた。

黒鋼色に一筋の金が入った髪を後ろに撫でつけた端正な顔立ちの青年がそこにいた。柘榴色の双眸を細めて人のよさそうな笑みを浮かべているが、その髪と目の色は明らかに黒鋼色の竜マティアスと配色が同じだ。

「……マティアス様の竜騎士の方ですか？」

襟の詰まった竜騎士服を着ていても竜騎士というより、優雅で洗練された青年貴族といった雰囲気だが、おそらく間違ってはいないだろう。

「そういうお嬢さん、君は誰かな？　大体の予測はつくが」

柔らかな物言いだが、探るような目つきにエステルは背中に回されたままのジークヴァルドの腕から慌てて抜け出し、借りていたマントを返すと、背筋を伸ばした。

「お名前を窺う前に、こちらが先に名乗らずに失礼を致しました。わたしはエステル・クランツと申します。先ほどこちらにいましたレオン・クランツの姪になります」

スカートをつまんで淑女の礼をしようとして、今日は長時間飛ぶためにパンツ姿だったことに途中で気づき、不格好になってしまったが外套をつまんで挨拶をする。

「やっぱり君が……クランツ家の箱――」

その先は言わなかったが、おそらく「クランツ家の箱入り令嬢」と言いたかったのだろう。どちらかというと揶揄というより、確認とでもいったような口ぶりに、エステルが警戒したように見上げると、男はにこりと笑った。

「私はレーヴのラーシュ・アンデルという。ラーシュと呼んでくれてかまわない。君の言うようにマティアス様の竜騎士だ。何度か合同演習でリンダールには来ているけれども、今回こそは竜騎士の名門クランツ家のご令嬢にお会いできて光栄だ」

ラーシュはそう名乗ると、握手を求めるように手を差し出してきた。それにつられてつい手を出してしまうと、彼はエステルの手の甲に淑女への挨拶の口づけを落とす仕草をした。

手袋越しで、なおかつ唇は触れてはいないものの、久しぶりのその挨拶の仕方に肩が強張《こわば》ってしまう。怯えを押し殺しなんとか笑みを保っていると、ラーシュはすぐにエステルの手を放し、じっとこちらを見据えてきた。

「君の噂は私の国でも色々と流れているが……。ここにいるということは、竜の長の番にはならなかったのだね」

　ちらりとエステルの傍らで険しい表情を浮かべるジークヴァルドに目をやったラーシュは、驚くでもなくすぐにエステルに視線を戻した。

（ジークヴァルド様の顔を知らない？　そうすると、本当のことを喋《しゃべ》ってもいいのかしら）

　顔を知っている今年【庭】に来ていたリンダールの竜騎士候補たちには、正体を口留めするつもりだ。だが、マティアスの竜騎士ならば、ラーシュには喋ってもいいのだろうか。

「――わたしは」

「エステルは俺の妻になる予定だ」

　横合いから口出ししたジークヴァルドの思わぬ言葉にぎょっとしたエステルは、さらに腰を引き寄せられて真っ赤になりながらはくはくと口を動かした。

（妻!?　妻って……。いや、うん……人間の言葉に直すのならそうなるのかもしれないけれども、それってやっぱりちゃんと夫婦に――。……いやいや、それは置いといて！　理由は後で教えてもらうとしても、ラーシュ様に番のことやジークヴァルド様の正体を教えたら駄目なのね）

　妻という言葉の響きに否応なしに先ほどの会話が思い出されてしまい動揺したが、無理やり頭から追い出してどうにか察すると、ラーシュは怪訝そうな表情を浮かべていた。

「君は？　従僕ではなさそうだね」

「ジークヴァルド。レオンの客だ。竜騎士になるためにリンダールに学びに来ている」

あまりにも簡潔すぎる自己紹介をするジークヴァルドに、冷や汗をかきながら補足しようと口を開きかけたエステルだったが、さらにジークヴァルドの胸元に引き寄せられて言葉を封じられてしまった。

「忍びで来ているので、身分も国も言えない。それで察しろ」

上から目線の無茶苦茶な話を信じてもらえるのかどうかはらはらしていると、ラーシュは少しだけ考える素振りを見せたが、すぐに口元に張り付けたような笑みを浮かべた。

「なるほど。貴方《あなた》はどこかの国の王族の――」

ふいにラーシュが言葉を止めた。視線がすっとエステルたちから離れる。何だろう、と思うまでもなく表の庭の方から誰かがやってくる気配がした。

「なあ、こいつ、クランツの屋敷に連れて行ってくれよ。卵の成長に悪い影響が出る」

苦々しげにずるずるとエドガーの襟首を掴んで引きずってきたのはマティアスだった。そこに自分の竜騎士がいるのに気づくと、お、と片眉を上げる。

引きずられてきたエドガーは気を失ってでもいるのか微動だにしない。何をしたのだろう、と恐々と眺めていると、マティアスはエドガーを放り出し、にやりと八重歯を見せて笑った。

「やっぱりラーシュも戻ってきてんじゃん。――……あっ、そうそう、そいつ、長の側近の竜の竜騎士にもう少しで選ばれそうだったらしいぜ。だから来年こそは、って竜騎士の勉強をしに来たんだってさ。あとついでに俺たちの様子も見て来いって言われたみたいなんだ」

さらりとラーシュに偽りを告げるマティアスにエステルは瞠目したが、その悪戯《いたずら》っぽい目つきに呆れてしまった。

（自分の竜騎士を騙《だま》すの？　それともからかっているだけとか……。まさかこれがこの方たちの普通？）

竜騎士と竜の関係は様々だ。完全なる主従関係もあれば、ユリウスとセバスティアンのようにどちらが主なのかよくわからない関係もある。簡単に判断しては駄目だろう。

ラーシュはマティアスの言葉を推し量ろうとしているのか、少しだけ沈黙したが、すぐにこちらに向けて判で押したかのようなにこやかな笑みを浮かべた。

「そういうことですか。リンダールは竜騎士が多数います。勉強になるでしょう」

納得したのか、それともジークヴァルドの正体を察したのかよくわからないが、とりあえずは他国の竜騎士候補ということにしてくれたのだろう。

エステルがそっと安堵の溜息を漏らすと、マティアスはそんなことより、とぱっと破顔した。

「ラーシュ、卵、大丈夫そうだってさ！」

「本当ですか？　それはよかった。ウルリーカ様もお喜びでしょう」

自分の竜騎士に喜びを告げるマティアスに、ラーシュは軽く目を見開いたかと思うと、上っ面ではない穏やかな笑みを口元に上らせた。

「ああ、だからさ、こいつ追い出したいんだけど。ウルリーカから卵がちゃんと孵る、って聞いた途端、ずらずらと祝辞だか歌だかわからねえ言葉を並べ立てながら踊り出すんだぜ」

再び襟首を掴まれ、ぐいとラーシュの前に差し出されたエドガーは、半ば白目をむいて意識を飛ばしているようだったが、なぜかその口元が幸せそうに歪んでいる。言ってはいけないが、気味が悪い。一応美形の部類に入るだろうご面相が台無しだ。

(踊り出す、って何!? だ、大丈夫なの? アルベルティーナ様たちが止めないと、とか言って行ったのは間に合わなかったのかしら)

叔父たちの状況を案じるエステルを尻目に、ラーシュが苦笑いをした。

「駄目ですよ。ここはこの男の屋敷ですから。それに勝手に追い出すと、ウルリーカ様のご機嫌を損ねます」

「いやまあ、そうなんだけどさあ……。今だってアルベルティーナに止められなきゃ、追いかけてきそうだったし。どうしてこれがそんなにいいのか俺には全然わかんねえんだよな」

「そこは同意します。私もできれば目にしたくない」

深く頷くラーシュの目が据わる。妙なところで気が合う様子を見せた主従だったが、一拍置いたかと思うとマティアスがくるりとセバスティアンを振り返った。

「じゃ、セバスティアンに押し付けよう」

「嫌だよ！　どうして僕が引き取らないといけないんだよ。寝てる間に鱗を全部はがされて、煮たり焼いたり、茹《ゆ》でられたりして食べられそうな気がするもん。でも、そんな人間でも自分の竜騎士を勝手にどこかに捨てられたら、ウルリーカ絶対怒るよ!?」

自分より背の低いユリウスを盾にしつつ、セバスティアンが間髪入れずに叫ぶとそれに反応したのか、がばっとエドガーが目を覚ました。

「ウルリーカ……？　はっ、ウルリーカ様！　卵がご無事でよかったっす！」

きょろきょろと辺りを見回し、そこに主竜がいないことがわかると、エドガーは襟首を掴まれたままじたばたと暴れ出した。

「君は本当に竜騎士の誇りも何もないのだね。下級騎士から竜騎士に上がってもう十年だろう。いつまでもみっともない真似はやめたらどうだい」

盛大に溜息をついたラーシュが、エドガーを睥睨《へいげい》すると、エドガーは暴れるのをやめて下から睨み上げた。

「公爵位を保つために竜騎士になったあんたには言われたくないっす」

ラーシュが笑みを深めた。しかし柘榴色の目はこれっぽっちも笑っていない。

何だかよくわからないが険悪な様子に、エステルはごくりと喉を鳴らした。

（番の竜騎士同士なのに、あまり仲が良くなさそう……）

今のやり取りだけで、互いに気に食わないのがよくわかる。険悪を通り越し、一発触発の雰囲気に、エステルは思い切って声をかけた。

「あ、あの……。もう夜も遅いですから――」

二人の視線が一気にこちらを向く。かと思うと、大きく目を見開いたエドガーがわなわなと震えだし、襟首を掴むマティアスの手を振り切って再び逃走した。

「あっ、こらっ、待て！」

瞬く間に駆けて行ってしまうエドガーをマティアスが舌打ちしつつ、追いかけて行く。

すぐに彼らの姿が建物の陰になって見えなくなってしまうと、取り残されたラーシュが少しだけ疲れたような笑みを浮かべた。

「君の言うように、もう遅い。アルベルティーナ様たちを呼んでくるから、今日は帰るといい」

ラーシュはそれだけ言うと、特に急ぐでもなく彼らの後を追いかけて行った。

「何だか、すごく変な――。あ、ううん、個性的な方たちね……」

まるで嵐《あらし》が過ぎ去った後のような感覚に、エステルが思わずそう呟いてしまうと、ユリウスが嘆息した。

「竜を相手にするんだから、それくらいじゃないとやっていられないよ。エドガーさんは頭一つ飛びぬけて変わっているけれども」

それは自分もそうだと言っているようなものだが、いいのだろうか。確かに自由奔放で上位種の誇りを持つ竜に振り回されないように、しっかりと意思をもった人物でないと駄目なのかもしれないが。

　そんなことを考えていると、ふとジークヴァルドがエステルの片手を持ち上げた。そのまま軽く眉を顰め、なぜか無言で見つめてくる。

「あの、ジークヴァルド様？」

　不可解な行動にどことなく不穏な気配を感じていると、ジークヴァルドは少し身を屈め、エステルの手の甲に唇を落とした。手袋越しにでも柔らかな唇の感触がわかり、一気に赤面する。

（こ、これってもしかして……。さっきラーシュ様がわたしに触ったのが嫌だった？）

　他の雄がエステルに触れるのは不愉快だ。と言うのだ。それは人間相手でも同じかもしれない。いや、もしかしたらエステルと同じ人間だということで、なおのこと腹立たしく思う可能性がある。

「さっきのラーシュ様のこれは挨拶ですからね。怒ったら駄目ですからね。それにくっついていませんから！」

　真っ赤になりながら訴えると、ジークヴァルドは目を眇めた。

「それは知っている。一通りの人間の作法は頭に入れてきたからな。ただ、気に食わないことは、気に食わない」

　ちょっと挨拶をしただけだというのに、過保護に加えて、嫉妬深さにも磨きがかかっている気がする。この先、しばらくリンダールに滞在するというのに、大丈夫だろうか。

ふっと頭に浮かんだのは「竜との子」や「妻」という言葉だ。エステルに触れる者全てを威嚇しようとするジークヴァルドの姿が、卵を守ろうと襲いかかってきたマティアスと重なり、青くなっていいのか赤くなっていいのか、頭が混乱してくる。

（と、とりあえず、男性にはなるべく近寄らないことが一番の被害を出さない方法かも）

そう決めると、エステルの手を握ったまま放さないジークヴァルドの手をそっと握り返し、宥めるように笑みを浮かべた。

リンダールに着いた翌朝、エステルがクランツ伯爵邸のふんだんに朝日が差し込む食堂に足を踏み入れた途端、先に席についていた両親がそろって立ち上がった。

「エステル……、ああ、よかった！　元気そうで……」

感極まってしまったのか、ユリウスとよく似た面差しの母がそれ以上は言葉を失ったかのようにように唇を引き結び、近づいたエステルを抱きしめてきた。

「お母様、心配をさせてしまって、ごめんなさい」

静かに涙をこぼす母の背中を申し訳ない気持ちで抱きしめ返す。

叔父が竜騎士選定を終えて帰る際に、両親宛てに手紙を書いたので渡してもらったが、それでもエステルの無事な姿を見るまでは心配で仕方がなかっただろう。

「レオンから竜騎士になったと聞いた時には、よくやった！　それでこそクランツ家の娘だ、と思ったが……。予想以上の大物を釣り上げてくれたな」

「お父様……それ、ジークヴァルド様の前で言わないでくださいね」

苦笑いしながら母から身を離すと、父はエステルが銀色の髪を隠すために被《かぶ》った茶髪の鬘《かつら》の上から遠慮なく頭を撫《な》でてきた。昨夜、侍女に髪が痛んでいるから鬘が欲しい、と頼んでおいたのだ。竜騎士の教育の一環として、普段から身支度は自分一人でやっていたので、こういう時もあまり疑われなかったのは助かる。

昨夜、エドガーの屋敷からこのクランツ伯爵邸にやって来たエステルたちだったが、もう夜も遅いから両親への滞在の挨拶《あいさつ》は明日《あす》に、とジークヴァルドは叔父と離れへ行ってしまった。エステルもついていこうとしたのだが、ジークヴァルドは人間のふりをするのだから、こんな夜更けに未婚の娘が婚約者でもない男の滞在先へついていくな、とユリウスに母屋へと引っ張られてきてしまったのだ。

（ジークヴァルド様の棲《す》み処《か》に一緒に帰っていたのはどうなの？　今更、婚約者じゃない、って言われても、それはそうなんだけれども……）

長年竜騎士をやっている叔父が面倒をみるのだ。番《つがい》になることを賛成していないとはいえ、アルベルティーナもいる。ジークヴァルドはエステルがいなくてもそう困らないとは思うが、それでも気がかりだ。

つい先ほど廊下で行き会ったユリウスとセバスティアンが離れの様子を見てから食堂に行くと言っていたので、本当だったらついていきたかった。

「――ジークヴァルド様、か。それが竜の長《おさ》の名前なのかい」

ふと父が浮かない表情をした。

両親はジークヴァルドの正体を知っている。叔父が卵の件で【庭】に出掛ける前に、もしかしたら連れてくる可能性がある、と話しておいたそうだ。驚くことはそれほどないと思うが、この表情はどういうことだろう。

「はい、そうですけれども……」

戸惑って目を瞬《まばた》く。気づけば、あれだけ喜びを表していた母も少しだけ困ったような表情を浮かべていた。

(やっぱり……お父様たちもわたしが番になるのを歓迎していないのね)

エステルからの手紙だけでなく、叔父からも番になるかもしれない、と聞かされていたはずだ。この様子ではやはり反対なのだろう。

ちらりと昨日《きのう》アルベルティーナやマティアスに指摘された話が頭をよぎる。

(竜騎士と同じように考えたら駄目なのがわかっていなかったわけじゃないわ。力もなくて竜に比べて脆弱《ぜいじゃく》なのは、この前食べられかけたことで思い知ったし。不安、は少し感じるけれども……。——でも、ジークヴァルド様の傍《そば》にいるって決めたのよ)

食堂には人払いをしてあるのか、給仕の侍女も執事もいなかった。話すのなら今だ。

エステルは表情を引きしめ、背筋を伸ばして父と母をそれぞれ見た。

竜を恐れず意見できる竜騎士であるユリウスや叔父と違い、一般的な人間の両親だ。ジークヴァルドからの申し出には、どんなに反対したくても頷《うなず》かざるを得ないだろう。

それよりも先に、エステルが自分の意思で番になるのだと伝えたい。

「お父様、お母様、わたしは——」

「色々と話を聞くのは後にしよう。さあ、久しぶりに家族揃《そろ》っての朝食だ」

にこやかにエステルの言葉を遮った父は、再び席につこうと踵《きびす》を返した。

「後じゃなくて、今聞いてください。わたしはジークヴァルド様の――」

「ああ、ユリウスはまだ来ないようだな。疲れているのか？　少し様子を見てくるか」

「ユリウスは離れに様子を見に行ってくるそうです。それより、わたしの話を聞いてください」

一度座った父が立ち上がり、足早に食堂から出ようとするので、エステルはその前に回り込んだ。

「いや、だがな。ほら、せっかくのスープが冷めてしまうからな――」

「――あなた。いい加減に覚悟を決めましょう」

母が少し呆《あき》れたように声をかけてきた。

「だがな、お前」

「あなた。お座りになって」

「………」

強く言われた父は、しぶしぶと椅子《いす》に腰を下ろした。エステルもまたその向かいの自分の席に座り、真《ま》っ直《す》ぐに両親を見据えた。

緊張で速くなる鼓動を落ち着かせようと、ジークヴァルドの鱗《うろこ》があしらわれた耳飾りに一度触れ、下ろした手をきつく握りしめる。

「わたしは竜の長の——ジークヴァルド様の番になります。でも、強要されたわけではないですから、安心してください。わたしがジークヴァルド様の傍にいたいと思ったんです」

真顔になった父は、すぐさま片手で顔を覆ってしまった。そのまましばらく沈黙していたかと思うと、なにやらぶつぶつと呟《つぶや》き出した。

「あんなに絵にしか興味がなかった娘が、こんなことを言う日がくるとは……。いや、竜にも傾倒していたから、違うか？　ある意味よかったのか、どうなのか、いや、よくないだろう。竜だぞ、夫が竜。ちょっと待て、俺は竜の義父になるのか？　いや、それよりお父様のお嫁さんになる、とか言っていたあのエステルが……っ」

「言っていません。叔父様のお嫁さんになる、とは言ったことはありますけれども」

アルベルティーナに颯爽《さっそう》と乗る叔父がとてつもなく格好良かったのだ。アルベルティーナはレオンはないわぁ、お勧めしないわよ、とけらけらと笑っていたが。

記憶を自分の都合のいいように改ざんしてくれた父は、エステルの突っ込みにぱっと顔を上げた。その表情にはどこか鬼気迫るものがある。

父は竜騎士にはなれなかったとはいえ、それなりに武芸には秀でていて王宮警備の騎士団長を努めている。叔父よりも体格がいいせいか、そういう顔をされるとかなりの迫力だ。

「エステル、竜の長は寛容な方か？」

何を言われるのかと身構えたエステルは、拍子抜けしてこくりと頷いた。

「はい。寛容でお優しい方です」

「人の言葉をきちんと聞いてくださる慈悲の心を持っている方か？」

「持っています。わたしの言葉の意味をちゃんと理解しようとしてくれます」

エステルが蔑《ないがし》ろにされないか確認をしているのだろうか、と思いつつ答えると、父はまた黙考し始めた。

「……あの、お父様？」

少し様子のおかしい父に首を傾《かし》げ、その隣に座る母を尋ねるように見やると、目を伏せたまま首を横に振られた。これは、母でもわからない、ということだろうか。それとも、対処なし、ということなのか。

「――よし」

何か父の中で結論が出たのか、晴れやかながらもどこか緊張感を滲《にじ》ませたその表情にエステルは嫌な予感が頭をよぎった。

「何がよし、なんですか？　それより、ジークヴァルド様とのことは……」

「うん？　ああ、そうだな。いい方のようでよかった」

曖昧《あいまい》な笑みを浮かべて、番になることへの是非を答えない父に、もしかして何かするつもりだろうかと、疑わしそうにエステルがじっと見つめていると、離れへ行っていたユリウスが慌ただしく駆け込んできた。

「すみません、遅くなりました。セバスティアン様があちらで叔父さんの食事を食べると言い出したので……。何ですか、この空気は」

妙な雰囲気にすぐに気づいた弟が眉《まゆ》を顰《ひそ》めて問いかけてきたが、父はなんでもないよ、とにこやかに言うと、食事を運ばせるためにテーブルの上のベルを鳴らした。

＊＊＊

「――どうか、娘をリンダールにお帰しいただけませんでしょうか！」

エステルの父だと名乗るレオンにどことなく似た男が、ジークヴァルドの目の前で膝《ひざ》を床につき、頭を下げていた。

そろそろ母屋へ行きましょうか、と呼びに来たレオンに促され、滞在していた部屋から出ようとしたところへ訪ねてきたエステルの父は、ジークヴァルドに自己紹介をした直後、床に激突するのではないかという勢いで頭を下げて懇願してきたのだ。

竜騎士でもないただの人間が直談判をしてきたことに不快感を覚える、というよりもさすがあの番を断るエステルの父だ、と妙に感心しつつ見下ろしていると、あまり焦ることのないレオンがわずかに動揺したようにエステルの父の肩に手を置いた。

「――兄上、気持ちはわかるが……」

レオンが宥《なだ》める声にも怯《ひる》むことはなく、エステルの父は頭を下げたまま言葉を続けた。

「もちろん、娘の様子を見れば貴方《あなた》様が強引に番になさろうとしているわけではない、ということはわかっております。ですが、エステルは人間です。それも身を案じすぎる私どものせいで【クランツ家の箱入り令嬢】と揶揄《やゆ》されてしまうほどの世間知らずでもあります」

「身を案じすぎる、とは……幼い頃《ころ》の誘拐の件のせいか。――ああ、いい顔を上げてくれ」

ジークヴァルドの問いかけにエステルの父は少しばかり驚いたように顔を上げ、しかしすぐに伏せようとするので止めると、居住まいを正してジークヴァルドを見上げた。

「娘はそれも話しているのですか……。はい、仰《おっしゃ》る通りです。あの娘はここ数代、男子ばかり生まれていたクランツに久しぶりに生まれた女子です。竜に選ばれやすいクランツの血が欲しい方々には、なおのこと希少だったのでしょう。私どもはその執念を甘く見ていました。だからこそのあの失態です」

悔し気な響きの声は、いつだったかユリウスに誘拐事件の詳細を聞かされた時のものとよく似ていた。エステルを思うが故、自分の不甲斐《ふがい》なさがなおのこと許せないのだろう。

「もう、あのような目には遭わせたくはありません。もしも竜騎士になることが叶《かな》うのならば、竜の守りがつきます。簡単には拐《かどわ》かされることはない。ちょうどレオンも世話役の年でした。

だからこそ、私どもは【庭】へと娘を送り出しました。それが――まさかの番とは……」

喜びの感情はその口調にはなく、ただただ戸惑うばかりだ、といった様子に、ジークヴァルドは配下以外の周囲の竜が同じような反応をしているのを思い出し、わかってはいてもこちらでもか、とわずかながら苛立《いらだ》ちを覚えほんの少し顔をしかめた。

「番では駄目だとお前は思うのか。エステルがそれを望んでいたとしても。子は巣立つものだろう。いつまでも親元にいることはない」

「人間の男性の元へ嫁ぎたいと言うのなら、喜んで嫁がせました。ですが、貴方様は竜です。番になればおそらく寿命も長くなるのではないでしょうか。誰一人知り合いがいなくなり、竜の中でたった一人老いていく怖さをお考えください。そうでなくとも人間が竜の生活に慣れるのは苦労も、危険も倍以上でしょう。おそらく娘はそれをあまりよくわかっていない」

苦渋に満ちたその言葉に、エステルは竜に食われかけたというのにそれでもジークヴァルドの番になると決めたことを話していないのだ、と気づいた。

(危険な目に遭ったことを話せば、反対されるのは目に見えているからか)

娘の覚悟を知らないまま、エステルの父はかすかに肩を震わせ、さらに言葉を重ねた。普通の人間なら声も出せないに違いない。かなりの胆力で竜に意見をしているのだ。

「今は竜騎士になれた喜びと、憧《あこが》れていた竜の傍で過ごせることに浮かれているだけです。そんな浮ついた思いで番になるなど、逆に貴方様への失礼にあたります。現実を知れば自分の甘さに後悔するでしょう」

ジークヴァルドはちらりとエステルの父の背後にある扉に目をやった。その向こうにいるはずの誰かが飛び込んでくるかと思ったが、一向に乱入してはこない。

少し不思議に思ったが、それでも指摘することはしなかった。

「娘の、エステルのことを想《おも》ってくださるのでしたら、リンダールへお帰しください。どうかお考え直しいただけますよう、心からお願い致します」

再び深く頭を下げたエステルの父を、ジークヴァルドはしばらく見据えていたが、やがて小さく嘆息した。びくり、とエステルの父の肩が大きく揺れる。

「話は聞いた。だが、考えを変えるつもりはない。それにお前は……自分の娘の図太さをもう少し知った方がいい」

「――図太さ、ですか？」

怪訝《けげん》そうにエステルの父が顔を上げた。

「初めに顔を合わせた時、エステルは俺《おれ》を叩《たた》いた。番だと分かった時にも即座に断った。高所恐怖症だというのに口喧嘩《くちげんか》をした子竜の背に乗ろうとしたかと思えば、竜騎士になった際も、流れとはいえバルコニーから飛び降りていたな。俺を貶《けな》したからと怒って竜に言い返し、俺の怪我《けが》を治そうと、躍起になって食べ物を口に押し込んできたこともある。それに、魅了の力を疎まれて竜とは目も合わせてもらえないと落ち込むのに、凝りもせずにあちらこちらで絵を描きたいと騒ぎ立てるのは、日常のことだ」

みるみるとエステルの父の顔が青ざめていった。その傍らのレオンなどは、笑いをこらえるように横を向いて肩を揺らしていた。

こうつらつらと改めて挙げてみれば、人間の娘だというのにかなりの暴れようだ。竜でもこうはジークヴァルドを振り回さないだろう。

「そうだな、あとは……」

「――ま、待ってください。ジークヴァルド様！　それ全部言わないでください。もうそれ以上はないと思いますけれども、言わないでください！」

勢いよく扉が開いたかと思うと、エステルが真《ま》っ赤《か》な顔をして飛び込んできた。その背後には遠い目をするユリウスと、まだ眠っていたはずのアルベルティーナ、そして口の端に食べかすをくっつけたセバスティアンが揃って立っていた。

やはり全員いたか、と思いつつ傍まで来て怒りの表情で見上げてくるエステルに視線を戻す。

「全《すべ》て本当のことだろう。お前の父親がお前のことを案じているのだから、【庭】での様子を伝えただけだが」

「それは……本当のことですけれども。本当のことなんですけれども！」

悔し気に歯《は》噛《が》みするエステルを宥めるように、ジークヴァルドはその頬《ほお》をするりと撫でた。鬘を被ったのだろう。その髪色が元の茶色に戻っている。エステルを国に帰してしまえば、もうジークヴァルドと同じ髪色ではなくなるのだと、改めて突きつけられたようで、軽い苛立ちを覚えた。

たった一晩顔を見なかっただけだというのに、その髪色のせいか【庭】にいた時よりも距離を感じ、ジークヴァルドはエステルの肩を引き寄せてその首筋に頬を摺《す》り寄せた。

「――そう怒るな。お前がやめろと言うのなら、もう口を噤《つぐ》む。機嫌を直せ」

耳飾りで飾られた耳元でそう告げると、エステルは頬を赤らめてわなわなと唇を震わせながら、何やらぼそぼそと喋《しゃべ》り出した。

「……駄目だわ、これ。絶対にやめてもらわないと。人間の国だと人前でこんな風にべたべたと触ったら駄目ですって、言わないと……」

こちらに向けて言っているのではないだろう。どうも内心の声が漏れているようだ。

指摘するべきなのか、聞かないふりをしておく方がいいのかためらっていると、ごつん、と何かが床にぶつかる音がした。

何気なくそちらを見たジークヴァルドの目に飛び込んできたのは、固めた拳《こぶし》を床に叩きつけるエステルの父の姿だった。顔を伏せてはいるが、なぜかその肩が怯《おび》えではなく怒りに満ちているように見えるのは気のせいだろうか。

「お、お父様……。あのですね、これは」

エステルが慌てたようにジークヴァルドを押しやる。それとほぼ同時にエステルの父がががばっと顔を上げた。その表情はぎらぎらと殺意に満ち、ジークヴァルドを恐れもせずに睨《にら》みつけている。

「――いくら竜とはいえ、世間知らずの娘をたぶらかそうと……ぐっふ」

「兄上、そこまでだ。それ以上は本当にまずい。――ユリウス、手を貸せ」

レオンが必死の形相でエステルの父の口を塞《ふさ》ぐと、甥《おい》を呼んで二人がかりで外へと連れ出していった。

「あーあ……。駄目だよ、ジーク。親の前であんなことしたら。怒るの当たり前だよ。僕たち竜とは違うんだから」

「印象は最悪よね。あたしは別にその方が嬉《うれ》しいけれども」

気の毒そうに眉を下げるセバスティアンと、勝ち誇った笑みを浮かべるアルベルティーナのそれぞれの反応に、ジークヴァルドはエステルに問うように視線を向けた。

「お前に触れてはいけなかったのか？　大切にしているのが目に見えてよくわかるだろう。安心すると思うが」

「……ジークヴァルド様はそういう感覚なんですね」

エステルが赤味の引いた顔で、がっくりと肩を落とした。

どうやら、人の国では親の前で目に見えての愛情表現はあまり見せてはいけないらしい。

（そういえば、ユリウスの前で触れると恥ずかしいと言っていたな）

感情を含め、人の考え方というものをもう少し学ばなければ、知らずに反感を買い、気持ちを汲《く》んでやることができないのだろう。

ジークヴァルドは悪いことをしたのかもしれないなと思いつつ、項垂《うなだ》れるエステルの頭をそっと撫でた。

＊＊＊

晴れ渡った冬空に、八つの竜の影が横一列に編隊を組んで飛んでいた。

リンダールの王都の外れ、街並みが切れたその場所で行われていたのは、友好国レーヴとの竜騎士の合同演習だ。卵の所有権争いをしていることを隠すため、表向きの理由としての合同演習がまさに今、決行されている。

リンダール側からは産後のウルリーカを除く五匹。レーヴ側では今年加わったばかりの一匹を含む三匹の、合計八匹が空を規則正しく飛ぶ様は圧巻だ。

「今、今見ました？　ジークヴァルド様！　くるっと回転してぎりぎりですれ違うなんて……。あっ、うわぁ……。セバスティアン様もユリウスが乗っていると、本当に上手に飛びますよね。

えっ、あそこで火を噴いても大丈夫なの!?」

「――お前は演習を見たことがないのか？」

演習場の隅に設けられた観客席にジークヴァルドと並んで座り、周囲の人々に負けず劣らず騒がしく歓声を上げていたエステルは、ジークヴァルドの問いかけにも、そちらを見もせずに大きく頷いた。

「はい！　こういった沢山の方々が集まる場所には、あまり連れて行ってもらえませんでしたから。馬車の窓から少し見させてもらうだけで……。こんなに近くで見るのは初めてです」

少しでも見逃すまいと、目を輝かせて食い入るように竜たちの競演を見上げる。

レーヴとの演習は今回が初めてではないが、今回の演習はリンダールとレーヴの良好な関係を周知させるため、関係者のみではなく一般の人々も観覧を許可されているそうだ。もしかしたらわざわざ見栄えのいい演目を披露しているのかもしれない。

（【庭】で飛んでいるのは沢山見たけれども、竜騎士が騎乗している姿はまた違うわよね。あとで絶対に描きとめておかないと！　観覧を勧めてくれたマティアス様たちに感謝しなきゃ）

リンダールに滞在を始めてから七日。その間ジークヴァルドは卵が急激な力の供給にさらに不安定にならないよう、半日かけてゆっくりと卵の周辺の地面に力を注いでいる。

しかしながら思っていた以上に卵が力を吸収してしまうらしく、次の日にはもう周囲の草木が萎《しお》れていた。竜の姿ならば卵の状態を見ながらずっと供給し続けることもできなくはないらしいが、これもまた土地の均衡が狂い、枯れてしまう可能性がある、と、どうもなかなか調整が難しく気力を使うらしい。ただ、幸いなことに卵は順調に成長しているそうだ。

エステルもまた、竜騎士の作る食事は竜の疲労回復や怪我の回復を早めると聞かされていたので、せっせとジークヴァルドに食事を供していた。

どちらも忙しくしていたそんな中、合同演習を観覧しないかとマティアスが誘ってきた。是非とも息抜きに行ってきてくれとウルリーカも勧めるので、ありがたく出掛けてきたのだ。

「やっぱりアルベルティーナ様は動きが素早いですよね……。叔父様と息がぴったりで。新しくレーヴの竜になった方がまだちょっとぎこちないのがよくわかります」

竜騎士ならば落ちることはない、とはわかっていても互いに気遣って飛んでいるのがよくわかる。

（絶対に無理だけれども、わたしもジークヴァルド様と一緒に参加したかった！）

ともすれば、曲芸飛行と思えてしまうほどの飛び方はできないが、それでも竜騎士として皆の前で悠然と飛んでみたかった。あの竜たちの先頭を飛ぶジークヴァルドは絶対にどの竜よりも優美で圧倒されるだろう。それを想像すると感嘆の溜息《ためいき》が出てしまう。

「【庭】に帰れば、いくらでもあんな風に飛んでやるが」

「――ええと、ちょっとそれはもう少し飛ぶのに慣れてからでお願いします。今は見ているだけで十分です」

エステルが羨《うらや》ましそうに見ているのが不満だったのか、少しだけ不機嫌そうなジークヴァルドにやんわりと断りを入れると、納得がいかなさそうに嘆息されてしまったので、エステルは小さく笑った。

「でも、これを見ていると、ジークヴァルド様の元の姿を見られなくて、ちょっと寂しくなってきます」

【庭】では人の姿でも縦に虹彩《こうさい》が走った竜の瞳《ひとみ》だったのが、今は真円を描いている。時々首筋に浮かんでいた鱗も見られない。竜の特徴がどこにも見受けられないのが寂しい。

「耳飾りの鱗でも眺めて我慢していろ。すぐに【庭】に戻れる」

ふいに目を柔らかく細めたジークヴァルドが手をエステルの耳元に伸ばしかけて、途中で何かに気づいたように下ろした。先日、エステルの父が激怒したことを思い出したのだろう。

マティアスの頼みで叔父が用意してくれた席は、貴人のために腰ほどの高さの衝立《ついたて》で仕切られた半個室のような席だったが、隣とは若干距離があるとはいえ人目があることには変わりない。

駄目だと言われたことを素直に聞き入れてくれるのは嬉しいが、同時に窮屈な思いをさせてしまって申し訳なくなってくる。

(でも、お父様があんな風に思ってわたしを【庭】に送り出してくれていたなんて……)

あれから父とは顔を合わせていない。ユリウス曰《いわ》く、エステルの顔を見るとどうしてもジークヴァルドに怒りを覚えてしまうからと、顔を合わせないようにしているらしい。

誰《だれ》もかれもがエステルが番になることに難色を示す。勘違いだ、半端な覚悟だ、浮かれている、後悔する。それらの言葉が心に落ちた不安の染みをじわじわと広げていくような気がして、エスエルは思わずそれを留《とど》めるように耳飾りを強く握りしめた。

（どうして不安になるのよ。ジークヴァルド様が好きなら、そんなことは思わないはずよ）

自分のこの好きだという思いは恋愛的なものではなく、親愛的なものだったのだろうか、という恐れにも似た感情に少し視線を落とす。

「どうした？」

急に静かになったエステルを不審に思ったのだろう。ジークヴァルドが問いかけてきた。

「いえ、なんでも……」

慌てて首を横に振りかけて、はっとする。なんでもない、と言葉を濁すのは寂しい思いをさせてしまうとわかったはずではないか。

「――番になることを、どうしたらお父様たちが認めてくれるのかと考えていたんです」

嘘《うそ》ではない。認めてほしいのは事実だ。ただ、別のことを口にしてしまったのが後ろめたくなり、唇をそっと噛みしめる。

「親に認めてもらえなければ、お前は番にはなりたくないのか？」

「なりたくない、というわけではなくて……。お父様たちを心配させて、悲しませたまま番になるのが心苦しいだけです。――あっ、だからといって、ジークヴァルド様から離れるつもりはありませんからね！」

眉間《みけん》に皺《しわ》を寄せて、何かを考え込むようにエステルから顔を逸《そ》らしたジークヴァルドに、慌てて言い募る。

「それはわかっている。だが、俺は娘をたぶらかし、人間の国から連れ去ろうとする悪竜らしいからな。認めさせるのは難しいだろう」

珍しく悪戯《いたずら》っぽくにやりと笑うジークヴァルドに、エステルはきょとんと目を見開き、すぐに笑ってしまった。

「悪竜、って誰が言ったんですか？」

「アルベルティーナだ。そういう読み物があったらしい」

そう言われてみて、アルベルティーナが一時期小説にはまって読みふけり、エステルにもやたらと勧めてきていたことを思い出した。数冊は読んだが、その中にはそんな話はなかった。

「悪竜らしく、誤解を解かないまま【庭】にお前を連れ帰ってもいいが、それでは遺恨が残るだろう。結局は俺もお前も浮ついた気持ちで番になると言っているのではないと、行動で示していくしかない」

「――一緒に考えてくれるんですか？」

少し驚いてジークヴァルドを見返す。竜にとっては親云々《うんぬん》の話ではないというのに。

「むしろ、なぜお前だけを悩ませると思った？　お前の悩みは俺の問題でもあるだろう。お前には愁《うれ》いなく俺の傍で過ごしてほしい」

　柔らかく笑ったジークヴァルドは、エステルが膝の上に乗せていた手に自分の手を重ねようとしてためらった末、小指だけをエステルのそれに絡ませてきた。ほんの少し触れたたったそれだけのその仕草に妙にどきりとしてしまって、鼓動が速くなってくる。

（う……、な、なんだかこれ……。普通に握られるよりも緊張する……。あれ？）

　つい落としてしまった視界に映ったのは、わずかに銀の鱗に覆われ、鋭い銀の爪《つめ》で彩られたジークヴァルドの指先だった。先ほど、エステルが竜の姿のジークヴァルドを見られない、と残念がっていたのを汲んでくれたのだろう。それに気づいた途端、きゅっと胸がしめつけられるような、息苦しいような気持ちになってくる。

「……ジークヴァルド様、わたし……絶対にジークヴァルド様を手助けできるような番になりますから！」

　急に意気込んだエステルに、ジークヴァルドは虚を突かれたようだったが、すぐにくすりと笑った。

「無茶をしないでくれると嬉しいが。――それより、見なくていいのか？　終わってしまうぞ」

　ジークヴァルドに促され、エステルは慌てて再び空を見上げた。

　そろそろ終盤なのだろう。八匹で円を描くように飛んでいた竜たちが、一匹、また一匹と地上へと降り立つ。ふっとその輪の中から黒鋼色の竜が外れた。そのままなぜか勢いを殺すことなく、観客席の方へと飛んでくる。

（えっ、ええっ、ちょっと待って、マティアス様よね？　どうしたの⁉）

すぐ近くまで飛んできたマティアスは観客席ぎりぎりまでやってくると、かすめるのではないかという直前で上空に向けてくるりと身を翻《ひるがえ》した。

観覧していた人々を強風がざっと撫でていく。その後を追うように、ぱちぱちと音をたてて雷《かみなり》を纏《まと》った竜巻がすっと通り抜けた。一瞬の沈黙ののち、わあっと歓声が上がった。観客席の前を今度はゆったりと横切るマティアスの背中に乗っている竜騎士ラーシュが、こちらに向けて胸に手をあて礼をしている。

「すごい……。こんな趣向、絶対に見ている方は喜びますよね……」

帽子を被っていたものの、鬘が飛んでしまわないようにとっさに頭を押さえたエステルは、感嘆の溜息をついた。

人間の国において竜は国防を担うのと同時に、その場にいるだけで気候が安定すると言われている。自然災害や他国との諍《いさか》いなどの非常時でもなければ普通はあれほど間近で見ることはない。見慣れているエステルでさえも、まだ胸の動悸《どうき》がおさまらないくらいだ。

「——本当に格好つけたがりっすね。ウルリーカ様の方がもっと華やかなのに」

ふっと耳に飛び込んできた小さく吐き捨てるような声に、エステルはきょろきょろと周囲を見回し、斜め後ろの席に座る声の主を見つけた。

痩《や》せた体に少しだけ皺の寄った騎士服を身に纏い、服とは逆に手入れの行き届いた艶《つや》やかな金糸雀《カナリア》色の長い髪を頭頂部で一つにまとめた青年は、その深緑色の双眸《そうぼう》を眇《すが》めてラーシュたちを胡乱気《うろんげ》に眺めていた。ウルリーカの竜騎士エドガー・ニルソンだ。

「ニルソン様、いらっしゃっていたんですか」

あの席は来た時には誰もいなかったはずだが、どうもエステルが大興奮して竜たちの演習を見ている間に来たようだ。

エドガーの姿を見たのは、実はあの初めて卵を見た日以来だ。ジークヴァルドと一緒に毎日卵の元に通っていたが、卵の所有権争いの交渉に毎日のように引っ張り出されているらしく、姿を見かけなかった。それは今演習をしているラーシュも同様だ。

エステルの呼びかけに、エドガーは大きく肩を揺らして目を見開いたかと思うと、さっと視線を逸らして慌ただしく逃げ出そうとしたが、途中で何かを思い出したのか浮かしていた腰を再び椅子に落ち着けた。しかしながら、視線はこちらに向いていない。嫌われている、というよりやはりラーシュの言っていた通り女性が苦手なのだろう。

「……ウルリーカ様にマティアス様の雄姿がどんな風だったか見に行って教えてほしい、と頼まれなければ、来なかったっす。あと、ウルリーカ様から貴方方の正体は聞かされているんで、オレに様付けはいりません。エドガーで」

「あ、それならわたしもエステルでお願いします」

ぼそぼそと喋るので、少し聞きとりづらかったが言っていることはわかった。とりあえず会話はしてくれるらしい。こちらは見ないが。

それでもエステルはぱっと笑みを浮かべた。ジークヴァルドのことを隠さなくていいのなら気が楽だ。

「でも、そうですよね。ウルリーカ様も番の格好いい姿を見たいですよね。わたしもジークヴァルド様が飛ぶ姿を見るのは好きです。他《ほか》にもこう飛び上がる時の翼の力強さとか、地面を尻尾《しっぽ》がちょっと抉《えぐ》っているのを見ると、それだけ素早く飛び上がろうとしていたのがわかって、何となく嬉しくなったりします」

「尻尾……。――ああ、ああ！　わかります、わかります。抉られた地面の深さの違いで急いでいるのか、怒っているのか、嬉しいのかわかりますし。それを見ると、嬉しいっすよね」

エドガーがなぜか急に話に食いついてきた。視線がこちらを向く。少し長めの前髪の向こうの深緑の目が、きらきらと輝いていた。先ほどよりも声が大きくなり、はきはきとしている。

少し驚いたが、それでもその話は興味深かった。

「尻尾で機嫌を見ることはしますけれども、そこまでは見ていませんでした。抉られた地面の深さですね。今度よく見てみます」

「機嫌といえば、怒ると翼の色がほんのすこーし変わらないっすか？」

「えっ、そうなんですか？　知りませんでした……。あんなによく見ているのに気づかなくて、悔しいです。翼の質感ばかり気にしていて。あれ、すべすべしていて気持ちがいいですよね」

「へええ、そうなんっすね。いや、ウルリーカ様は雌竜の方なんで、オレはそこまでしっかり触ったことはなくて。マティアス様に殺されそうですし」

いいなあ、と羨ましそうに呟き、うっとりとした表情を浮かべるエドガーは、つい先ほどまでの女性嫌いの変わり者、という印象が薄れてきた。

（こんなに話してくれるなんて思わなかったわ。ユリウスは頭一つ飛びぬけて変わっている、とか言っていたけれども、ただの竜好きな方じゃない。ちょっと女性嫌いが激しそうだけれども。……ん？　ウルリーカ様は女性の内に入らないのかしら。竜だから？）

とにもかくにも、これほど竜について語り合えそうな人物は今までにいない。ユリウスも叔父もこんな風には自分の主竜のことを話してくれたことはないのだ。嬉しくなってきてさらに言い募ろうとすると、くいと小指が軽く引っ張られる。はっと気づいて隣を向くと、ジークヴァルドが眉間に皺を寄せてエドガーを睨みつけていた。

「あ、はは……。えーと、そ、そんじゃ、オレはこれで……」

顔を恐怖に引きつらせたエドガーが、そそくさと立ち上がった。そのまま脱兎《だっと》のごとく逃げ出していく。

いつの間にか演習は終わっていて、観客たちは帰り始めている。エステルの周りの個室席にもすでに誰もいない。エドガーの姿はあっという間にその人込みに紛れてしまった。

「ジークヴァルド様……。ウルリーカ様の竜騎士じゃないですか」

せっかく楽しく話していたのにひと睨みで追い払われてしまい、絡められていた小指を抜き取って、恨めしそうにジークヴァルドを睨む。

「俺はただ見ていただけだ。竜騎士ならこれくらいで逃げ出すのは――。戻って来たぞ」

言われてそちらを見たエステルは、どこか切羽詰まった表情で座席を仕切る衝立に手をついているエドガーの姿を見て、ぎょっとした。大きく肩を揺らし、ぜいぜいと息を切らしている。

「ど、どうかしました?」

「――オレ、竜騎士になって十年経《た》つんですけども。ウルリーカ様に一度も料理を食べてもらえたことがなくって」

なんの脈絡もなく突然そう切り出したエドガーに、エステルは戸惑いながらも口を開いた。

「ええと……。あの、好き嫌いが激しい方なんですか?」

光や水があれば生きられる竜にとっては、食事は娯楽か薬だ。特に体力が落ちているウルリーカは食べなければ駄目だろう。十年来の竜騎士が苦労するくらい、ウルリーカの好みは難しいのだろうか。

ジークヴァルドは渋々でも比較的何でも食べてくれるが、アルベルティィーナは甘い菓子、セバスティアンはどちらかといえば肉や魚などを好む。

「いや、そうじゃないっす。オレの料理が不味《まず》すぎて、飲み込めないそうで。この前はとうとう食べるのを拒否されたんすよ」

それは相当な料理下手《へた》だ。野菜を煮込んだだけのスープでもいいのだ。味がそれほどついていなかったとしても、飲み込めないほどだということはかなり美味《おい》しくないのだろう。

「ウルリーカ様には早く体力を取り戻してもらいたい。そうじゃないと【庭】にもなかなか帰れないっす。だから……」

じっと何かを期待するようにエステルを見据えてきたエドガーに、エステルはようやく彼が何を言いたいのか気づいた。

「あ、わたしにウルリーカ様の食事を作ってほしいんですか？」

「いや、その……違うんです、はい。えーと……オレに料理を教えてもらえたら、と……」

視線をあちこちに逸らしつつものすごく言いにくそうに訴えたエドガーは、最後に縋《すが》るようにエステルを見つめた。

「こんなこと、他の竜騎士には頼めないっす。それに他の竜騎士の料理よりも、自分の竜騎士の料理の方が回復は早いんで、できればオレの料理を召し上がってもらいたくて」

卵が安定し移動できるようになったとしても、ウルリーカの体力が回復していなければ確かに【庭】には戻れない。

（早く体力が取り戻せればウルリーカ様も大分楽だろうし、ジークヴァルド様の手助けにもなるかも……。力がなくても、これならできるわ）

些細《ささい》なことかもしれないが、ちょっとずつでも積み重ねていけばいい。

「ジークヴァルド様、いいですか？」

期待に満ちた目で主竜を見上げて許可を求めると、ジークヴァルドは少し考え、頷いた。

「ユリウスが同席するのを了承すれば、俺はかまわないが」

エステル一人では不安が残るのだろう。条件を出されたが、それでもエステルは感謝の笑みを浮かべた。

「ありがとうございます」

「――た、助かりますです！」

礼を言ったエステルの傍で、エドガーもまたどもっておかしな敬語で礼を叫んだ。

「ああよかった。これでようやくオレの料理を召し上がっていただける……。ウルリーカ様の血肉になって……」

恍惚《こうこつ》とした表情で喜ぶエドガーがぶつぶつと呟き始めたかと思うと、ふっとその鼻の辺りに赤いものが見えた。

どんな料理なら簡単だろうかと思考を巡らせていたエステルは、それを見てぎょっとした。

（……え、鼻血？　いやいや……。――うん、鼻血だわ）

一瞬見間違いかと思ったが、明らかにそうだ。

喜びのあまりなのか、何かよからぬことでも想像したのか、頭に血が上ったらしい。そういえばアルベルティーナが「変態」と言いかけていた、と思い出しながら、エステルは若干引きつつもポケットからハンカチを取り出そうと手を入れた。その際、いつもポケットにしまっているスケッチブックが引っかかり、苦心の末、ようやく取り出して差し出す。

「あの、エドガーさん、これ使ってください」

「え？　あっ、も、申し訳ないっす！　ありがたく……。――ひっ、いえ、あの、大丈夫なんで！」

一度はハンカチを受け取ろうとしたエドガーだったが、エステルの背後を見た途端、顔を真《ま》っ青《さお》にした。

「り、竜騎士関連の予定が詰まっているんで、料理の指導は予定の隙《すき》をみて声をかけるっす！」

エドガーは乱暴に袖口《そでぐち》で鼻を拭《ぬぐ》ったかと思うと、エステルが止める間もなくくるりと踵を返して帰路につく人波の中へと逃げ去って行った。

「あ、そのまま行ったら……。ああ……避けられているわ」

女性の悲鳴が聞こえ、どよめきがどんどんと先へ先へと広がっていく。

顔と袖口を血で汚した竜騎士が青い顔で駆けてくるのだ。普通に怖いだろう。

「料理の指導はやめたほうがよくないか？」

「……いいえ、約束してしまったので、やります」

おそらくエステルの背後から威圧感たっぷりに睨んでいただろうジークヴァルドがやんわりと止めてきたが、エステルは顔を引きつらせつつも首を横に振った。

(多分、主竜愛が強いだけよ。うん、そうよ。話しているのは楽しかったし)

ただ、気になるのはウルリーカ以外の竜たちがこぞって嫌がっていることだけだ。少しだけその一端が見えた気がしたが。

「それより、早く叔父様たちと待ち合わせた場所まで行きましょう。いなかったら探し回ると思いますし」

エステルは渡しそびれてしまったハンカチをポケットにしまい直し、演習が終わったら待っているようにと言われた馬車の停車場まで行くべく、ジークヴァルドを促した。

＊＊＊

「――で？　料理を教えるのを約束したんだ」

半眼になって責めるようにこちらを見てくるユリウスに、エステルはなぜそこまで怒られるのかと憤慨したように弟を見据えた。

「だって、困っていたから。ウルリーカ様も早く体力を取り戻したいでしょ」

演習場の片隅、観客もほとんど帰ってしまい閑散とした馬車の停車場で、エステルはユリウスにじっとりとした視線を向けられていた。

馬車を使うことができないので、アルベルティーナとセバスティアンに乗って街中まで戻らなければならないのだが、叔父はまだ用事があるらしく、もうしばらく待ってほしいと伝言を持ってユリウスが先にやってきた。そのユリウスに先ほどのエドガーの件を話すと、呆れられるのと同時に小言が返って来たのだ。

「だったら料理人に教えを乞《こ》えばいいじゃないか。なんでエステルが教えないといけないんだよ。言っておくけど、あの人の料理下手はとんでもないからね。セバスティアン様がお腹《なか》を壊すくらいだから。あれを改善しようだなんて、エステルには無理だよ」

「うえぇ……、思い出させないでよ、ユリウス。見た目はいいのに、どうしてあんなにおかしな味がするのか不思議なんだよねえ……」

人の姿のセバスティアンが、顔を歪《ゆが》めて腹の辺りを押さえる。

エステルは双方の言葉に頬を引きつらせた。

人より頑丈な竜の腹をも壊す料理とはもはやただの毒物ではないだろうか。

「そこまでだったなんて……。わたしが教えるのは無謀だった？」

「だからそう言っているじゃないか。そもそも人に教えられるほどエステルは料理上手、っていうわけじゃないよね。なんでやる気になったのさ」

　疑わし気に見据えてくるユリウスに、エステルはちらっと傍らに立つジークヴァルドに視線をやった。

（い、言えない。ウルリーカ様の体調が心配なだけじゃなくて、ジークヴァルド様の手助けになるかもしれないから、なんて……絶対に馬鹿《ばか》にされる）

　下心ありまくりだ。それもあまりにもささやかすぎて失笑されそうだ。

　エステルが冷や汗をかきつつどう言ったものかと考えていると、ジークヴァルドが小さく嘆息した。

「どうも話が合っていたようだからな。それに許可を出したのは俺だ。そう目くじらを立てるな。だが、ユリウス、お前がどうしても同席したくないというのなら、断りを入れる。そういう条件だ」

　擁護してくれるジークヴァルドに感謝のまなざしを向けたエステルだったが、ユリウスはというと苦々しそうに顔をしかめた。

「話が合う……。――ああ、やっぱり。絶対そうだと思ったから、エドガーさんがおかしいくらいの竜愛好家だって、教えなかったのに……。料理を教えてほしいって頼むくらい懐くなんて思わなかったけれども」

「……安請け合いしてごめんなさい。貴方が嫌なら、ジークヴァルド様の言う通り断るから」

殊勝に頭を下げると、しばらくじっと考えていたユリウスが盛大に溜息をついた。

「……ああもう、仕方がないから引き受けるよ。確かにウルリーカ様の食事のことは気になっていたけれども、俺が口出しするわけにはいかなかったし」

額に手をやり、次いで気を取り直すように顔を上げたユリウスに、エステルはほっと胸を撫で下ろした。ふいにその弟の手に切り傷ができているのに気づく。

「ありがとう、あまり迷惑をかけないようにするわね」

「いや、多分それ無理だから。……何？　握手？」

苦笑いをするユリウスの手をとると、不審そうな顔をされたので首を横に振る。

「怪我をしているのよ。鱗にでも引っかけたのね。――あれ？」

ポケットからハンカチを取り出そうとしたエステルは、ふと一緒に入れていたはずのスケッチブックがないことに気づいた。慌てて下を見回したが、どこにも見当たらない。

「何か落とした？」

「うん、スケッチブックがないのよ。どこで落としたのか……」

とりあえず先にユリウスの傷にハンカチを巻きながら、自分の行動を思い返していたエステルははっと気づいた。

（エドガーさんにハンカチを渡そうとした時かも）

スケッチブックがハンカチに引っかかってしまったのを無理に取り出した覚えがある。おそらくあの時落ちたのだ。

「観客席に落としたのではないか？」

周囲に視線を巡らせていたジークヴァルドも気づいたのだろう。その言葉にエステルは同意するように頷き、慌てて踵を返した。

「ちょっと探しに行ってくるわね」

「えっ、叔父さんがもうすぐ来るよ。夜会の準備もあるし」

確かに今夜予定されている夜会に出席することになっているが、スケッチブックも気になる。

「駄目よ。誰かに拾われたら、魅了にかかっちゃうかもしれないし。急いで見つけないと」

絵にもエステルの持っている魅了の力が微量だが移ると言われたことがあるのだ。見られて困るのなら持ち歩くな、と言われては元も子もないが、癖で突っ込んできてしまったのだから今更仕方がない。

早く戻ってきてよ、と言うユリウスに手を振り、エステルが当然のようについてくるジークヴァルドと共に観客席に戻るべく歩き出すと、少し行ったところでふいに呼び止められた。

「あの、お嬢様」

振り返ると、ユリウスと同じくらいの年ごろの少年が少し緊張気味にそこに立っていた。騎士服を着てはいるが、その顔に見覚えはない。

「何か御用ですか？」

「ラーシュ・アンデル様から、こちらをお嬢様にお渡しするようにと頼まれました。お嬢様の物で間違いないでしょうか、とのことです」

きょとんと目を瞬いたエステルの前に差し出されたのは、手の平におさまってしまうほどの大きさの茶色い表紙のスケッチブックだった。偶然なことに、落としたスケッチブックと似ている。

「ラーシュ様から……。――あ、はい。わたしの物です。ありがとうございます」

受け取ったスケッチブックの裏表紙の内側に自分の名前が書いてあるのを認めたエステルは、では、確かにお渡ししました、と去って行こうとする少年を慌てて呼び止めた。

「あの、ラーシュ様が拾ってくれたということですか？　ご本人はどちらに……」

「すみません、そこまではわかりません。でも、アンデル様でしたら、私にあそこにいるご令嬢にこれを渡してほしいと言づけて、観客席の方へ行かれてしまいました。何か急がれているご様子でしたが……」

それだけ言い、今度こそ立ち去っていく少年を見送ったエステルは、スケッチブックを手にしたまま首を傾げた。

「どうしてそこまで来ていたのに、直接渡さなかったのかしら……」

「何か急ぎの用事で時間がなかっただけだろう。先ほどの者もそう言っていたではないか」

ジークヴァルドがちらりと少年騎士が去った方角を見ながら、特に気にしていなさそうな口ぶりでそう言った。

「そうですね。ともかく、スケッチブックが戻ってきてよかったです。後でラーシュ様にお礼を……。――あ、そうだ」

胸を撫で下ろし、ポケットにしっかりとスケッチブックをしまっていたエステルは、ふとあることを思い出してジークヴァルドを見上げた。

「ラーシュ様は観客席の方へ行かれたって言っていましたよね？　エドガーさんに料理を教えることになったのを、マティアス様に伝えておいてもらわないと駄目ですよね？」

「その必要があるのか？」

「何となく伝えておかないと、ウルリーカ様に何を食べさせるつもりだ、とか怒られそうな気がするので。スケッチブックのお礼も言いたいですし。でも、忙しそうだったら諦《あきら》めます」

マティアスはあれだけエドガーのことを邪魔に思っているのだ。ユリウスが怒るのだから、もしかしたらマティアスは激怒するかもしれない。

「……確かに後々騒がれても面倒だな」

渋々と頷いたジークヴァルドと共にエステルは観客席の方へと足を向けたが、馬車の停車場にはまだちらほらと人影を見かけていたものの、観客席はすでに静まり返っており、向かったと教えてもらったラーシュの姿も見当たらなかった。

「いませんね……」

竜たちが華麗な飛行を繰り広げていた演習場の方にも誰もいない。

こちらではなかったのだろうかと強くなってきた風に髪を押さえつつ、エステルが落胆しかけた時、ジークヴァルドがついと顔を上げた。そうして何かを探るように辺りを見回したかと思うと、ゆっくりと一般の席と貴人席を分けている背丈よりも高い衝立の傍へと歩いて行く。

「ジーク……っん」

ラーシュを見つけたのだろうかと後を追いかけたエステルの呼びかけは、ジークヴァルドの手によって封じられた。「静かにしろ」と声には出さず、唇の動きだけで伝えてくるのに、わけがわからないながらも頷くと、衝立の向こうからひそひそと誰かが話す声が聞こえてきた。

「しかし、公爵。我らが竜の卵を得られなければ、国元のあの方々が納得致しません。貴方の進退にも関わってきます」

「だがね、そこまで焦ることは――」

前者は知らないが、後者の耳に心地のいい天鵞絨《ビロード》のような男の声はラーシュのものだ、と思った途端に言葉が途切れ、ぎくりとする。

（聞き耳を立てているのに気づかれた？）

そうだとしたら勘が良すぎる。

こんな人目につかない場所でしている会話だ。竜の卵、という単語からも、あまり褒められた内容ではなさそうな気配がした。

立ち去るのかどうするのかジークヴァルドを見たが、彼はエステルの口元を覆っていた手を外し、無言で衝立を見据えたまま動こうとしなかった。

「公爵？　どちらへ……」

向こう側で呼び止める男の声と同時に足音が響く。衝立の陰から出てきたのは、思っていた通り、黒に金の筋が入った髪を持つ竜騎士ラーシュと、執政官風の若い男性だった。

「これは……クランツ伯爵令嬢と、――ジークヴァルド様。こんなところで逢引きかな？」

ラーシュは柘榴《ざくろ》色の双眸を軽く見開き、少し驚いたようだったが、すぐにからかうように唇を持ち上げて微笑《ほほえ》んだ。

「ち、違います！　ちょっとラーシュ様にお伝えしたいことがあったので、探しに来ただけです」

頬を赤らめてエステルが言い返すと、執政官の方は気まずそうな顔でラーシュとエステルたちに会釈をするとすぐに立ち去って行ってしまった。

「すみません。お話の邪魔をしてしまったみたいですけれども、大丈夫ですか？」

「君が気にすることではないよ。卵の所有権の話で、少し意見の相違があっただけだ。それより、君の話とは？」

にこりと微笑み、先ほどの深刻そうな様子を微塵《みじん》も感じさせないラーシュに、エステルはちらりと執政官が去って行った方を見やった。

（貴方の進退に関わるって……。もしかしてラーシュ様は何か困っているの？　竜の卵の所有

権の話もどっちの国も譲らないから膠着《こうちゃく》状態のままだ、とか叔父様が言っていたけれども）

ラーシュのレーヴでの立場がよくわからないが、聞く限りでは穏やかな話ではなさそうだ。

だが、あまり立ち入ったことを聞くのも失礼だろう。

エステルは居住まいを正して、ポケットにしまったスケッチブックを取り出してラーシュに見せた。

「わたしのスケッチブックを拾ってくださいまして、ありがとうございます」

「いや、礼には及ばないよ。――失礼ながら、誰の物なのか確認するために中を見てしまったが、見事に竜ばかりで……。さすがクランツ家のご令嬢だね」

微笑ましそうに笑うラーシュに、エステルは焦ったようにスケッチブックを抱きしめた。

「み、見たんですか？」

「気を悪くしたかな。レーヴでも君の絵を見たことがあるが、私は好ましい絵だと思うよ」

「それは……」

もしかしたら絵に移っていた魅了にかかっているせいでは、という卑屈な思いが頭をよぎったが、ラーシュが知っているのかどうかわからず、口ごもる。

喜ぶ様子のないエステルに、ふとラーシュがああ、と何かに気づいたように声を上げた。

「君に魅了の力があることなら、マティアス様から伺っているよ。もし魅了の力が絵に移っているから好ましく見えるのだと謙遜するのなら、それは違うのではないかな」

「どういうことですか？」

「魅了の力は君自身のものだ。それを含めて君の絵なのだから、拒絶ではなく、誇っていいと思うのだよ」

ラーシュはなぜ受け入れないのだというように不思議そうに首を傾げたが、エステルは軽く眉を顰めてラーシュを見据えた。

「誇るなんて、そんなことはできません。何となく卑怯《ひきょう》な気がします」

故意に魅了の力を移しているわけではないが、それでも自分の絵の腕を褒められたわけではないのが、どうにも受け付けない。

「卑怯？　あるものを使って、何が悪い。それを誰かに責められたことがあるのかい。クランツ嬢、君は自分が持っている能力をもっとうまく利用することを覚えた方がいい」

皮肉気に微笑みながらまるで幼子を諭すかのような言葉を口にするラーシュに、エステルは唇を噛みしめた。

(うまく利用するって……。魅了の力を使って自分の望むことを叶えればいい、って言うの？)

これまでに魅了の力を発揮したと自覚しているのは、命の危機を覚えた時だけだ。あとはもしかしたら力が移っていたのでは、と予想している縁談用の肖像画。子竜たちが懐くのは、かかっているのかどうか確信が持てない。魅了の力を持ってはいても、操れてはいないのだ。

だが、本当は魅力的だと思っていないのにそう思い込まされてしまう力を使うのは、自分だとしたら心を捻《ね》じ曲げられるようで、嫌だ。そう感じるのは間違っているのだろうか。

嫌悪感に、ぐっと拳を握りしめると、その手をそれまで黙っていたジークヴァルドが強く握りしめてきた。その力強さに体に入った力が少しだけ抜ける。

「確かにうまく使いこなせれば、自分自身の身を守る力にもなるだろう。使い方さえ間違えなければ、それほど怖がるような力でもない。――だが、本人は意図的に使うことを望んでいない。お前の忠告はエステルにとっては迷惑なだけだ」

牽制《けんせい》するようにラーシュを見据えるジークヴァルドの視線に、竜騎士は柘榴色の目をすっと細めた。

「……無欲なものだな。それを使えばクランツ伯爵も君たちの結婚を認めてくれるだろうに」

思ってもみないラーシュの言葉に、エステルは大きく目を見開いた。

「お父様相手に魅了の力なんて使いたくはないですけれども……。認めてもらえていないのをどうしてラーシュ様がご存じなんですか？」

貴族の噂《うわさ》話はとんでもなく早い。面白おかしいことならすぐに広まる。箱入りと揶揄されるほど、ほとんど表に出ていなかったエステルでさえもそれはわかっていたが、それにしたとしてもクランツ邸とエドガーの屋敷との行き来だけしかしていないというのに、どこから父が番になること――すなわち結婚を認めていない、という話が漏れたのだろう。

「君はこちらに戻って来た時に鬘を購入していなかったかな。そこから君が戻って来たのが知られたらしい。竜の番にならなかったのならば是非婚約を、と申し込んだ男性が、クランツ伯爵にさる高貴なお方からもお話をいただいているが、今は訳あって保留にしている最中なので。と断られたとか。その話が私のところまで回って来たのだよ」

淡々と説明をしてくれるラーシュに、エステルは『保留』という単語に頬を引きつらせた。

（竜の申し出は断れないけれども、どうしても嫁がせたくない、っていうのがよくわかる……）

改めて父はそう思っているのだと突きつけられて、つい溜息がこぼれてしまう。それを宥めるように、ジークヴァルドに軽く腰を引き寄せられた。

「たとえ魅了の力を使って結婚を認めてもらったとしても、後ろめたさは後々まで残るだろう。エステルにはそんな思いをさせたくはない。それに、魅了の力に頼らなければ好いた娘を娶《めと》ることもできないと思われるのも心外だ。魅了の力など使う必要はない」

ラーシュがどこか小馬鹿にしたようににこりと笑う。

「それはまた……随分とお綺麗《きれい》で自信のある発言だ」

「そうだな。自分にないものを羨み、忠告というおせっかいをしてくるお前よりはあるだろう」

ジークヴァルドは眉間に皺を寄せながらも落ち着いて言葉を紡いでいたが、ふとエステルの腰に回したその手の甲にうっすらと鱗が浮かんでいるのに気づいた。声を荒げる代わりとでもいうように逆立つ鱗に、エステルは慌ててそれを隠すように自分の手を置いた。

これ以上この話を続けるのは、なおのことジークヴァルドの怒りの火に油を注ぎそうだ。ラーシュは正体を知っているのかどうか未《いま》だにわからないが、他の誰かに鱗を見られたら困る。

「あ、あのっ、スケッチブックのお礼の他に、ラーシュ様にお伝えしたいことがあるんですけれども」

エステルは口元は笑みの形をしていても、どこか冷めた目をしてジークヴァルドを見据えるラーシュの意識を逸らそうと、まったく別の話題を投げかけた。

「――何かな？　わざわざ私を探しにくるほど重要なことがあるとは思えないが」

硬質な声の調子に、ラーシュもまた怒りを収めていないのだと気づいて怖気《おじけ》づきそうになったが、それでもジークヴァルドとの舌戦を続けられるよりはましだと、エステルはそっとジークヴァルドの腕を外し、ごくりと喉《のど》を鳴らして口を開いた。

「わたしがエドガーさんに料理を教えることになったんです。それで、マティアス様にそれをお伝えいただきたくて……。そういえば、マティアス様はどうされたんですか？」

「マティアス様は先にウルリーカ様の元へ行かれたが……。君がエドガーに料理を教える？　それはまたなぜ？　君はあの女性と目も合わせられないような男とまともに話せたのかい？」

予想外すぎたのだろう。ラーシュは怒りを忘れたのか、虚を突かれたような表情で畳みかけるように問いかけてきた。

「成り行きです。エドガーさんはちゃんとお話しをしてくださいましたし。あ、でも、安心してください。ユリウス……セバスティアン様の竜騎士のわたしの弟も同席しますから、おかしな物はウルリーカ様にはお出ししません」

怒りを買うようなことになっては大変だと、必死に言い募ると、ラーシュはなぜか面白そうに声をたてて笑い出した。

「成り行きとは……。いや、驚いた。あのウルリーカ様がどの竜よりも一番だ、と言ってはばからない主竜馬鹿の竜愛好家が、女性に料理を教えてほしいと乞うなんて思わなかったよ。君はどうやってあの男を懐柔したんだい」

「懐柔なんかしていません。エドガーさんと竜の話で盛り上がっただけです」

「……なるほどね。あの男の竜談議に付き合えるということは、君も相当の竜好きとみた。エドガーと同じ、竜そのものが好きで【庭】に行ったといったところかな」

先ほどとは打って変わって楽しそうなラーシュに、エステルは不審げに眉を顰めた。

柘榴色の瞳にはそれまで浮かんでいた冷めた感情はなく、興味津々といったように好奇心に満ちあふれている。

「いけませんか?」

挑むようにラーシュを見据えると、彼は気を悪くした様子もなくそればかりかさも嬉しそうに笑った。

「いや、竜騎士の妻になるには最適だと思っただけだよ。竜を怖がるようでは、務まらないからね。――クランツ嬢……いや、エステル嬢と呼んでもいいかな」

どこか意味ありげにジークヴァルドに目をやったラーシュは、すぐにこちらに視線を戻した。

「……かまいませんけれども」

突然豹変《ひょうへん》した態度に胡散《うさん》臭そうにラーシュを見ながら頷く。

「それではエステル嬢、マティアス様への伝言は承ったよ。――そうだね。できれば私も参加できればいいが」

それはやめてほしい。ただでさえ料理を教えるのが大変そうなのに、エドガーやジークヴァルドとまた嫌味合戦をやられたらたまらない。胃が痛くなりそうだ。

エステルが曖昧な笑みを浮かべて返事をしないでいると、ふとラーシュがエステルの背後に目をやった。

「ああ、ほらアルベルティーナ様方がいらっしゃった。では、私は失礼するよ。今夜の夜会に出席するのなら、またその時にでも」

ラーシュはそれだけ言うと、踵を返してさっさと観客席から立ち去って行ってしまった。

その姿が遠ざかると、エステルは緊張を解くようにほっと息を吐いた。

そうしてすぐに頭に浮かんだのは魅了の力の話だ。

「……わたし、魅了の力をきちんと操れた方がいいんでしょうか?」

「お前がそうしたいのなら止めはしないが、そうなるまでにはおそらく何度も命の危機に陥らなければならなくなるぞ」

「え……。それは、ちょっと遠慮しておきます」

今まででも十分危なかったのだ。それは命がいくつあっても足りなくなりそうだ。

「その方が賢明だな」

唇の端を引きつらせると、ジークヴァルドがエステルの頭を軽く撫でて宥めた。

「――エステル！　スケッチブックはあったの？」

エステルが冷や汗をかいている間に、人の姿をしたアルベルティーナが駆け寄ってきた。その後ろには叔父とユリウスたちの姿もある。

「はい、ありました。今度からは落とさないように紐《ひも》をつけておきます」

「そうね。その方がいいわ。――それより、今夜の夜会だけれども」

うきうきとした弾んだ声で話を始めるアルベルティーナに、エステルは気を取り直すように笑みを浮かべつつ、スケッチブックをポケットに押し込んだ。

エステルとアルベルティーナが楽しそうに話し始めるのを尻目《しりめ》に、ジークヴァルドはこちらにやってきているレオンたちの方へと自分から近づいた。

「レオン、マティアスの竜騎士の動向を気にしておいた方がいいぞ」

「は？　――ラーシュ・アンデル殿の動向ですか？」

驚いたように片眉を上げたレオンに、傍にいたユリウスもまた不審げに表情を歪めた。

「何かありました？」

「レーヴの者と揉《も》めていたようだ。マティアスの目を盗んであの者自身が何かを画策している
とは思えないが、国の事情に巻き込まれている可能性がある」

ラーシュに気づかれる少し前の会話を思い出し、ジークヴァルドは目を眇めた。

（もし卵をレーヴへ持ち出す計画を持ちかけられているとしたら、やっかいだな）

マティアスの信頼を裏切ってまでラーシュがそれをするとは思えない。それをしたら竜騎士の契約を切られるばかりか、命の危機だ。国にも竜の怒りが及ぶだろう。

ただ、ラーシュの周囲の者が考えの至らない者だとしたら、ラーシュの反対を押し切るか、断れない何かを突きつけて手伝わせかねない。

「アンデル殿ならばそういったことはうまくいなすとは思いますが……。了解しました。少し気をつけるように手配をします」

レオンが神妙に頷く。ユリウスもまた真剣な表情できゃあきゃあと声を上げて騒ぐアルベルティーナと笑って話しているエステルの方を見やった。

「クランツ家の娘のエステルにも手を出そうとすると思いますか？」

「どうだろうな。あの者が俺の顔を知らないのなら、わざわざ正体を教えてやるつもりはなかったが、察しているのならエステルには自国の者に手出しをさせないようにするだろう」

　知らないのならそのままでいい。自分の正体があまり多くの人間に知られるのは面倒事を引き寄せかねない。ウルリーカの竜騎士はあの様子だと自分の主竜以外のことには一切興味がなさそうなので、例外だ。

　そもそも、少し考えればジークヴァルドの正体もエステルの本当の立場もわかるのだ。ジークヴァルドがエドガーの屋敷に出入りし、それにエステルがくっついてきているのだから。

（マティアスもだからこそ教えないのだろうな。――察していて俺へのあの態度だとすれば、かなりの曲者《くせもの》だが）

　自分の竜騎士がジークヴァルドの正体に気づかないはずがないと思っているからこそ、面白がって教えていないようだ。ジークヴァルドが寛容でなければどうするのだろう。ただ、苛立つことは苛立つが。

　セバスティアンのところと同様に、こちらも妙な信頼関係を築いているものだと思っていると、そこへそのセバスティアンの無邪気な声が割り込んできた。

「ねえねえ、なんかもう面倒くさいから、さっさとジークの正体をばらして力を注いで、【庭】に卵を移動させちゃったら？　ちょっと街に迷惑がかかるかもしれないけれども、卵を盗まれるよりはいいと思う」

邪気なく言い放つセバスティアンの「ちょっと街に迷惑がかかる」はセバスティアン基準のちょっとだ。実際には甚大な被害が出るだろう。相変わらず物騒な発言をする竜だ。

ジークヴァルドは眉間の皺を深め、呆れたように嘆息した。

「お前はリンダールの都を枯らすつもりか。過度な力の供給は土地の均衡を崩すのがわかっているだろう。――それをやるのは最終手段だ」

「そんなぁ……。僕まだジークの乗り物をやるの？」

ぶつぶつと不満を漏らすセバスティアンを無視し、ジークヴァルドはどうも面倒事を持ってきそうなラーシュの立ち去って行った方角を睨み据えた。

＊＊＊

人々のざわめきがいくつものシャンデリアの光に照らされた広間に満たされていた。

リンダールの王城の一室、竜騎士演習の慰労の夜会が行われているその広間に、エステルがユリウスにエスコートされながら足を踏み入れた途端、一斉に人々の視線が突き刺さった。

（う、わ……。すごい注目されてる……）

思わず顔が引きつりそうになるのをこらえ、エステルは緩やかに笑んだ唇をどうにか保った。

クランツ家の令嬢は竜の長の番に指名されたが、竜騎士候補の男と恋仲になっていたため、竜に情けをかけられてリンダールに帰された。しかしクランツ伯爵はその仲を認めていない。

夜会に行く前、叔父から聞かされたのは、そんな噂話だった。

興味深げにこちらに向けられてくる人々の目は、その噂の真偽を知りたくてたまらないと語っているように思える。

「……やっぱりアルベルティーナ様のお願いでも来るんじゃなかったかも」

叔父にエスコートをさせて、意気揚々と先を歩くアルベルティーナの背中を恨めし気に見つつ嘆息すると、手をとっていたユリウスがにやりと笑った。

「嘘泣きに騙《だま》されたエステルが悪いんだよ。そうでもしないとエステルは夜会に出ようとしなかっただろうし」

「それはそうだけれども……。でも、もしかしたら一緒に参加できる最後の夜会かもしれない、なんて泣かれたら、聞いてあげたいと思うでしょ。それにウルリーカ様にも行ってきた方がいい、って勧められたら、さすがに断りにくいわよ」

誘拐事件のせいで両親が夜会に出したがらなかったことに加え、エステル自身も男性が少し苦手だったこともあり、あまり多くはこういった場に出なかった。

エステルが夜会に出ると承諾したその直後に泣きやみ、満面の笑みを浮かべたアルベルティーナに唖然《あぜん》としたのは言うまでもない。

（でも、ジークヴァルド様のあの姿が見られたのは、すごく貴重よね。しっかり観察しておかないと！）

エステルは叔父の隣を歩くジークヴァルドの背中に目をやった。

いつもは古めかしい白のサーコートを身に着けているジークヴァルドだが、今夜は人間の夜会に合わせ、夜空のように深い藍色《あいいろ》のジュストコールだ。叔父が若い頃に仕立てたものだそうだが、叔父自身は夜会に出る時にも式典用の少し装飾が多めの騎士服を身につけるため、袖を通したことがないらしい。しかしながら袖口や裾《すそ》に施された繊細な銀糸の刺繍《ししゅう》のおかげなのか、まるで銀の髪に藍色の瞳を持つジークヴァルドのためにあつらえたかのようにとてもよく似合っていた。叔父には悪いが、おそらく同じ服を着てもこう気品溢れる印象にはならないだろう。

エステルの熱心な視線に気づいたのか、ジークヴァルドが振り返る。

いつもとは違い少し後ろに流すようにしている髪型のせいか、怜悧《れいり》な印象に加えてほんの少し色香が漂ってくる気がして、エステルはつい彼のクラヴァットに視線を落としてしまった。頬が熱い。じっくりと観察したいと思うのに、照れてしまって正面からまともに見ていられない。後ろからならあれほどじろじろと眺めることができるというのに。

（エスコートがユリウスでよかった……！）

婚約者ではないジークヴァルドはエスコートができないからと、いつもと同じように役目を買って出てくれた弟に心底感謝する。

ジークヴァルドのこの姿を初めて見た時、エステルは生まれて初めて異性に見惚《みと》れてぼけっと立ち尽くす、という経験をした。

確かに人の姿のジークヴァルドはエステルがこれまでに見た誰よりも綺麗に整った顔立ちをしているとは思っていたが、顔の造作よりも少し笑ったとか、照れたとか、そういった表情の方に心を動かされていた。うっとりと見惚れていたのは、ほぼ銀の竜の姿の時だ。

それが服装が変わっただけだというのに、まさか自分がこんな風になるとは思わなかった。巷《ちまた》で聞く、いつもと違う服装だとときめく、というのはこういうことかと実感していると、目を伏せたまま何も言わないエステルが気になったのか、ジークヴァルドが軽く眉を顰め心配そうに声をかけてきた。

「気分でも悪いのか？」

「い、いえっ、だいじょうぶえふ！」

あまりにも慌てたせいで、片言になった挙句、噛んだ。傍らのユリウスが軽く噴き出す。アルベルティーナが残念そうに唇を尖《とが》らせた。

「あーあ……。駄目だわ。これ、失敗したわね。こんなに沢山人間の男性がいるのに、見ようともしないし。せっかく夜会に引っ張り出せたのに」

「だから無理だと言っただろう。竜に見惚れるような娘が、他の男に目を向けるわけがない。——にしても、こんなに大人《おとな》しくなるとはなあ。もっと騒ぐかと思ったが……」

肩を揺らして笑う叔父とその主竜の会話は、エステルの耳にはあまり入っていなかった。

（喉元がクラヴァットで隠れているのもなんだかちょっと禁欲的な感じで、逆に色気を感じるというかなんというか、とにかく見ちゃいけないようなものを見ている気がするから、お願いだからこっちを向かないでほしいんだけれども……）

動悸が激しくなるから、後ろ姿か斜め後ろ姿だけを堪能させてくれればそれでいい。

エステルの頭が沸騰しているのを見抜いたのか、アルベルティーナががっくりと肩を落とした。

「……もういいわ。適当に楽しんで、さっさと帰りましょ」

アルベルティーナはそう言ったかと思うと叔父に尊大な様子で手を差し出した。するとどこか芝居がかった仕草でうやうやしくその手をとった叔父とともに、人々が躍る広間の中央へと行ってしまった。

「ほら、エステル行くよ。一曲だけでも踊ってからじゃないと帰れないから」

「——え、あ、うん。でも、セバスティアン様は放っておいていいの？」

ユリウスに手を引っ張られ、ようやく我に返ったエステルは広間の片隅の軽食テーブルで嬉々《きき》として食事を頬張《ほおば》っているセバスティアンに目を向けた。一緒に広間に足を踏み入れたはずだが、いつの間にあんなに肉や野菜を皿に盛っていたのだろう。

「あの調子なら一曲くらいは傍にいなくても大丈夫。――ジークヴァルド様もあちらで待っていてください」

特に渋ることなくユリウスの言葉に頷き、セバスティアンの方へと向かうジークヴァルドの背中をエステルがどこか名残惜しい気分で見ていると、さらに手を引っ張られてアルベルティーナたちの方へと促された。

長く人の国にいると竜も馴染《なじ》むのか、アルベルティーナはとてもダンスがうまい。叔父の顔を見て、伴っている娘が竜だと気づいたのか、数組が慌てたように場所を開けた。

「ジークヴァルド様と踊りたいのなら次だよ。エスコート役と一番初めに踊らないといけないのはわかっているよね」

「別に踊りたいなんて言っていないわよ……。ジークヴァルド様が踊れるのかどうかも知らないし」

それに照れて目も合わせられないというのに、踊れるわけがない。負け惜しみのようにユリウスに言い返している間に曲が始まる。

久しぶりの夜会の上、久しぶりのダンスだ。少しだけステップが心許《こころもと》なかったが、踊り始めるとすぐに体が型を思い出した。

格別にうまいとは言えないが躓《つまず》くことなく無難に踊り終えると、次の曲も踊るつもりなのかその場に留まるアルベルティーナたちを残し、エステルはユリウスと軽食のテーブルの方へと行こうとした。

「失礼。クランツ伯爵令嬢、一曲お相手していただけますか？」

突然、見覚えのない男性に手を差し出され、エステルはつい怯えたように肩を揺らした。

「あの……」

ユリウス以外と踊るつもりはない。そう断ろうとした時、ふいに背後に誰かが立つ気配がした。

「悪いが、先約がある」

聞き慣れてしまった硬質な抑揚のない声は、振り返らなくてもジークヴァルドのものだとわかった。しかしながらそっと腰に手を添えられても、緊張に身が強張ってしまって、その顔を見上げることができない。

誘ってきた男性はわずかに眉を顰めたが、相手の顔を見るとなぜか怯んだように息を呑《の》み、目礼するとすぐに立ち去って行ってしまった。傍にいたユリウスが、呆れたように首を軽く横に振ってセバスティアンの方へと歩いて行く。

「行くぞ」

有無を言わせない口調で促され、エステルは緊張したまま再び踊りの環《わ》に戻った。

向かい合わせに立つと腰を引き寄せられて手をとられる。再び曲が始まるとジークヴァルドは一切の迷いもなく滑らかな足取りでステップを踏み出した。

この間、エステルは一切視線を上げることができなかった。

(な、何だかよくわからないけれども、どうしてこうさらっと踊れるの⁉ 竜なんだから、ダンスを覚える必要なんかないわよね?)

頭の中は大混乱でも、エステルが難なく踊れるのは彼がおそらくうまいせいだろう。一通りの人の作法は頭に入れてきた、とは言っていたが、ダンスまで踊れるとは思わなかった。

ユリウスと踊っている時には儀礼的な感じで恥をかかない程度に踊らなければ、とそれだけだったが、ジークヴァルドと踊るのは心が浮き立った。緊張のあまりエステルが失敗しそうになる度に、すかさず助けが入る。腰を引き寄せる手はしっかりと支えてくれていて、絶対にバランスを崩さないであろう安心を強く感じた。

(すごく楽しい……)

ふわふわと高揚してきた気分のまま、つい笑みがこぼれる。

「――ようやく笑ったな」

ふいに頭上から溜息混じりの安堵《あんど》の声が聞こえてきた。

「俺のこの服装が気に入らないのなら、踊り終えたらすぐに退出して脱ぐ。それまで少し我慢しろ」

思ってもみないことを言われ、エステルは慌ててジークヴァルドを見上げた。すると、彼が少しだけ困ったように眉を顰めているのが目に映る。その表情に、ようやく照れて仕方がなかった気持ちが静まってきた。

「違うんです。その、逆で……あまりにも素敵すぎて、何となく照れてしまって……み、見ていられなくて」

自分にしては珍しく消え入りそうな声が出た。竜の姿を称賛する言葉はあれだけ大きな声で簡単に言えるというのに。あまりの恥ずかしさに、せっかく治まった羞恥心《しゅうち》が一気に戻ってきてしまい、赤面する。

「——そうか」

再び視線が落ちてしまったエステルは、あまりにも簡潔すぎるその返答に、拍子抜けしてしまった。

(そうか、って……ああ、そうよね。人の姿を褒められても、別に何とも思わないわよね)

照れることはなかったのだ、とようやく気分が落ち着いてジークヴァルドを見上げたエステルは瞠目《どうもく》した。

「……照れているんですか？」

視線を逸らしたジークヴァルドの頬が少しだけ赤くなっていた。怜悧な顔立ちが照れると幼くなるのは、いつだったか絵を贈ると言った時に目にして知っている。それと同じ表情だ。

「あまり見ないでくれ。ただでさえ、今日《きょう》のお前は輝いて見えて——噛みつきたくなる」

かすれたような低い声に、エステルはびくりと肩を震わせた。

（噛む……って、あの、甘噛みよね？　可愛《かわい》いから噛みたくなるとか、あの……）

動揺し、ついステップを間違えて転びそうになるのを、さりげなくジークヴァルドが支えてくれた。

「安心しろ。ここでは噛まない。人目があると駄目だというのは理解している」

ここじゃなかったら噛むんですか、とは言えなかった。

顔どころか首まで真っ赤になっているのはわかっていたが、どうしようもできない。ふいに視線を感じてそちらを振り返ったエステルは、呆れ返ったような表情のユリウスと、にやにやと笑うセバスティアンの姿を見て、ぐっと唇を引き結んだ。

（もしかして、セバスティアン様、今の言葉が聞こえていた？）

これだけ人がいたとしても、竜の耳ならば特定の人物の会話を聞き取ることはできるのかもしれない。あの様子だと、おそらく弟にも内容を教えている。

頭を抱えたくなるのと同時に、今度はぞくっと背筋が寒くなる。おそるおそるそちらを見ると、アルベルティーナが文字通り髪を逆立てるような勢いでジークヴァルドを睨みつけているのに気づいて青ざめた。うっすらと周辺に炎が浮かびそうな気配をひしひしと感じる。

そうしている間にも曲が終わりを告げた。怒ったアルベルティーナが今にも駆け寄ってきそうだったが、おそらく叔父がもう一曲踊ろうと引き留めたのだろう。不満げな顔をしつつもそこに留まるのを見て、エステルはジークヴァルドと共にそそくさとユリウスたちの方へと戻ろ

うとした。その行く手を阻むように一人の男が立つ。

またクランツ家の令嬢に近づきたい誰かだろう、と半ばうんざりとしつつその顔を見たエステルは、軽く目を見張った。

「――エステル嬢、私とも一曲付き合ってもらえないかな？」

そこにいたのは演習の時とは違い、儀礼用の騎士服を纏ったラーシュだった。幾分装飾が増え、真珠色の短めのマントを肩にかけたきらびやかな装いは、先ほどの実践用の騎士服よりもラーシュの貴族的な端正な顔立ちによく似合っている。

ぴりっとした空気がジークヴァルドから醸し出されてきたのを感じ、エステルはにこやかな笑みを浮かべるラーシュの申し出を断るべく、慌てて口を開いた。

「せっかくお誘いいただいたのに大変申し訳ありませんが、疲れてしまったのでお断りします」

「――それなら、仕方がないね。スケッチブックを拾ったお礼を貰《もら》えれば、と思ったが。いや、気にしなくてもいい。無理をさせたいわけではないからね」

残念そうな表情を浮かべ、あっさりと引き下がろうとするラーシュに拍子抜けしていると、ふと周囲の人々の視線がこちらに集中していることに気づいた。どこか咎《とが》めるような気配に、はっとする。

（……あ、レーヴからのお客様の誘いを断ったら、失礼に当たる、わよね？）

それに加えて罪悪感に似たものを感じてしまったエステルは、つい声をかけた。

「あの、一曲だけでしたら……。ジークヴァルド様、いいですよね？」

「――ああ」

不愉快だと言わんばかりの声で渋々と頷いたジークヴァルドだったが、すんなりとエステルから手を放してくれた。その間際、鱗の耳飾りをするりと撫でエステルの結い残した茶色の髪を一度梳《す》いたかと思うと、小さく笑ってすぐに何事もなかったようにユリウスたちの方へと歩いて行ってしまう。

まるで忘れてくれるなとでも言いたげな仕草に、早速鼓動が速くなった。

（……し、心臓に悪い！　ついさっきまで照れていたのに……）

エステルをからかうためにわざとやっているのではなさそうなところが、質《たち》が悪い。

「――君の恋人は随分と嫉妬《しっと》深くて、大変だね」

くすくすと笑う声に、エステルははっと我に返って差し出されたラーシュの手をためらいつつとった。しっかりと握られるのに、ぞわりと嫌悪が湧き起こる。

「そ、そうですね……。わたしよりも周りが大変なことになりそうで、それだけはちょっと困ります」

素直に肯定すると、ラーシュは意外そうに片眉を上げて唇を持ち上げた。

「おや、そこは認めるのかい」

「？　事実ですから」

ジークヴァルドを怒らせると大変なことになるのは事実だ。相手ばかりか、周辺も凍結させかねない。下手をするとエステル自身でさえも巻き込まれかねない。

「恥ずかしげもなくのろけを言えるとはね。――これは少し厳しいかな」

「のろけ……？」

後半の部分はあまりよく聞き取れなかったが、前半の言葉に怪訝そうにラーシュを見上げると、竜騎士はにこりと微笑んでエステルの腰をぐっと引き寄せた。

「……っ、あの、少し近いと思います」

「そうかな？　レーヴではこれが普通なのだが」

エステルの抗議にも、ラーシュは悪びれることなく身を離すことはしなかった。そのまま曲が始まる。先ほどからずっと感じている嫌な気持ちは継続中で、腰を支える腕もしっかりと握られた手も、どちらも早く放してもらいたくて仕方がない。

「そんなに私の相手は嫌かな。笑顔が引きつっているね」

「男性が少し苦手なだけです。気を悪くされたらすみません」

これればかりは見逃してほしい。人の姿のジークヴァルドにびくつかなくなったので改善したかと思ったが、高所恐怖症と同様にやはり治っていなかったようだ。

「なるほど。それでも付き合ってくれるということは、君は随分とお人よしだ。――ああ、馬鹿にしているわけではないよ。大らかさは美徳の一つだ」

「……それはありがとうございます」

嫌悪を押し殺し、ラーシュから目を逸らす。

（なんで突然誘ってきたのかしら……。ちゃんと話したのはさっきが初めてなのに。――……あっ、もしかして観客席で誰かと揉めていたあの話のせい？　口止めとか？）

おそるおそるラーシュを見上げると、柘榴色の双眸が面白そうに細められた。何を言われるのかと身構える。

「お人よしついでに、聞いてくれるかな」

「……わたしの手に負えないことなら、お断りします」

「それなら大丈夫だ。――君を私の花嫁としてレーヴに連れて帰りたいと思う」

「……え？」

あまりにも予想外の言葉に、足を止めそうになった。それを促すようにラーシュに強く腰を引かれ、慌ててその動きに合わせる。

「君は竜騎士の名門クランツ家の令嬢で、竜の長に番として指名されたこともあるリンダールの宝だ。レーヴが卵の所有権を放棄する代わりに、君を私に嫁がせるのは最良の解決法だと思わないかい」

呆然《ぼうぜん》としていたエステルは、色恋沙汰では全くないその説明に、ようやく頭が回り始めた。

「わたしはマティアス様にあまりよく思われていませんので、お断りします」

「マティアス様なら大いに歓迎だそうだ。是非とも私の妻にすればいいと」

何の問題もない、と返され、エステルは落胆の溜息をつきそうになってぐっと唇を噛んだ。

(それって多分、わたしをジークヴァルド様の番にさせたくないから、引き離したいのよね)

ジークヴァルドのエステルへの接し方を見て、エステルが番を断ればジークヴァルドは気持ちを汲んで手放すと踏んでいるのだろう。

それなら、もしラーシュがジークヴァルドの正体を知っていたとしても、こんな話を持ちかけてくるのも頷ける。

「君もエドガーに匹敵するくらいの竜好きだろう。竜騎士の妻ならばいくらでも竜と触れ合うことはできる。たとえ高貴な身分だとしても竜騎士にもなっていないあんな多情な男より、私の方がよほど君を大切にするよ」

「ジークヴァルド様が多情？　そんなことは――」

「あれを見てもそう言えるかな？」

ラーシュがくすりと笑って、軽く顎《あご》をしゃくった。つられるようにそちらを見たエステルは、目に飛び込んできた光景に大きく目を見開いた。

ジークヴァルドの周囲に群がるように数人の貴族の令嬢たちがいた。ジークヴァルドはエステルが今日見惚れてしまったくらい整った容姿をしている。叔父と共にやってきたのなら、その素性もそれほど悪くはないと思われるだろう。話してみたくなるのもわからなくはない。

だが、こういった公式の場で女性の方から話しかけるのはマナー違反だ。

（まさか、ジークヴァルド様の方から話しかけたの？　見られていたから、挨拶をしてその流れとか……。すごく熱心にあの方たちの話を聞いているけれども……）

眉間に皺がない。表情こそあまり浮かんでいないが迷惑だとは思っていない様子で、顔をそむけもせずに令嬢たちの話に耳を傾けている。

令嬢たちの方も、頬を上気させ、楽しげな笑みを浮かべているのを見て、ジークヴァルドがきちんと会話に応じているのがよくわかった。

（わたしのジークヴァルド様なのに）

じりっとした何か熱いものが胸の内を撫でていく。これまでに一度も感じた覚えのない不快な感情が恐ろしくなり、エステルは慌てて彼らから目を逸らした。

（いやいや、待って、なに、わたしのジークヴァルド様、って……。これじゃまるで嫉妬しているみたいじゃないの）

だが、ジークヴァルドが自分以外の女性と楽しそうに話しているのを見るのは面白くない。

この心境を嫉妬と言わずになんと呼ぶのだろう。嫉妬みたい、ではなく明らかに嫉妬だ。

こんな感情が湧き起こってくるなど思わずに、頬が熱くなる。

戸惑うエステルの表情を見たラーシュが、呆れたように軽く肩をすくめた。

「君も貴族令嬢なら、政略結婚は当然のことだろう。愛だ恋だというのは、そろそろ終わりにしておいた方が君のためだよ」

ラーシュの窘《たしな》める言葉を聞きつつ、エステルは胸にうずまくもやもやとした気持ちを追い出すように大きく息を吸った。

「――それでも、お断りします。わたしはジークヴァルド様に嫁ぎますから」

ぐっとラーシュを見据える。万が一、魅了がかかったら、という恐れは頭になかった。

ラーシュはだだをこねる子供を見ているような微笑ましげな表情を浮かべていたが、静かに笑みを深めた。

「高級紙『レーヴの蝶《ちょう》』」

「え？」

「ああ、その顔だとやっぱり知っていたかい。私の領の特産品だ。薄くて軽く、それでいて長期保存も可能と評判の高級紙『レーヴの蝶』。生産数が少なくてね。市場にはあまり出回らないが、妻の頼みなら好きなだけ献上するよ」

エステルはついごくりと喉を鳴らしてしまった。その高級紙を使ったスケッチブックなら破ってしまった詫《わ》びだとジークヴァルドから贈られたので持っている。ただ、あまりにももったいなさすぎて使えず、時々出して眺めているだけに留まっているが。

(好きなだけ……。――って、物なんかに釣られるわけがないでしょ！)

きっとラーシュを見据えると、くすくすと笑われた。

「今、少しだけぐらつかなかったかな。なるほど、君はやはり絵に関係することなら弱いのか」

「……っ、ジークヴァルド様と紙を天秤《てんびん》にかけるなんて――」

もう曲の途中でもどうでもいい。打算的なラーシュに我慢できず手を振り払いかけた時だった。

「うわっ」

誰かが小さく声を上げたかと思うと同時に、ばしゃりと水音がした。

「……っ⁉」

むっとしたワインの香りが漂った。曲が止まり、賑《にぎ》やかだった広間がしんと静まり返る。

「うわぁ……。申し訳ないっす！　背中、冷たくないっすか？」

凍りつくような空気の中、言葉を発したのは、ラーシュの背後でなぜかうつ伏せに倒れていた金糸雀色の髪の青年だった。その手には中身が空になったワイングラスが握られている。

「……エドガー、君は……」

唇の端をかすかに痙攣《けいれん》させたラーシュがエステルの手を放してくるりと振り返る。こちらに向けられた背中を見たエステルは、ぽかんと口を開けてしまった。真珠色のマントがワインの赤紫色に染まっていた。ともすればまるで血しぶきでも浴びてしまったかのように見えて、おどろおどろしい。

どうやら転んだエドガーが持っていたワインが偶然ラーシュにかかったようだ。

床に打ち付けたのだろう。顎を赤くして神妙に床に座り込んだエドガーに向けて、声を荒げることはないがこんこんと説教をするラーシュの様子に驚いて立ち尽くしていると、そっと名前を呼ばれた。

「エステル、今のうちに帰ろう」

振り返るとユリウスが笑いをこらえるように口元を歪めてそこに立っていた。気づけば、軽食テーブルの傍にいたジークヴァルドが、必死の形相のセバスティアンにがっちりと腕を押さえられているのが見えた。すでに女性たちの姿はない。そのことにほっとしてしまう。

「エドガーさんが『同士の危機！』とか訳のわからないことを呟いて乱入しなかったら、多分広間ごと凍らせていたよ」

疲れたように嘆息したユリウスに、エステルはなぜか地団駄を踏みたい気持ちで耳元に手をやった。指先にジークヴァルドの鱗があしらわれた耳飾りが当たる。

(不安になったり、嬉しくなったり、嫉妬してみたり……。一体わたしはどうしたいの)

自分で自分の気持ちが制御できなくて、よくわからなくなってくる。

盛大に溜息をつきたくなるのを抑えるように、エステルはひやりとした耳飾りを握りこんだ。

第三章　番《つがい》（予定）喧嘩《げんか》は竜も食わない

「どうしてこうなるんですか……？」

　エステルはあまりの惨状に、頭を抱えたくなった。

　鍋《なべ》は黒焦げ、どちらが身なのかわからないほど厚く剥《む》かれた野菜の皮が山積みにされ、調味料もまたあちこちに散乱している。水浸しの床では、使う予定がなかったはずの生きた魚が飛び跳ねていた。火にかけてある鍋に入ったスープは澄んだ黄金色をしていたが、それでもなぜか酸っぱい匂《にお》いが漂ってきている。

　エドガーの屋敷の厨房《ちゅうぼう》は、現在見るも無残な有り様になり果てていた。

　これでは、今日《きょう》一日厨房を貸してくれた料理人に申し訳なさすぎる。

　しかしながら、この屋敷の主人たるエドガーはなぜかやり切った、という清々《すがすが》しい顔をしていた。そしてその手には深皿に注がれた酸っぱい匂いのするスープがある。

「エステル殿、味見をお願いします！」

　鼻を押さえたくなる衝動をこらえ、エステルは厨房の出入り口にちゃっかりと避難している監視役のユリウスとセバスティアンにちらりと視線を向けた。

（え、これ、食べて大丈夫？）

　ユリウスに目で問いかけると、しっかりと鼻をつまんだ弟は全力で首を横に振った。その背後に隠れているセバスティアンもまた、涙目で自分の竜騎士よりも激しく首を横に振っている。

「ええと……」

試食するのは自殺行為だとはわかっていたが、期待に満ちたエドガーの顔に責任をとらなければ、とエステルが覚悟を決めて皿を受け取ろうとした時、ほんの少しスープが床にこぼれた。

「あっ……」

ぽちゃりと水浸しの床に落ちる一滴のスープ。一瞬の間の後、床で飛び跳ねていた魚が、一際大きく飛び跳ねたかと思うと、そのままぴくりとも動かなくなってしまった。

ぞわっと背筋が寒くなる。

(劇物スープ……！)

エステルは蒼白《そうはく》になったまま、にこにこと笑うエドガーをひたと見据えた。

「エドガーさん……」

「なんっすか？」

「ごめんなさい、食べられません！」

こうしてエドガーのための料理教室はエステルの涙目の敗北宣言によって、一時中断された。

「この日は予定が空きますんで、エステル殿の都合はどうっすか？」

演習の翌日、早速予定を調べたエドガーが指定してきたのは、演習の日から五日後だった。

なんでも、その日は一般の人々を入れない本格的な合同演習があり、卵の所有権の協議もないというので、演習には参加できないエドガーは予定が空いているとのことだった。

監視を頼んだユリウスも当初から参加しないことになっていたので、エステルは快く引き受けたのだが、散々周囲から脅されていたとしても大丈夫だろうと高をくっていた自分を怒鳴りたい、と思うほどエドガーの料理はすさまじかったのである。

（何の変哲もない野菜スープが劇物スープになるなんて、思わなかったわ……）

厨房を片付け、スープを作り直すためにカブの皮を剥きながら、エステルは溜息《ためいき》をついた。

工程ごとに手本を見せて作れば問題ないだろう、と軽く考えていた自分が甘かったのだ。

野菜を切り刻むのはまだいい。だが、その後がいけなかった。

「エステル殿、これを入れた方が美味《おい》しいと思うっす」

エステルが止める間もなく、基本ができていないのに何種類も用意されていた調味料や香辛料を焦げるまで炒めた物を入れ、滋養になると思ったんで、と何の動物のものなのか判明しない未処理の肝をそのまま入れ、ウルリーカ様がお好きなんで、と握り潰《つぶ》したレモンを大量に放り込み、丸ごとがいいと本で読みました、と魚を生きたまま入れようとしたので、あまりの速さと奇抜さに唖然《あぜん》としていたエステルはようやくそこで阻止することができた。

「あのう、エステル殿、人参を洗い終わったっす。次は何をしますか？」

ふいに背後からおそるおそる声をかけてきたエドガーに、エステルは苦笑しながら振り返った。

エステルが食べられないと言ったのがよほどショックだったらしく、エドガーはそれからエステルの指示をもらわないと行動しない、と言いすっかり大人《おとな》しくなってしまったのである。

「あ、はい。それじゃ、わたしと一緒にこれを剥きましょう」

カブを渡すと、エドガーは横に並び、ちらちらとエステルの手元と見比べながら真剣な表情で剥き始めた。

その様子にほっとしたエステルは、窓の外にちらりと目を向けた。

（ユリウスが持って行った劇物スープ、受け入れてもらえるといいけれども）

庭に捨てると周囲の庭木を枯らしてしまいそうなので、除草薬代わりにならないかと、植物園へ持っていくと言っていたが、果たして受け取ってもらえるのだろうか。

そんなことを考えながら視線を戻そうとすると、ふとその視界に何かを確かめるように庭を歩くジークヴァルドの姿が飛び込んできた。おそらく注いでいる力を受けて土地が異変を起こしていないかどうか確認をしているのだろう。すでに時間は正午を回っていたが、そろそろ今日の作業は終える頃《ころ》かもしれない。

その姿を見た途端に、苦い思いがこみ上げてくる。

今朝《けさ》、クランツの屋敷を出てくる前、ジークヴァルドとちょっとした口論をした。今から思えば些細なことだったのだが、あの時は口を止められなかったのだ。

（ジークヴァルド様を責めても仕方がないのに）

暗鬱《あんうつ》とした気分になりながらも手を止めることはせず、今度はほぼエステルが主となって作り上げた野菜スープは、ほかほかとした美味しそうな香りを漂わせる普通のスープとして出来上がった。もちろんきちんと味見をしたので、美味しいかどうかは別としても危険はない。

「おおおっ、感激っす！　これなら、絶対にウルリーカ様にも食べてもらえるっす！」

「でも、問題はエドガーさんの手がほとんど入っていないところですよね。切ってもらった野菜は三分の一くらいですし、あとは鳥のミンチをこねてもらったくらいで……。それでもウルリーカ様の力になりますか？」

「大丈夫っすよ。オレが作った、とは胸を張って言えないっすけど、一応手伝っているんで、ほんの少しでも力が混じっていると思うっす。――ああ、でも、これでようやくウルリーカ様に食べてもらえる！　本当に、感無量っす。どれだけここまでの道のりが――」

エドガーが恍惚《こうこつ》とした表情を浮かべて深皿によそわれたスープを見下ろすので、嫌な予感を覚えたエステルはさりげなく皿をトレイの上へと移動させた。血まみれのスープはさすがに見たくない。

「エドガーさん、冷めないうちにウルリーカ様に召し上がってもらいましょう」

「そうっすね、ああ、楽しみだなあ……」

これまでいかに苦難の道だったのかを語り始めてしまったエドガーを促すと、不器用な竜騎士は慎重にトレイを持ち上げた。

(お願いですから、血まみれスープになりませんように！)

うきうきと廊下を歩き出すエドガーの背中に、エステルはそう願いつつ彼の後を追いかけた。

＊＊＊

竜の巣の傍に用意されたテーブルについた人形めいた美貌《びぼう》の女性が、ほうと満足気に溜息をついてスプーンを置いた。その拍子に、顎《あご》の辺りで切り揃《そろ》えられた金糸雀《カナリア》色の真《ま》っ直《す》ぐな髪がさらりと揺れる。

「――美味しかった。……まさかエドガーの手料理が食べられる日が来るとは思わなかったが」

深皿にたっぷりとよそわれていたエドガーとエステルが作った野菜スープは、見事に完食されている。

「ありがとう。番殿のおかげだな」

しみじみと呟《つぶや》くようにそう口にした金糸雀色の髪の女性——人の姿になったウルリーカは乏しい表情の中にもうっすらと笑みを滲《にじ》ませた。食べ始める前は青白い顔をしていたウルリーカだったが、今は少しだけ血色がよくなっている。

「とんでもありません。わたしはお手伝いをしただけですから」

慌てて首を横に振ったエステルは、ちらりと隣に立っていたはずのエドガーの方を見やったが、彼は忽然《こつぜん》と姿を消していた。嬉《うれ》しさのあまりいてもたってもいられなくなったらしい。

(口に合ってくれたようでよかった……)

エステルはほっと胸を撫《な》で下ろした。これでもう少し体力が戻るのが早くなるかもしれない。

「ご迷惑でなければ、エドガーさんにお茶の淹《い》れ方を教えましょうか？　一つに集中して覚えれば何とかまともな物が出せるとは思うんですけれども……」

「それは助かる。是非ともお願いしたい」

口角をわずかに上げて微笑《ほほえ》むウルリーカに、エステルもまた笑みを浮かべて頷《うなず》いた。

(お茶だけじゃ味気ないから、ジークヴァルド様の食事を作る時にお菓子でも焼いて……)

遠くの方からエドガーの雄叫《おたけ》びが聞こえてくる気がしたが、とりあえず放っておくことにして、エステルは先ほどからずっと気になっている、ウルリーカの背後の金色の竜の巣にある卵に目を向けた。

金糸雀色に金の横縞が入った鉱石のように美しい卵は、初めて見た時よりも磨かれた宝石のように透明度が増していた。ただ、中身が見えるかといえばそうではない不思議な見た目だ。

「あの、何となく卵の曇りがとれてきましたね。中身が透けて見えそうな気がします」

あまりの美しさにうっとりと見惚《みと》れていると、ウルリーカはさも嬉しげに目を細めた。

「ああ、番殿も気づいたのか。そうだな。成長すると段々と曇りがなくなる。順調に育っている証《あかし》だ。本当に長《おさ》には感謝しかない」

そう言いながら、ウルリーカは敬うようなまなざしを竜の巣から少し離れた場所で地に手をつけて力を注いでいるジークヴァルドに向けた。

「孵《かえ》る期間は卵によって違うんですよね？　このままだと早そうですか？」

「そうだな。何年も孵らなかった卵もあるからな。環境や親の持つ力、卵自身の持つ力でまちまちだ。どうも我らの子は早く外の世界に出て来たいようだ」

ウルリーカの我が子を思う深い声に、顔が綻《ほころ》んだ。慈しむようなまなざしにほわりと胸が温かくなる。

長の強い力が定期的に土地に注がれるせいか、卵の成長が著しく早いとはジークヴァルドから聞かされていたが、目に見えて変化があるとなおのことそれを実感する。

「どんな鱗《うろこ》の方なのか、わたしも楽しみです」

「ああ、そうだな。――それに、きっと長と番殿の子のちょうどいい遊び相手になるだろう」

楽しそうに微笑むウルリーカに、エステルは笑みを浮かべたまま石像のごとく固まった。

（いやいやいや、ウルリーカ様!?　ちょっとわたしも忘れかけていましたけれども、なんてことを言っているんですか……っ）

叫び出したくなるのを必死で抑え、赤面しながら視線をあちらこちらにさまよわせる。

マティアスから贄《にえ》の娘とその番の竜の子の話を聞いた時、動揺のあまり深く考えるのを後回しにしていたが、ここへきてその話を持ち出されるとは思わなかった。

エステルに懐いている【庭】の子竜たちのように、ジークヴァルドによく似た小さな銀竜がちょこまかと動き回るのを想像してしまい、慌てて打ち消す。

（前例もあるし、嫌だとか、そういう拒絶する気持ちにはならないけれども、でも、今はちょっとそれどころじゃないというか……）

ふと、地面から手を離し様子を見るように立ち上がったジークヴァルドと目が合った。

ぎくりと肩を揺らしたエステルは、問い質《ただ》したいとでもいうようにわずかに怒りを帯びている藍色《あいいろ》の双眸《そうぼう》から逃れるように、すいと目を逸《そ》らして卵に視線を戻してしまった。

（あああああっ、何をやっているのよ、わたし！）

あからさまに視線を逸らしてしまったことを後悔していると、その間に歩み寄ってきたジークヴァルドが一つ嘆息をした。その仕草に、怒鳴られたわけでもないのに身が強張《こわば》ってしまったのは、後ろめたいと思っているせいなのかもしれない。

「――屋敷の周辺に異変が出ていないか、少し見回ってくる」

抑揚なくそれだけ告げたジークヴァルドは早々と踵《きびす》を返し、迷いのない足取りで門の方へと歩いて行ってしまった。

姿が見えなくなった途端、つい盛大な溜息が出てしまい、戒めるように唇を噛《か》みしめる。

（今朝、あんなことを言わなければよかった）

今更後悔しても遅いのだが。肩を落としてジークヴァルドの去って行った方向を見つめていると、ふいにウルリーカが優しく声をかけてきた。

「番殿、立ち入ったことを聞くが……。長と何かあったのか？　私でよければ話を聞こう。話すだけでも気が晴れるかもしれない」

エステルたちのぎくしゃくとしたやり取りが気にかかったのだろう。いつの間に戻って来たのか、息を切らして主竜の傍らに寄って来たエドガーもまたこくこくと頷いている。

「同士が悩んでいるのなら、オレも力になれるならなりたいっす」

その「同士」というのは何なのだろう、とは思ったが、深く詮索《せんさく》することはしなかった。

「……ウルリーカ様はわたしがジークヴァルド様の番になることを反対されないんですね」

「ああ、番の問題は他《ほか》の者が口出しをすることではない。それにアルベルティーナ様の愛《いと》し子は必要以上に我ら竜を恐れないのは知っている。番殿なら大丈夫だ。反対する謂《いわ》れなどない」

エステルはしばらく迷い再び門の方に目をやったが、やがてウルリーカたちに視線を戻した。

このままぐずぐずと思い悩むのは自分だって望んでいない。解決してもしなくても、誰《だれ》かの意見を聞いてみたかった。

「今朝の話なんですけれども……」

心配そうにこちらを見る二対の深緑の瞳《ひとみ》に向けて、エステルは静かに口を開いた。

＊＊＊

「これ、何？」

朝食を済ませ、そろそろエドガーの屋敷へと向かうべく、自室で身支度を整えていたエステルは、訪ねてきたユリウスがテーブルの上に並べた何枚もの男性の肖像画に頬《ほお》を引きつらせた。

「見ればわかるじゃないか。婚約申し込みの釣書。父上が持って行けって」

夜会の日に、ラーシュから本気なのかどうかよくわからない求婚をされてから五日。卵のあるエドガーの屋敷でマティアスとは度々顔を合わせていても、忙しいラーシュとは一度も会っていないので安堵《あんど》していたが、まさか別件が来るとは思わなかった。

「釣書なのはわかっているわよ。でも、お父様は断っていたはずよね？」

描かれている人物よりも誰が描いたのか気になって裏返しながら、エステルは溜息をついた。

さる高貴な方――ジークヴァルドからの申し込みを受けている最中だから断る、とラーシュから聞いた話ではそう言っていたはずだ。

「そうなんだけどさ。正式にまだ申し込みはないけれども、レーヴの竜騎士がクランツ家の令嬢に婚約を申し込むんじゃないか、って噂《うわさ》が広まったらしいんだよ。それで遠慮がなくなったみたいで沢山持ち込まれてきたって。だから一応、見せるだけ見せておこう、だってさ」

「……そういうことね」

ひしひしとジークヴァルドの元へ行ってくれるな、という無言の圧力を感じる。

「お父様は書斎よね？　これ、返して断ってくるわ」

「だと思った。まあ、一応見たっていう体裁は整うから、いいんじゃないの」

テーブルに広げられた釣書を手早くまとめていたエステルは、ふと前から気になっていたことを問いかけてみた。

「ユリウスには婚約申し込みは来ていないの？　竜騎士に選ばれたんだから、もう来ているでしょ。わたしへのお茶会の招待状に弟君も是非に、とか書かれていることもあるし」

リンダールでは竜騎士の選定に臨めるのは三回までとなっている。クランツ家ではそれを終えるまでは婚約申し込みは受けない、と宣言しているのだ。すでに竜騎士となったユリウスには殺到しているのではないだろうか。

ユリウスが嘆息して肩をすくめる。

「エステルと大して変わらないくらい沢山来ていたみたいだよ。でも、俺が【庭】からなかなか帰ってこないから、大分減ったってさ。まあ、竜騎士になってまだ二年目だし、あのセバスティアン様の面倒をみないといけないんだから、婚約者になんかかまっていられないよ。だから当分無理だね」

「……そうなるわよね」

竜騎士は婚姻相手として人気らしいが、実際のところ、婚姻年齢は高い。下手《へた》をすると叔父のようにずっと独身のまま、ということもある。

（ユリウスの場合はクランツ家の嫡子だから、結婚しないことはないとは思うけれども……。わたしもいつも迷惑かけてばかりだし）

心配になりながら釣書を持ち上げようとした時、こんこんと外から窓が叩《たた》かれる音がした。

エステルの部屋は高所恐怖症のこともあり、一階の奥まった場所にある。そしてこの部屋からは叔父が住まう離れの一部が見えるのだ。

その窓の外からジークヴァルドが窓を叩く仕草のまま不審そうにこちらを見ていた。

気づけば、出発時間を少し過ぎている。なかなか来ないエステルたちを迎えに来たのだろう。セバスティアンたちがいないところを見ると、すでに着地場で待っているようだ。

「何かあったのか？　アルベルティーナたちが演習に行くのだろう。間に合わなくなるぞ」

「すみません、すぐ行きます。――あっ」

慌てて釣書をテーブルに置いて部屋から出ようとしたエステルだったが、傾けて置いてしまったのか釣書が雪崩《なだれ》を起こして床に落ちる。それを見たジークヴァルドが軽く眉《まゆ》を顰《ひそ》めた。

「それは……何だ？　人間の男の絵のようだが」

「ええと、わたしに婚約を申し込んできた方の絵です。父に返して断りに行こうとしていたところなんですけれども……。時間がないので後でにします」

「――マティアスの竜騎士の物はその中にはないだろうな」

拾い上げた釣書をテーブルの上に置き、足早にユリウスが開けてくれた扉から部屋の外に出ようとしたエステルは、苦笑してジークヴァルドを振り返った。

「ありませんよ。あったとしても断りますから、嫉妬《しっと》しないでください」

宥《なだ》めるように笑っても、眉間《みけん》に皺《しわ》を寄せたジークヴァルドは刺すような目で釣書を眺め、次いでエステルに呆《あき》れたような目を向けた。

「お前は、夜会の時にマティアスの竜騎士に紙を好きなだけ献上するから嫁げ、と言われて少し迷っただろう」

あの時の会話はしっかりと聞こえていたらしい。

ぎくりと唇の端を引きつらせると、ジークヴァルドが仕方がないなというように嘆息した。

「演習場であの者が揉《も》めていたのを聞いているだろう。お前が絵に傾倒しているのはわかっているが、画材に釣られてふらふらとついていこうとするな。もう少し危機感を持ってくれ」

咎《とが》めるような言葉に、エステルはぐっと唇を引き結んだ。

(危機感って、何？　あの時のことが聞こえていたのなら、わたしがちゃんと断ったことはわかっているはずなのに。——わたしのことを信じてくれていないの？)

ラーシュに嫉妬しているだけならまだいいが、これは違う。エステル自身を信用してくれていないのだ。物で釣られてしまうくらいに、エステルがジークヴァルドを思う気持ちは軽いと思われている気がした。

勘違いだ、半端な覚悟だ、浮かれている、後悔する。

エステルがジークヴァルドの傍《そば》にいたいという気持ちを、彼自身にさえもそれらの言葉と一緒くたにされてしまったのではないかという恐れに、広がった不安の染みが今度はじわりと熱くなった。

その熱さに、ちらりと頭をよぎったのは、ジークヴァルドが邪見にすることなく令嬢たちと話していた光景だ。

あの時に感じた苛《いら》立《だ》ちにも似たじりじりとした気持ちが蘇《よみがえ》り、エステルは突き動かされるままに口を開いた。

「——どうしてわたしがそんな風に言われないといけないんですか？　ふらふらなんてしていませんん。それだったらジークヴァルド様だって、わたしが踊っている間、女性の方と楽しそうにお話をしていました」

「話していたが、それが何だ？」

「何だ、って……」

不可解そうなジークヴァルドにさらなる苛立ちがこみ上げたが、エステルは責める言葉を呑《の》み込んだ。これ以上言ってもジークヴァルドが理解してくれるとは思えない。いや、丁寧に自分の心情を説明する余裕が今のエステルにはなかった。

「――もういいです」

くるりと窓に背を向ける。突然始まった言い争いに驚いたユリウスが、開けた扉を押さえたまま突っ立っているのが目に入った。

「何がもういいというのだ？　お前が何に怒っているのか、話してくれないとわからない」

背後から聞こえてきた声は、珍しいことにわずかに戸惑いを含んでいたが、振り返らずに戸口へと歩み寄った。

「ですから、もういいって言っているんです！　早くウルリーカ様のところへ行きましょう。叔父様たちが演習の時間に間に合わなくなります」

＊＊＊

「――ということがあって、今すごく後悔しています」

話し終えたエステルは大きく肩を落とし、ふっと息を吐いた。

口を挟むことなく話を聞いてくれていたウルリーカとエドガーは、互いを窺《うかが》うように視線を絡ませると、やがてエドガーが頬をかきながら気まずそうに口を開いた。

「……とりあえず、その場にいたユリウス殿に同情するっすね」

「そ、それは本当に、悪いことをしたと思っています」

今思えばどうしてあんなに頭にきたのかよくわからないのだ。傍から見ればただの痴話喧嘩に見えるだろう。

『長は番殿のことを信じていないわけではないと思うが……。番殿のことを心底心配して言ったのだろう。我らからしてみれば人間は本当に脆《もろ》い。少しの油断で命を失う。竜騎士であってもそれはつきまとうからな』

再び竜の姿に戻り、卵を抱き直したウルリーカがエドガーに少し寂し気な視線を向ける。

その言葉に、エステルは竜騎士を思うあまりに【庭】に戻ってこられなくなってしまった竜・アレクシスのことを思い出して、しんみりとしてしまった。

竜が竜騎士を思う気持ちは人間であるエステルには推し量れないが、命が短いからこそ慈しむのかもしれない。それは番に対しても同じ思いを抱くものなのだろうかと思うと、やるせない気分になる。

「あ、オレは大丈夫っす。寿命以外でウルリーカ様を置いて死ぬような無茶はしないって決めているんで。せっかくこんなに華やかで艶《あで》やかでオレのこの深ぁぁい敬愛を受け止めてくれる方の竜騎士になれたのに、そんなもったいないことをするわけがないっす！」

沈んだ空気を振り払うように力強く断言するエドガーに既視感を覚え、エステルはつい笑ってしまった。

「それ、わたしもジークヴァルド様に似たようなことを言いました。憧《あこが》れの銀の竜の竜騎士になれたんですから、別の竜の竜騎士になるのはもったいない、って」

「なんと⁉　エステル殿もそうとは。やっぱり貴女《あなた》は同士っす！　是非ともオレの竜に関する文献の数々を――いや、それよりもウルリーカ様蒐集《しゅうしゅう》部屋を見せたいっす」

「……ひっ」

がしり、と両肩を掴《つか》まれて、エステルは身を硬直させた。笑み崩れ、妙に鼻息が荒くなっているエドガーの様子も、申し訳ないが少し気持ちが悪い。

（ウルリーカ様蒐集部屋って何⁉　竜の文献はともかく、そっちはちょっと遠慮したいです！）

エステルもまたジークヴァルドの棲《す》み処《か》を絵で埋め尽くす、とは言ったが、それとは方向性が違う気がする。

笑みを強張らせていると、嘆息したウルリーカが尾でエドガーの体を勢いよく押しやった。

『エドガー、いくら話が合うとはいえ、長の番に気安く触れるものではない。――番殿、怖い思いをさせてしまって、申し訳ない』

横に滑るようにして倒れ込む自分の竜騎士に目もくれず、ウルリーカが頭を下げた。

「……ウルリーカ様も大変ですね」

マティアスとエドガーの奔放さを相手にしなければならないのだ。謝ってばかりで大変そうだ。

『なに、それを含めて愛おしいと思っているのだから、大変だとは思わないな』

豪胆にも楽しそうに喉を鳴らして笑ったウルリーカは、尊敬の目を向けていたエステルをすっと見据えた。

『番殿。竜は番には一途《いちず》だ。番の香りのせいばかりではなく、一度決めてしまえば他の者に心を奪われるということは決してない。だがそれでも悋気《りんき》を起こしてしまうのは、許してくれとしか言えない』

「そうっすよ、エステル殿。竜が初めて会う人間の話をまともに聞いているのは、自分が認めた人間のために何か有益な情報を得ようとしているからっす。だからどーんと構えていればいいんすよ」

ウルリーカに弾《はじ》き飛ばされたというのにけろりとして立ち上がり、大きく両手を広げるエドガーと、こちらを気遣うように見てくるウルリーカに、エステルはほっと肩の力を抜いた。

この主従は心からエステルがジークヴァルドの番になることを反対していないのだ。それが染みるように嬉しい。

エステルが喜びを噛みしめていると、ふとウルリーカがそういえば、と何かを思い出したかのように口を開いた。

『これは長に頼まれたのだが……』

突然そんなことを口にしたウルリーカに、エステルは何を頼まれたのだろうと身構えた。

『できればでいい。番殿の魅了の力を疎んで、目を逸らさないでやってくれないかと。凝視しない限りは簡単に操られることはない。大好きな竜から疎まれるのは、気にしなくてもいいと言っても落ち込んでしまうようだから、と』

大きく目を見開き、息を呑む。ジークヴァルドがそんなことを頼んでくれていたとは思わなかった。そこまで考えてくれていた嬉しさで胸がいっぱいになり、ぐっと胸元を握りしめる。

(ジークヴァルド様が戻ってきたら謝って、わたしがどうして怒ったのかちゃんと説明をしないと)

少しだけ気まずいが、それでもずっとぎくしゃくしたままよりはいい。

そう決めてしまえば、胸につかえていた凝《こご》った思いが溶けていくような気がした。

『ふふ……これを話したことは秘密だ。長から黙っているように言われていたからな』

悪戯《いたずら》っぽく笑うウルリーカにつられるように、エステルもまた笑みを浮かべた。

「わかりました。秘密、ですね。――話を聞いていただいてありがとうございました。ジークヴァルド様と話をしてみます」

真っ直ぐに金糸雀色の竜を見据えて礼を口にすると、ウルリーカは嬉しそうに尾を振ってくれた。

『少しでも番殿の役に立てたのならば、よかった』

「そうっすねえ。――いやあ、それにしてもエステル殿は嫉妬してしまうくらいジークヴァルド様のことを恋い慕っているんすね。あんな怖いお方、いくらこのオレでもずっと傍にいるなんて無理っすよ。無理無理。遠くから拝むので精一杯っす」

感心したように首を横に振るエドガーに、エステルはきょとんと目を瞬《まばた》いた。

「あの、わたしはちゃんとジークヴァルド様が恋愛的な意味で好きなように見えますか？」

「へ？　そうじゃなかったから、何なんすか？」

何を言っているのだろう、というような不可解そうな目で見られ、エステルは少しだけ怯《ひる》み、恐る恐る口を開いた。

「でも、番になるのを周りに反対されて、不安になるんです。色々と浅い考えで決めているんじゃないか、って……。ジークヴァルド様が好きなら、そんなことは思いませんよね」

エステルの訴えに、エドガーが窺うようにウルリーカを見た。金糸雀色の竜は、ぱちりと目を瞬き、喉の奥で朗らかに笑った。

『私はむしろ、好きだからこそ不安にならない方がおかしいとは思うが。番殿は人間だ。いくら互いに思っていても、種族が違う。悩むことはより多いだろう。様々な問題を乗り越えていけるのかと不安に思うのは当然だが、番殿は一人ではないのだから』

諭してくるウルリーカの隣で、エドガーもまたうんうんと頷いた。

「そもそも、本当に番の意味を浅く考えているなら、とっくに番になるのは断ってるっすよね。嫉妬なんかもしないと思うっす」

エステルはそろそろと耳飾りに手をやった。ウルリーカとエドガーの言葉がじわじわと頭に染み込んでいく。

(そうよ……ジークヴァルド様が一緒に考えて悩んでくれる、って言っていたのになんて自分は馬鹿《ばか》なのだろう。嬉しかったことを忘れてしまうなんて。

きゅっと胸が苦しくなって、すぐにでもジークヴァルドに会いたくなった。

『番殿？　大丈夫か？　エドガーの言葉に何か傷ついたのか？』

「えっ、オレのせいなんすか!?　何が気に障ったのかわかんないっすけど、謝ります！」

唇を引き結び、険しい表情で黙り込んでしまったエステルに驚いたのだろう。おろおろと顔を覗《のぞ》き込んできたウルリーカと、気の毒すぎるくらい青ざめて謝り始めたエドガーに、エステルははっと我に返った。

「ち、違います。エドガーさんのせいじゃありません。自分で自分に腹が立って、早くジークヴァルド様に会いたくな……。あああっ、な、なんでもありません！　あっ、お皿、お皿を片付けてきますね」

今、何を口走りかけてしまったのだろう。一気に顔に血が上った。

誤魔化すように、慌ただしく空になった深皿とスプーンを持ち上げると、ふとエステルに微笑まし気な目を向けていたウルリーカが首を傾《かし》げた。

『長といえば……屋敷の周辺を見回ってくるだけにしては遅いな』

「そういえば、そうっすね。もしかして何か異変が出ていたとか……」

腕を組んで、ウルリーカと同じように首を捻《ひね》るエドガーの様子に、エステルは急に心配になってきた。ジークヴァルドが何か危険な目に遭っているとは思えないが、人間のいざこざに巻き込まれれば、今は竜の姿ではないのだから面倒なことになっているかもしれない。

「――ちょっと外を見てきます。あの、ウルリーカ様、エドガーさんをお借りしてもいいですか？」

『ああ、連れて行けばいい。エドガー』

「もちろん行くっす。エステル殿を一人で行かせたら、あの怖いお方に殺されますし」

手にしていた食器を再びテーブルに戻し、エステルは焦って踵を返した。

エドガーが慌てて後を追いかけてくる。

（何も起こっていないといいんだけれども……）

先ほどとは別の不安が胸に広がるのを感じながら、エステルは門へ向けて走って行った。

＊＊＊

エステルが屋敷から飛び出そうとしていたその頃、ジークヴァルドは屋敷を囲む塀のちょうど裏手にいた。すぐそこには使用人が出入りするための扉があり、道を隔てた向こうには裕福だが貴族ではない一般の者たちの住宅が立ち並んでいる。

（少し、力を抑えた方がいいか？）

急激に力を注ぎすぎたのか不自然に亀裂《きれつ》が入った石畳を見下ろし、そんな算段をしていると、傍らを馬車が通り抜けようとしたので、そっと塀の方へと避《よ》ける。

その時、一瞬だけ誰かの視線を感じた。探るようなあまり気持ちのいいものではない強い視線に、警戒するように辺りを見回したのと、ジークヴァルドの傍を通り過ぎようとしていた馬車を引く馬が高くいないたのはほとんど同時だった。

突如暴れ出した馬のせいで大きく車体が揺れ、御者が必死の形相で手綱を操るも横転しそうになる。

(悪いことをしたな)

警戒の視線を向けた際に、馬が怯《おび》えるほどの力が漏れてしまったのだろう。

特に焦りもせずに、ジークヴァルドは素早く周囲に目を走らせて誰もこちらを見ていないことを確認すると、倒れかけた馬車を支えるように氷混じりの風を送った。それを受けて、馬車が正常な位置へと戻る。浮き上がっていた片方の車輪が石畳に着地する音を聞きながら、横転しかけた馬車を驚いたように見ている人々を見渡したジークヴァルドは、その中に見覚えのある男の姿を見つけ、目を眇《すが》めた。

(あの男は……)

もっとよく確かめようとした次の瞬間、男と目が合った。だが、ジークヴァルドを覚えていないのだろう。男は焦った様子もなくすいと目を逸らし、一度エドガーの屋敷を睨《にら》み据えると、すぐに背を向けた。

そのまま立ち去ろうとする男の後を追いかけようと足を踏み出す。しかし興奮する馬を宥めるために停車している馬車の周囲に集まってきた野次馬に足止めをされているうちに、その姿を見失ってしまった。

小さく舌打ちをした時、ふいに背後から番を示すミュゲの香りが漂ってきた。

「ジークヴァルド様！　大丈夫ですか？」

案じる声に振り返ったジークヴァルドは、少し青ざめた顔のエステルが駆け寄ってくるのを見て、今朝から避けられているのも忘れ、思わず抱き止めるように手を差し出してしまった。払いのけられるかと思ったが、しかしエステルは近寄ってくると、躊躇《ちゅうちょ》することなくジークヴァルドが軽く広げた腕をがしりと両手で握りしめてきた。

「怪我《けが》はありませんか!?　馬が突然暴走したみたいですけれども……」

「ああ、問題ない」

無事なのかどうかあちこち触って確認をしてくるエステルに、安心させるように唇を綻ばせてその頭を軽く撫でたジークヴァルドは、すぐさま男が消えた方へと視線を戻した。

（たまたまあそこにいたとは思えないが……。マティアスに伝えた方がいいか？）

見間違いだとは思えなかった。一度しか見たことはなかったが、確かにあの男だったのは間違いない。

毎日午後になるとウルリーカと交代して卵を守るためにマティアスがやってくる。今日は演習があるため、少し遅れているがそろそろ来るはずだ。ラーシュはエドガーのことを毛嫌いしているようで、屋敷に一緒にやってくることはあまりない。

「何を見ているんですか？」

ジークヴァルドが怪我をしていないか確かめていたエステルが、不可解そうにジークヴァルドの視線の先を見やった。その手が袖口《そでぐち》をしっかりと握っているのに気づいて、つい先ほどまで感じていた寒さ——エステルが言うには寂しさを訴えていた胸がじわりと温かくなる。

(——俺も現金なものだな)

今朝はエステルが何に対して怒ったのかよくわからず、そちらが避けるのなら、こちらからも理由を尋ねることはするものかと、と妙な意地を発揮してしまったが、結局はこんな風に心配されてしまうと、そんな意地もどこかへ行ってしまった。

「この屋敷を窺っている者がいた。——あれは、演習場でマティアスの竜騎士と話していたあの者だ」

あの時よりも随分と顔色が悪く、どこか思いつめた表情をしていたが、確かにあの男だった。

「あの執政官の方ですか？　まさか卵を連れ去ろうとか……」

「どうだろうな。恨めしそうな顔をしていたが……。警戒を怠らない方がいいだろうな」

エドガーの屋敷には自分や番の竜のどちらかが常にいる。それに加えてアルベルティーナやセバスティアンも出入りするのだ。ジークヴァルドの正体は知られていないので除くとしても、四匹の竜の目を盗んで卵を持ち出せるはずはないし、そのような度胸があるとも思えない。

だが、過信は隙《すき》を生むのだ。警戒することは怠らない方がいい。

「——ところで、エドガーはなぜあんなに離れてこちらを見ている？」

袖を掴んでいたエステルの手をそっと引き抜いて握り直しながら、屋敷の塀の角からちらちらとこちらを窺っているエドガーを不審げに見やる。

「ジークヴァルド様は怖いので、遠くから拝むだけで精一杯だそうです」

「拝む？」

いくら竜騎士だとしても長である自分を恐ろしく感じるのは別としても、拝むとはどういうことだろう。

不思議なものを見るようにまじまじとエドガーを眺めていると、竜騎士は顔を真っ青《まさお》にして後ずさったかと思うと、さっと逃げ出した。

「エ、エステル殿はお返ししましたんで！　殺さないでくれると嬉しいっす!!」

エドガーは周囲の人々がぎょっとするような言葉を大声で叫び、表門の方へと駆け去って行った。

その背を半眼になって見送りながら、卵を持っている竜の竜騎士があれで大丈夫なのかと一抹の不安を覚えつつ、ジークヴァルドは深く溜息をついた。

第四章　竜の卵、奮闘する

リンダールの滞在もそろそろ一月になり、マティアスとウルリーカの卵も安定を保ち続け順調に成長していたある日の深夜。

誰《だれ》もが寝静まったクランツ家の敷地内に、突然何か大きな物が衝突したような轟音《ごうおん》が響き渡った。

「——っ⁉」

既視感を覚えるその音に一瞬だけここが【庭】の奥深い森の中だと思い込んだエステルは、飛び起きると同時に竜に襲われるのでは、と身を強張《こわば》らせたが、すぐさまリンダールの自分の部屋だと思い出して少しだけ緊張を解いた。

(何の音?)

外が騒がしいのに気づいて慌ててカーテンを開けると、叔父の離れに煌々《こうこう》と灯《あか》りがともっているのが見えた。ゆらゆらと不規則に揺れることから、アルベルティーナが操る炎だろうと見当をつけたエステルは寝間着のまま廊下へ飛び出そうとして、慌てて寝台に戻った。枕《まくら》の隣に置いておいた茶髪の鬘《かつら》を無造作に被《かぶ》り、ようやく部屋を出る。

「エステル!」

玄関の扉を開けようとした時、ふいに背後からユリウスの硬い声がかかった。

「何が起こったのかわかる？」

やはりユリウスも二階の自分の部屋から飛び出してきたのだろう。辛うじてガウンは羽織っていたが、慌てていたのか裏返しだ。

「俺《おれ》にもわからないよ。でも、離れに竜の影が見えた」

「竜？」

叔父の離れには三匹の竜がいる。そのうちの誰かに何かあったというのだろうか。

「エステル、ユリウス、何があったんだい」

こちらも何事だと起きてきたのだろう。寝起きなのにもかかわらず、しっかりとした顔つきの父がやって来た。その背後には、不安げな母の姿もある。

「まだ何もわからないので、ちょっと見てきます」

首を横に振ったエステルは、使用人や両親にここから出ないようにとユリウスが言い置くのを尻目《しりめ》に、急いで外へと飛び出した。

途端に身を切るような真冬の空気に包まれる。夜も深い。なおのこと寒いはずだが、なぜか体の芯《しん》から凍えるような感じがしない。

（寒いことには寒いけれども、そこまで凍えないのは気のせい……？）

頭の隅でそんなことを考えながらも二の腕を抱えるようにして叔父の離れへと駆けて行ったエステルは、壊れた二階の窓に首を突っ込むようにして張り付く竜の姿を見つけて、瞠目《どうもく》した。

背中に一筋の金が入った黒い鱗《うろこ》の竜の姿に、はっとする。あそこは確かジークヴァルドが滞在している部屋だったはずだ。

「もしかして、卵に何かあったの!?　あれ、マティアス様よね」

「うん、マティアス様だね。でも、何だか様子がおかしいよ。切羽詰まっている、というより喜んでいるような声に聞こえるんだけれども」

不可解そうなユリウスの言葉を受けて、離れの玄関に駆け込もうとしていたエステルは一度足を止めて耳を澄ませてみた。

確かに弟の言う通り内容は聞き取れないものの、声の調子は明るい。

首を傾《かし》げたエステルは、すぐさまあることに気がついた。

「――あっ、もしかして卵が孵《かえ》った？」

「もしかして卵が孵った？」

ほどんと同時に同じ言葉を口にしたエステルたちは、顔を見合わせた後、すぐに二階へ上がる階段を駆け上った。

ここのところ、ますます透明度が増した卵は、まさに光り輝かんばかりだった。成長が早いと聞いていたが、まさかもう孵ったというのだろうか。

信じられない思いと同時にこみ上げてくる嬉《うれ》しさを抱えながら部屋の傍《そば》までくると、彼の竜が嬉々《きき》として語る声がはっきりと聞こえてきた。

『――びっくりしたのなんのって。ウルリーカは泣き出すし、俺も慌ててたし』

　開け放たれた戸口の傍に、眠たげに立ち尽くしている人の姿のセバスティアンを見つけると、ユリウスがエステルを追い越して自分の主竜に小声で問いかけた。

「何があったんですか？」

「うーんと、卵が動いたって。さっきからずっと喜びっぱなしなんだよね」

　欠伸《あくび》交じりに教えてくれたセバスティアンは、戸口に頭を預けて立ったままうとうとし始めてしまった。

（あ、孵ったんじゃなかったのね……。うん、でも、それでも嬉しいわよね）

　ほんの少しだけ残念な気持ちになったが、もしかしたら死んでしまうかもしれない、と思われていたのだ。動くようになるほど成長しているのはとてつもなく喜ばしいことだろう。

「あーもう、わかったわよ。嬉しいのはわかったわ」

　少しだけ呆《あき》れたようなアルベルティーナの声が部屋の中から聞こえてくる。そっと覗《のぞ》き込んだエステルは、壊れた窓の残骸《ざんがい》が飛び散る室内に顔を引きつらせた。その部屋の主であるジークヴァルド、そして叔父とアルベルティーナの主従が、喋《しゃべ》り続けるマティアスを宥《なだ》めているのが見える。

「マティアス、一つ聞くがラーシュの元にも同じように報告に行ったのか？」

　少しだけ咎《とが》めるようにジークヴァルドがマティアスに質問を投げかけると、マティアスは首を傾げた。

「あ？　当然そうに決まってるだろ。ちょっと騒がせたけどよ、ちゃんと喜んでくれたぜ」

それがどうした、というようなマティアスに、叔父が頭痛を堪《こら》えるかのような表情で額を押さえた。おそらくレーヴの交渉団が滞在しているという王城の客室棟は、ここと同じように風通しのいいことになっているのだろうということが容易に想像できる。

「……被害状況を確認しに行ってきます」

「あっ、レオン、あたしも行くわ。もう、マティアス様はいくらなんでも喜びすぎよ」

自分も破壊魔だということを棚に上げ、ぷりぷりと怒りながら戸口を振り返ったアルベルティーナは、エステルたちの姿を見つけると苦笑した。

「起きちゃったわよねえ。聞いての通り、大丈夫よ」

「悪いが後は頼めるか？　城に行ってくる。遅くなると思うから、気にせずに寝ていていいからな」

アルベルティーナと同じように苦笑いをする叔父に頷《うなず》くと、叔父は甥《おい》と姪《めい》の肩をそれぞれ軽く叩《たた》くとすぐにアルベルティーナと共に城へと向かった。

「エステル、セバスティアン様を部屋に連れ戻したら、俺が父上たちに詳しい話をしてくるよ。ここを片付けるのは明日《あす》でいいよね」

「それでいいと思うわ。それじゃ、わたしは話が終わったらジークヴァルド様に新しい部屋を案内してから戻るわね」

ひらりと手を振ったユリウスは戸口で眠りこけているセバスティアンを立たせると、ふらふらと覚束《おぼつか》ない足取りの主竜を追い立てるように廊下を歩いて行った。

その間にも、室内での話は未《いま》だに続いていたが、いくらも経《た》たないうちにジークヴァルドがマティアスの話を遮った。

「詳細はわかった。そろそろお前もウルリーカの元に戻れ。エドガーが喜びのあまり何かよけいなことをしているかもしれないぞ」

ジークヴァルドが興奮したまま喋り続けようとするマティアスの意識をそちらに向けるように話を逸《そ》らすと、黒い鱗に金筋をその背に備えた竜ははっとしたように部屋の中に突っ込んでいた首を引っ込めた。

『そうだよな！　──あいつ本当に何かしでかしていたら、本気で捨てて来てやる』

じゃあな、と言い残し、マティアスは素早く空へと舞い上がって行った。羽音がすぐに遠ざかり、辺りがようやく静かになる。

「ジークヴァルド様、お疲れ様です。卵、よかったですね」

小さく息を吐いたジークヴァルドの背中にエステルが声をかけると、こちらを振り返ったジークヴァルドは目元を和らげた。

「ああ、そうだな。……全く、マティアスも喜びすぎだ。普段は建物を壊すような質《たち》の者ではないのだかな」

「それだけ嬉しいんですよ」

マティアスが去った空の方を微笑《ほほえ》まし気に見つめていると、同じようにそちらを見たジークヴァルドが一つ嘆息した。

「卵が動き出したのなら、そろそろ【庭】に移動させた方がいいが……」

「移動、ですか？　ウルリーカ様も体力が戻ってきているみたいですし、もう大丈夫だとは思いますけれども」

ウルリーカに提案した通りエステル監視の元、なるべく毎日エドガーにお茶を淹《い》れてもらっていたが、どうもそれがよかったらしい。みるみるとウルリーカは体力を取り戻していった。今ではマティアスがやってくると卵を任せ、体を慣らすためにエドガーと共に王都の空を一回りしてくるくらいだ。

考えるように軽く目を伏せていたジークヴァルドが、ふっと視線を上げた。

「二、三日様子を見て、それから【庭】に戻るかどうか決めることにしよう。――戻るとすれば、準備も含めてリンダールにいるのはあと十日ほどだろうな」

唐突に【庭】へと戻る予定を示され、エステルはどきりとした。

（あと、十日しかないかもしれないのね……。お父様とまだしっかり話せていないのに、説得が間に合うかしら）

釣書は書斎に父がいなかったので机に置いてきたため、直接は返せていない。顔を見たのも、先ほどが久しぶりだ。レーヴの交渉団が来ているので、王宮警備の騎士団長を務める父も忙しいのだが、それにしたとしても食事時間をずらす等、故意に避けられているのはわかっている。

（いっそのこと今から行く？　……あ、駄目だわ。マティアス様が客室棟を破壊したのなら、多分、お父様も城に呼び出されているわよね）

うまくいかないもどかしさに、歯噛《はが》みしていると、ふいにジークヴァルドが咎めるような目を向けてきた。

「卵のことはその予定にするとしても……。お前はそんな薄着できたのか」

「え、でも、そんなに寒くないんですよね。真冬なのに」

近寄ってきたジークヴァルドが軽く腕を広げたので、エステルは少しだけためらった後、その胸におずおずと身を預けた。背中に腕が回り、緩く抱きしめられる。寒くはないとは言ったが、ほんのりとした温かさにほっと息をついてしまった。

「リンダールは【庭】より寒さが緩いからな。それに、俺の力に馴染《なじ》んできたのかもしれない」

嬉しげに目を細め、エステルを抱き寄せたまま片方の手でエステルの首筋をするりと撫《な》でたジークヴァルドは、そのまま触れているのとは逆の首元に頬《ほお》を擂《す》り寄せてきた。

（く、くすぐったい……）

ここしばらく、あまり二人きりということがなかった。久しぶりのこういった触れ方に、どぎまぎとしてしまうが、それでも放してほしいとは思わなかった。

「ジークヴァルド様の力に馴染んでくると、寒くなくなるんですか?」

「そうだな。竜騎士として力を分け与えただろう。俺の力は主に冷やすことに関係する。そうすると自然と寒さに強くなってくるのだろうな」

顔を遠ざけたジークヴァルドが笑みを深めてそう説明した内容に、エステルはぱっと満面の笑みを浮かべた。

「寒さに強くなれば【庭】でもずっとジークヴァルド様の傍にいられますね。ちょっと心配していたので嬉しいです。離れているのは寂しいですし」

あのままもっと寒くなれば、ユリウスの言う通り凍死という可能性があるかもしれないのだ。そうしたら冬の間中、ジークヴァルドの棲《す》み処《か》の暖炉がある自分の部屋に閉じこもっていなければならなくなる。もしくは冬の間はリンダールに戻ることになったかもしれない。

(ジークヴァルド様と喧嘩《けんか》をしたわけでもないのに、一緒にいられないのは寂しいわよね。

……ああ、喧嘩といえばまだ謝れていないのよね)

ジークヴァルドと釣書を発端に口論になってしまったあの時のことを、結局まだ謝れていない。馬車が横転しかけたり、レーヴの執政官が不審な動きをしていたりと、気をとられることがあってうやむやになってしまったのだ。

（謝るなら、今？　でも蒸し返してまたおかしな感じになったら……）

あの時は一日もなかったとはいえ、ぎくしゃくするのはもう嫌だ。だが、それでもちゃんと話しておきたい。

ジークヴァルドの服を握りしめた手に力を込めて、先ほど彼がそうしたようにその胸元に頬を摺り寄せると、ジークヴァルドのひやりと冷たい澄んだ冬の夜の空気のような香りが鼻先をくすぐった。頭を撫でてくれる手が心地いい。このところ、ジークヴァルドはよく頭を撫でてくるが、首を撫でられるよりも緊張せずにいられるので好きな仕草だ。

「――寂しいのか。そうだな」

子供のようだと思ったのだろう。小さく笑って目元を和らげたジークヴァルドの大きな手がエステルの耳飾りをそっとなぞった。その触れ方があまりにも優しくて、何だかよくわからないが胸がしめつけられてしまい、泣きそうになる。エステルはなぜか潤み始めてしまった目が恥ずかしくなりながらも、ジークヴァルドを見上げて謝ろうと口を開いた。

「あの――」

「エステル、噛んでもいいか？」

エステルの声に被せるように、ふいにジークヴァルドがとろりとした甘さを含んだような声と視線でそう尋ねてきた。

「へ？」

「許可を得ないですると、お前は泣くだろう。今なら誰も見ていない。――駄目か？」

「駄目か、って……」

人間でいえば、キスをしてもいいか、と聞いているようなものだ。

耳飾りを撫でていたジークヴァルドの手が、しっかりと被っていなかったエステルの茶髪の鬢を軽く引いて外した。ふわりと背中に広がったジークヴァルドと同じ銀色の髪を優しく梳《す》かれて、一気に顔に熱が集まってくる。

（今の流れのどこでそんな気分になったの!?　ジークヴァルド様の力に馴染んできたって、言って……。ひぇっ、くくく首をそんな風に撫でないで！）

色めいた触り方に、背筋がぞくりと震える。

竜の心の琴線がいまいちよくわからないのだが、おそらく力云々《うんぬん》の話の辺りで、何か心を動かすことがあったのだろう。

「エステル？」

懇願するような響きの声に、エステルは真《ま》っ赤《か》になったまま唇をわななかせた。

「……そんなこと、わざわざ聞かないでください」

嫌なわけではないが、この前は何の断りもなく噛みついてきたくせに、と恨めし気に見上げると、ジークヴァルドの瞳《ひとみ》が縦に瞳孔《どうこう》が走った竜眼になったかと思うと、彼はすっと顔を傾けた。吐息が首元にかかり、思わず体が震える。

――と、ガタン、と辛うじてくっついていた窓の一部が床に落ちた。

大きく肩を揺らし、はっと我に返ったエステルは、今にも噛みつきそうだったジークヴァルドの顔をやんわりと押しやった。

「でも、あの、もう遅いので」

聞くな、と言った癖に、焦りすぎて逃げるような言葉が口から出てきた。

「あまりわたしが母屋に戻るのが遅くなると、ユリウスが乗り込んでくるかもしれないですし。早く新しい部屋に移動して、明日のために寝ましょう」

軽く眉《まゆ》を顰《ひそ》めるジークヴァルドを宥めるようにその腕を叩くと、彼はようやくエステルを引き寄せていた腕を解いてくれた。しかしながらその仕草は心なしか不満げだ。

ほっと胸を撫で下ろし、エステルはそっとジークヴァルドから距離をとった。

(お、怒ってる？　いやでも、ちょっとやっぱり、ねえ……)

我に返ってしまうと、どうにも無理だ。ばくばくと今にも壊れるのではないかと思うほど激しく鳴り響く心臓の辺りを押さえながら、ジークヴァルドの恨めしそうな視線から逃れるようにくるりと背を向ける。

「持っていく荷物はありませんか？」

火照った顔を誤魔化すようにきょろきょろと周囲を見回したエステルは、ふと寝台の傍らに置かれていたサイドテーブルの傍に数枚の紙が落ちているのに気づいた。

（何かしら……）

裏面が上を向いていたが、文字のインクが所々染み出ている。竜は手紙も書類も書かないはずなので、ジークヴァルドの物ではない。そうなると、誰かからの手紙だろうか。

エステルが紙を見ているのに気づいたジークヴァルドが、その視線を遮るように横合いからすっと手を出すと、それを拾い上げた。

「これはいい。俺が持っていく」

そのまま懐にしまってしまうジークヴァルドが、珍しく少しだけ焦っているように見えて、エステルは動きを止めた。じっと窺《うかが》うようにジークヴァルドを見上げると、彼はエステルの視線を受けても今度は何の表情も浮かべずに、床に膝《ひざ》をついたエステルに手を差し出した。

「他《ほか》に持っていくものは特にない。あるとしても明日にしよう。俺はどの部屋へ移ればいい」

差し出された手を無言でとったエステルは、そのまま強く握りしめるとぐいぐいと引っ張るように廊下へと出た。その際、床に落ちていた茶色の鬘を拾い上げるのも忘れない。

「あっちの突き当たりにもう一つ客室がありますから、その部屋を使ってください。――それじゃ、お休みなさい」

部屋の方向を指し示し、ジークヴァルドの返事を待たずにぱっと手を放す。そのままさっさと廊下を歩き出した。

その心中はとてつもなく複雑だ。

（……すごくあれが何なのか気になるけれども、気にしちゃ駄目よ。ウルリーカ様たちも言っていたじゃない。――絶対に何か理由があるはずだから。【庭】にいた時もそうだったし）

今はエステルには話せないだけで、後で必ず話してくれるはずだ。

とはいえ、何かを隠している様子は気になって仕方がない。こんな些細《ささい》なことが気になるのは、やはりジークヴァルドのことが好きだからなのかもしれない。

ぱっと先ほどの首筋に噛みつかれそうになった光景が脳裏に浮かび、赤面しながら慌ててその光景を追いやるように頭を振る。

ついジークヴァルドの様子が気になって振り返りたくなったが、そこをぐっと我慢して鬘を被り直すと、エステルは叔父の離れから外へと出た。

＊＊＊

「本当にエステルも戻るの？　せめて冬が終わるまでいればいいのに」

出かける準備をしているエステルの部屋で、寝台に腰かけたアルベルティーナがぶらぶらと足を揺らしながら、不満げに言い放った。

【庭】に戻ろう。

卵が動いたとの報告を受けて、ジークヴァルドの方針の通り二、三日様子を見た後、番《つがい》たちと相談して決めたのは、やはり【庭】に戻るということだった。

リンダールに残れと駄々をこねるアルベルティーナをここ数日、宥めすかしているが、今日《きょう》もまたべったりと後をついて回られて引き留められている。

「わたしはジークヴァルド様の竜騎士ですから。主竜が移動をするなら、ついていくのが当然なのはアルベルティーナ様もわかっていますよね」

「わかっているけれども、納得いかないことは、納得いかないのよ！」

ぷっと頬を膨らませるアルベルティーナを鏡越しに見ながら帽子を被ったエステルは、くるりと振り返った。

「それより、今日は買い物に付き合ってくれるんですよね。必要な物を買い揃《そろ》えたら、お礼にアルベルティーナ様のお気に入りのお店に行きますから」

「……買い物、っていっても【庭】に戻るための冬支度じゃないの。反対しているのに手伝ってあげるなんて、あたしも馬鹿《ばか》よねえ……。まあ、エステルが困るよりはいいけれども」

深い溜息《ためいき》をついたアルベルティーナだったが、気を取り直すように勢いよく寝台から飛び下りると、エステルの腕に抱きついてきた。

「それじゃ、行きましょ。ジークヴァルド様はエドガーの屋敷で待っているって言うし、ユリウスも一緒なら、久しぶりに家族水入らずの買い物もいいわよね」

自分の考えが気に入ったのか、たちまち機嫌を直したアルベルティーナに引っ張られ、エステルは自分の部屋から出た。

クランツ家の出入りの商人に入り用な物を注文してもいいが、王都に来るのは最後かもしれない。できれば自分の目で見て選びたかった。付き合ってくれるアルベルティーナには申し訳ないと思うものの、それでもうきうきと気分が高揚してくる。

「あ、お母様に一応声をかけてきますね。ユリウスも待っていると思いますし、アルベルティーナ様は先に外で待っていてください」

玄関から出る直前、母に挨拶《あいさつ》をしてくるのを忘れたエステルはそう言い残し、踵《きびす》を返した。

通りかかった侍女に母の居場所を尋ねると、居間にいると教えられたので、小走りにそちらに向かったエステルだったが、その途中、母が庭のベンチにいるのに気づいた。

（お母様？　いくら晴れていていても、寒いのに……）

正午前だが、外でぼんやりと過ごすには体を冷やしてしまう。何をしているのだろうとじっと見つめたエステルは、母が何か白い布を手にしているのに気づいた。

（……レース？　もしかして、あれは……花嫁のヴェール？）

リンダールの婚姻の風習の一つに、母が嫁ぐ娘のために手製のレースのヴェールを贈るというものがある。娘はそのレースを纏《まと》い、婚儀を挙げるのだ。あれは多分、エステルのために用意していたヴェールだろう。

少し寂しそうな母の横顔を見た途端、胸に何とも言えない後ろめたさがこみ上げてきて、エステルは思わず片手で口元を覆った。

番の誓いの儀式は人間の婚姻とは違うと聞かされている。おそらくあのヴェールは使えないだろう。

（お母様は何も言わないけれども、本音ではお父様と同じよね……。――って、落ち込んでいたら駄目よ。ジークヴァルド様とちゃんとお父様たちに納得してもらう、って決めたじゃない）

その父はまだ捕まえられない。このままきちんと納得してもらうことができずに【庭】に戻らなければならなくなるのかと思うと、焦りのあまり腹が立ってくる。今朝も早くから城に出かけてしまっているが、執事によると登城時間はもう少し遅くていいらしい。

エステルは大きく深呼吸をして動揺を収めると、勢いよく窓を開けた。

「お母様！　出かけてきますね。お土産《みやげ》を買ってきますから」

竜騎士になる前のユリウスと似た真っ直《す》ぐな薄茶色の髪を綺麗《きれい》に結い上げた母は、少し驚いたようにこちらを見ると、隠すようにヴェールを背中の方へと押しやったが、エステルは見なかったふりをして笑みを浮かべて手を振った。

「ええ、気をつけなさいね」

にこりと笑ってくれた母にさらに手を振り返し、エステルは窓を閉めると感傷を振り切るように玄関へと足を向けた。

＊＊＊

リンダールの王都は他国の王都よりも活気があると言われている。

その理由は竜が六匹と多数いるためだ。竜がいればそれだけ他国との諍《いさか》いも少なく、気候もそれほど乱れない。それに加えて政情も安定しているとくれば、発展して当然のことだろう。

治安も悪くはないので、貴族の娘でもお供の侍女をつければ昼間ならば護衛なしでも普通に出歩ける。

その王都の大通りに立ち並ぶ店の一つから出てきたエステルは、一緒に出てきたユリウスを確かめるように振り返った。

アルベルティーナと叔父は、ちょっといい物を注文してくるから、と別の店に行っている。

「とりあえず、これで終わりよね」

「うん、一応、【庭】の寒さにも耐えられるような冬服とか、防寒具は揃えたし、まとめて屋敷に送ってくれるように手配もしたし、大丈夫かな」

指を折って数えるユリウスもまた、エステルと一緒に【庭】に戻るらしい。番の儀式を見届けるまではエステルの傍を離れたくないそうだ。

（助かるけれども、竜騎士の職務の方はいいのかしら……。任務としてはわたしの護衛になっているらしいけれども）

これまであまり実感したことはないが、もともとエステルはリンダールでは重要人物扱いとなっている。いくら竜騎士になったとはいえ、竜の長《おさ》の番になれるのかどうかわからない立場だ。国がエステルの動向を知っておきたい、と思うのもあるのかもしれない。

そんなことを考えながら、エステルは買い忘れがないか声に出して確認をしてみた。

「調理器具は今のところは困っていないからそっちは大丈夫よね。薬関係も必要な物は揃えたからいいとして、手紙用の紙も買ったし、あとは……」

「画材は駄目だからね」

ちらっと頭をかすめた言葉を半眼になったユリウスに先に口にされ、エステルは渋い表情を浮かべた。

「先読みしないでよ。ちょっとだけ顔料が欲しいな、とは思ったけれども」

「どうせ家にあるのは持っていくんだよね。当面はそれでいいじゃないか。――【庭】にいるとすぐには手に入らないんだから、番になるのはやめた方がいいんじゃないの」

「……っやめませんから！　ほら、セバスティアン様が待ちくたびれているわよ。今にも食事処に飛び込んで行きそうじゃない」

むっと顔をしかめたエステルは、外で待っていると言っていたセバスティアンが、物欲しげな様子で食事処が並ぶ路地の方へと目を向けているのを指摘してやった。エステルの鼻には感じられないが、おそらく竜の鼻にはいい匂《にお》いが漂ってきているのだろう。そわそわと落ち着きがなく、今にも涎《よだれ》を垂らしそうだ。

「何か屋台に買いに行った方がいいと思うわよ。今日は市も出ているでしょ」

「……うん、そうしようか。アルベルティーナ様たちもいつ戻ってくるかわからないし」

お腹《なか》が空いたと暴れられてはたまらない、とばかりに盛大な溜息をついたユリウスに思わず笑ってしまった時だった。

「――あれ、もしかしてラーシュ様？」

エステルたちが出てきた服飾店の数軒先の雑貨店の前に、金の筋が入った黒髪のマティアスの竜騎士の姿を見つけ、エステルは目を瞬《まばた》いた。エステルの視線の先を追ったユリウスが、少し驚いた声を上げる。

「あ、本当だ。あの方も普通に出歩くんだね。レーヴに帰る予定が見えてきたから、誰かへのお土産でも探しにきたんじゃないの」

約二月にも及ぶ卵の所有権の協議は揉《も》めるだけ揉めて何も進まず、結局は竜たちが卵を【庭】に連れ帰ると宣言したことであっという間に解散することになったらしい。茶番もいいところだ、とは呆れ返った叔父の言だ。

　ユリウスの言う通り、何かを探すように店を眺めているラーシュの姿を見つめ、エステルは小さく首を傾げた。

「ちょっと気になっていたんだけれども、マティアス様もウルリーカ様も【庭】に帰るのよね？　そうしたら竜騎士のお二方はどうなるの？」

「それは……」

　ユリウスが口ごもるのとほぼ同時に、エステルたちの視線を感じ取ったのか、こちらを見たラーシュと目が合った。

「これはこれは、クランツ家の方々。マティアス様から今日は君たちが買い出しに出かけると聞いていたが……。まさか会えるとは思わなかったよ。だが、ちょうどよかった」

　にこやかに近寄ってきたラーシュを、エステルは不審げに見つめた。

「何がちょうどいいんですか？」

　エステルを花嫁として連れ帰りたい、と告げてきたラーシュだったが、卵が動き出して以降はエドガーの屋敷で時折顔を合わせていたものの、あれ以来なぜか何も言ってはこなかった。

　聞かなかったことにして立ち去ってもよかったが、何を考えているのかよくわからないこの竜騎士が今度は何を言い出すのか気になり、警戒しつつも尋ねる。

「君と同じ年ごろの女性の土産は何がいいのかと思ってね。選ぶのを手伝ってくれないかな」

「……は？　それをわたしに選ばせるんですか」

予想外の言葉に眉を顰めて聞き返すと、ラーシュはくすりと笑った。

「君を花嫁に望んだのに、とでも言いたげだね。安心していい。妹だ。ほら、君の絵を見たことがあると言っただろう。妹が君の絵の愛好者でね。小説の挿絵を描いたことがないかい」

「ありますけれども……。あれはレーヴでも出版されているんですか？」

確かに描いた。エステルが描く肖像画は良縁に恵まれると評判になり、その噂《うわさ》にあやかろうと仕事として依頼されたうちの一枚だ。アルベルティーナが小説にはまったのは、確かその後だったと思い出す。

愛好者だと言われて嬉しい半面、これはそのまま喜んでいいのかどうか迷っていると、ラーシュが再び頼んできた。

「いや、私が以前リンダールの土産として持ち帰ったのを妹が気に入っただけだよ。だからその妹のために今度は何がいいか、頭を悩ませているわけだ。どうだろう、頼めないかい」

困ったように眉を寄せるラーシュは、それだけなら妹想《おも》いに見える。だが、これまでのやり取りから考え方が異なりすぎて素直に頷けない。話していることが本当のことなのかどうかもわからないのだ。

迷うエステルの横を、邪魔そうに買い物客が通り過ぎていくのに気づいて、エステルは少し端に寄りつつ断ろうと口を開いた。

「あの……」

「無理そうだね。残念だが諦《あきら》めるとしよう。君が選んでくれたと知れば、妹もさらに喜ぶと思ったのだが。まあ、君の話をするだけでも、喜んでくれるかもしれない」

エステルの言葉を遮り、夜会でダンスに誘ってきた時と同じように、あっさりと引き下がったラーシュが踵を返す。

（……この方、わざとこう言っているわよね？）

一旦引いて、残念だという気持ちを前面に押し出し、言わなくてもいい一言を付け加えてこちらの罪悪感を誘い、望み通りの結果を引き寄せようとする。

どうしてこれで竜騎士をやっていられるのか、気になった。ラーシュの主竜のマティアスは、ウルリーカはエドガーのどこがいいのだと不思議がっていたが、エステルに言わせればこの主従も似たようなものだ。

エステルは小さく溜息をついて、去りかけたラーシュの背中に声をかけた。

「待ってください。そちらの雑貨店でいいのなら、選ぶお手伝いをします」

エステルのその言葉を待っていたかのように、ラーシュが微笑んで振り返る。思惑通りになったと思っているのがわかって何となく癪《しゃく》だが、たかが土産選びだ。付き合わなかったことをマティアスに知られてさらにエステルの印象が悪くなっても困る。

「エステル、アルベルティーナ様がそろそろ戻って来るよ」

咎めるようにユリウスが腕を掴《つか》んで止めてきたので、エステルはやんわりとその手を外した。

「わかっているわよ。だから、アルベルティーナ様が来るまでの間だけ。アルベルティーナ様が戻ってきたら教えてもらえれば、決まっていなくてもすぐに出るから、お店の前で待ってい て。――それでいいですよね、ラーシュ様」

同意を求めて視線を向けると、ラーシュは笑ったまま頷いた。

「ああ、もちろん。アルベルティーナ様のご機嫌を損ねるようなことはしたくはないからね」

誠実な笑みを浮かべているはずなのに、どうしても裏があるように思えてしまう。ラーシュが手を差し出してエスコートしてくれようとしたが、エステルは丁重に断った。

「すみません。嫉妬深い恋人がいるので、遠慮させていただきます」

張りつけたような笑みを浮かべると、ラーシュは片眉を上げてにやりと笑い、腕を貸す代わりに先に立って店の扉を開けてくれた。

「早く戻ってきてよ」

心配そうなユリウスの声に笑い返して小さく手を振ったエステルは、店内へとゆっくりと足を踏み入れた。

店内には扉に雑貨店と表記してある通り、日用品からちょっとした装飾品まで、様々な品物が所狭しと置かれていたが、品数が多くても整然としていてとても見やすい。エステルも何度かアルベルティーナと訪れたことがあったが、その都度品物が変わるので見ているだけでも面白かった。

「妹さんの普段身につけている物の色とか雰囲気はわかりますか？」

幾種類ものレースのリボンが置かれている棚を眺めながらラーシュに問いかけると、竜騎士は顎《あご》に手を当てて思い出すように視線を上に向けた。

「あまり装飾過多な物や、宝飾類、淡い色は好まないね。華美な装いよりも、動きやすいすっきりとした形のドレスを身につけていることが多い。髪は黄色味が強い金で、瞳の色は青」

随分と具体的な答えが返ってきたことに、失礼ながら本当に妹はいたのかと思いつつも、少し公爵令嬢としては変わった女性のように感じて、すぐにぴんときた。

「動きやすいドレス、ということは活動的な方なんですね。もしかして、竜騎士志望の方ですか？」

家族に竜騎士がいると、憧《あこが》れて同じ道を進みたがる者は多い。エステルだってそうだ。竜騎士の名門の重圧からではなく、叔父の格好良さに憧れた。

「おや、よくわかったね。ああ、竜騎士志望だ。今年の竜騎士候補には選ばれなかったが、来年の候補は確定している。上の妹は興味を全く示さなかったが、下の妹はどうも私が羨《うらや》ましかったようで、私が竜騎士になった九年前からずっと竜騎士になると言い続けていたから、ようやく候補になれたのをとても喜んでいてね。それで上の妹の方は刺繍《ししゅう》が得意で――」

妙に饒舌《じょうぜつ》になったラーシュに、エステルは初めこそ圧倒されていたが、やがて何だか微笑ましくなってきた。嫌味でどこか飄々《ひょうひょう》とした考えがつかめない印象だったが、この話を聞いているると親しみが湧いてきてしまう。

(妹さんが可愛《かわい》くて仕方がないのね。――悪い方ではないのかも)

手の平を返してしまったようで気が咎めるが、それでも竜騎士があまりにも打算的すぎるだけよりはずっといい。

エステルの微笑ましげな視線に気づいたのか、はっと言葉を止めたラーシュが咳《せき》ばらいをした。その耳の縁が少しだけ赤い。

「これは、失礼。ともかく、上の妹は嫁いでしまっているのでね。下の妹の物だけ選んでくれると助かる」

気まずいのか、すいと視線を逸らしたラーシュにエステルは小さく笑いながら頷いた。

「わかりました。――竜騎士候補の方なら鍛錬もすると思いますし、髪を結ぶためのリボンとか……。あ、本も読まれる方なんですよね？　それなら、こっちの栞《しおり》とかどうですか？　竜の彫刻が綺麗ですよ。わたしが欲しいくらいです」

柔らかい金属の板を竜の形にくりぬいた栞を取り上げて、窓から差し込む日の光にかざす。鱗の一枚一枚の表現が素晴らしく細かくて、惚《ほ》れ惚れとしてしまう。

「ああ、どちらもいいね。――うん、両方にしよう。贅沢《ぜいたく》だと怒られるかもしれないが、またリンダールに来られるかどうかわからないからね」

エステルが持っている栞とは別の物を手にし、ラーシュはしみじみとそう呟《つぶや》いた。

「それって……リンダールとレーヴの関係があまりよくないんですか？」

卵の所有権の件が両国の友好関係にひびを入れてしまったのだろうかと、エステルがラーシュを窺うように見ると、竜騎士は少しだけ言葉を探すように間を置いてから、口を開いた。

「――いや、そちらは問題ない。竜の方々が結局は解決してしまったからね。ただ、私の方の関係だ」

栞を物色するラーシュの目がすっと鋭くなった。つい先ほどまでの和やかな雰囲気はなく、話しかけるのもためらわれてしまう。

（もしかしてレーヴの執政官の方が言っていた、ラーシュ様の進退に関わるとか、そういうこと？　そういえば、さっき贅沢だって怒られるかもしれない、って言っていなかった？）

竜騎士であり、公爵位も持っているというのに、それほど困窮するのだろうか。ラーシュの身に何が起こっているのかさっぱりわからなかったが、エステルが首を突っ込む問題ではないのも十分にわかっていた。

エステルが黙り込んでしまったのに気づいたラーシュが、重くなった空気を消すように、わざとらしく声をたてて笑い、先ほどエステルが見ていたリボンを手にとった。

「ははっ、心配してくれるのかい。同情で気が引けたのならそれは嬉しいね。私の花嫁になってくれるというのなら、同情でも何でもかまわないが」

「――っ、お断りします」

からかうような物言いに、エステルはきっぱりとそう口にして、手にしていた栞を台に戻した。

「わたしより、ラーシュ様に何かあったら心配するのはご家族やマティアス様の方だと思います」

溜息をついて別の物を見ようと身を翻《ひるがえ》そうとすると、ふいにラーシュがぐっと声を落とした。

「そうだな。だが……安心してくれていい。マティアス様が迷惑を被るような事態にだけはさせない」

「――え？」

真剣味を帯びたその声に、どういうことだ、とエステルが聞き返そうとすると、それを遮るように店の扉が勢いよく開けられた。

「エステル！　ティーナが戻って来たよ。僕お腹すいちゃったから、早く行こう。すぐ行こう」

静かだった店内にぎょっとするほどの大声が響き渡る。

「セ、セバスティアン様、あ、待ってください。すぐに行きますから、止まってください！」

顔を引きつらせて振り返ったエステルは、引き留めようとするユリウスを腕にくっつけたまますかずかとこちらにやってくるセバスティアンを見て、商品にぶつかって落としはしないかと、はらはらしつつそちらへ歩み寄った。

「――名残惜しいが、ここまでだね。選んでくれて礼を言うよ」

背中からかけられた声に振り返ると、苦笑いをするラーシュの様子はいつも通りどこか飄々としている。

色々と気になりはしたが、アルベルティーナが今にも飛び込んできそうな険しい形相でこちらを睨《にら》み据えているのも窓越しに見え、エステルはラーシュに小さく会釈をしてから、ユリウスと一緒にセバスティアンを追い立てるようにして店の外へと出た。

＊＊＊

エステルがそっと卵に手を触れると、内側から光り輝くようだったそれは、まるで応《こた》えるようにふるりと震えた。

「――っ!?　動きました！　ウルリーカ様、本当に動いているんですね！」

エステルは嬉しそうに尾を揺らす金糸雀《カナリア》色の鱗の竜を、満面の笑みで見上げた。

押しつけたままの手の平がほんのりと温かい。温度は低いが、冬の寒さの中にあっても温かなそれは確かに生き物の持つものだった。

街へ買い出しに出かけた翌日。いつものようにエドガーの屋敷を訪れたエステルは、ウルリーカから卵に触ってみないかと促され、遠慮なく触らせてもらったのだが、感激のあまり涙ぐみそうになってしまった。

「お名前は決められたんですか？」

『いや、まだだ。候補は挙げているが、孵ってから決めようとマティアスと話している。ただ……成竜になるまでは人間に名乗ってはならない決まりがある。名というのは親から貰《もら》う一番初めの守りの力だ。自我というものを決定づける。申し訳ないが、番殿には教えられない』

「謝らないでください。決まりなら仕方がありませんから」

エステルは微笑んで首を横に振った。

以前、エステルに懐いている【庭】の子竜たちの名前を尋ねたことがあったが、その時も同じことを説明され「ごめんね」と謝られた。それ以降、子竜たちが遊んでいる最中にうっかり仲間の名前を呼んでしまっても、エステルは聞かなかったふりをして黙っている。

「触らせていただいてありがとうございます。でも、わたしが触ってしまってよかったんでしょうか？　マティアス様の気に障られたら……」

正午も大分過ぎた。いつも通り卵を守るのを交代しにマティアスがやってくる時刻だろう。この場面を見たら怒るかもしれない。もう一度だけ、とばかりに頭を撫でるようによしよしと卵のてっぺんを撫でると、まるで卵の中で一回転でもしたように嬉しげに大きく揺れた。

（うわぁああ、可愛い！　卵なのにこんなに感情表現が豊かなんて。それとも力のある竜の卵だからかしら……）

　名残惜し気に金糸雀色の殻に金の縞模様が入った卵から手を放すと、ウルリーカは喉《のど》の奥で笑った。

『なに、私が許したのだ。マティアスには文句は言わせない。番殿が時折差し入れてくれる菓子にも随分と助けられたからな。おかげで体調も大分いい。その礼だ。いくらでも触ってかまわない』

「いえ、それはエドガーさんが頑張ってお茶を淹れるのを覚えてくれたからですよ」

　つい先ほども茶を供し、今は厨房《ちゅうぼう》に片付けに行っているところだが、そろそろエステルが見張っていなくても大丈夫だろう。

『いや、あの変わり者のエドガーに付きっ切りで教えられる者がいなかったからな。やはり番殿のおかげだ。――これでようやく【庭】に戻れる』

　主竜にさえも変わり者と言われてしまうエドガーに苦笑いをしていたエステルは、最後の言葉を受けて、少しだけ表情を引きしめた。

　ウルリーカに今の状態の卵の絵を描いてほしいと頼まれたので、彼女がお茶を楽しんだテーブルにスケッチブックを置かせてもらっていたが、少し強めの風に捲《めく》れそうになるそれを手にとったエステルは迷った末に口を開いた。

「あの、立ち入ったことを聞くかもしれませんが……。エドガーさんとの竜騎士契約はどうされるんですか？」

昨日《きのう》浮かんだ疑問が気になってしまって、仕方がなかった。

こちらの声が聞こえていたのだろう。少し離れた場所で力を注いでいたジークヴァルドがこちらをちらりと見たが、咎める訳でもなくすぐに作業に戻った。叔父やユリウスは竜騎士の招集があり、城に呼び出されていていない。当然その主竜たちも一緒に行っている。エドガーはウルリーカを優先するようにとの指示が出ているので、屋敷に待機となっているのだ。

答えにくい質問かもしれないが、他の主従がいない今なら教えてもらえそうな気がした。

エステルの質問に気を悪くした様子もなく、ウルリーカはゆらりと尾を軽く揺らした。

『そうだな……。卵を身ごもっていた時には、契約を切って【庭】に戻るつもりだった。それはエドガーにも私が番を得た時にきちんと話して、了承してもらっている』

「え……それじゃ、エドガーさんは竜騎士ではなくなる、ってことですか？」

主竜命、といった様子のエドガーだ。ウルリーカとの契約を切った後は廃人にでもなってしまうのでは、と不安が募る。

エステルがよほど情けない顔をしていたのだろう。ウルリーカが宥めるように尾をこちらに伸ばしてエステルの肩をとんとん、と優しく叩いた。

『いいや、今は長に許してもらえるのなら、契約を切らずに【庭】に共に連れて帰りたいと思い直した。あんなにも卵が孵るのを心待ちにしてくれているのに、ここで切るのはあまりにも薄情だ。十年ほど【庭】で過ごした後、またリンダールに戻る。その頃には我らの子も、親ではなく同じくらいの力の子らと過ごすことが多くなるからな。何も問題はない』

ウルリーカは慈しむような目を卵に向け、次いでエドガーがいるであろう厨房の方へと視線を向けた。

『それに私が見捨てたら、エドガーは発狂しそうだからな。下手《へた》をすると他の竜を襲いだすかもしれない。野に放つのはいささか不安だ』

茶目っ気たっぷりの言葉に、エステルは思わず噴き出してしまった。笑ってはいけないが、確かにその可能性もありそうで怖い。

喉を鳴らして笑っていたウルリーカだったが、やがて笑うのをやめ、今のやりとりを全《すべ》て聞いていたはずのジークヴァルドに向き直り、首を垂れた。

『長、今の話をお認めいただけますでしょうか』

「――行動範囲が【塔】かお前の棲み処の周辺のみでもいいというのならば、俺はかまわないが、【庭】の竜に殺されないように気をつけろ。あまりにも行動が目に余るようならば、お前の許可なくリンダールに強制的に帰らせる。【庭】に戻ってきても入れさせない。それでいいか」

ゆっくりと立ち上がって、鷹揚《おうよう》にこちらを見据えながら注意点を示すジークヴァルドに、ウルリーカが明らかにほっとしたように神妙に頷く。

エステルもまた、気がかりだったことの一つが解決し、胸を撫で下ろした。そうして気になってくるのはもう一組の主従だ。

「マティアス様もラーシュ様を【庭】に連れて帰られるんですか？」

『どうだろうな。どうするのか私はまだ聞いていないが、おそらく――』

「あいつはきっと【庭】に行くのは拒否するっすよ」

食器の片付けから戻ってきたのだろう。ふいにエドガーの声がウルリーカの言葉に被せるように割り込んできた。珍しく険のある声は、初めてここでラーシュとのやり取りを見た時と同じもので、エステルは目を丸くした。

「あいつはお家大事っすから。なんせ、没落しかけた公爵家を守り立てるために竜騎士を目指したくらいっすからね」

「ラーシュ様のお家は没落しかけていたんですか？」

ふと浮かんだのは、昨日の贅沢云々の言葉だ。エステルが考え込んでしまっていると、エドガーはさらに先を続けた。

「そうっすよ。お父上が事業に失敗したとかなんとかで、今は持ち直したみたいっすけれども、あいつが竜騎士になる前はかなり困っていたようで。俺と同時期に竜騎士候補だったんで、その辺りの話は流れてくるんすよ。だから俺みたいな庶民が一年先に竜騎士になったのがよほど目障りだったんでしょうね。『背負うものが何もない者は気楽でいい』とか言ってくれやがって」

「それは、ちょっと……。言い方ってものがありますよね」

竜騎士候補時代から嫌味を言うのは変わっていないのか、と呆れるというか逆に感心してしまう。家庭状況を聞く限り、そうでなければやっていられなかったのかもしれないが。

エステルが同意してくれたととったのか、エドガーの言葉はまだまだ止まらなかった。

「そうっすよね!? 確かにこっちはただの竜好きの下級騎士っすよ。それでも庶民がどんだけ騎士になるのが大変だと思ってるんだ。お貴族様の苦労とは別の苦労がこっちにもあるんだってことを――。ぶっ」

『エドガー、もう十分だ』

ウルリーカの尾がエドガーの口を叩いて止める。先ほどのエステルの肩を叩いたのとは比べ物にならない力だったのか、エドガーがよろめいて尻餅《しりもち》をついた。ただ、なぜか幸せそうに微笑んでいたのは、全力で見ないふりをしておく。

『まあ、こんなわけでおそらくラーシュは【庭】についていくことは断るだろう。マティアスは契約をどうするのだろうな』

互いの竜騎士契約には口出ししないことにしているのか、ウルリーカもそれ以上は知らないようだ。

それでも断片的ではあるが、ラーシュの事情が何となく見えてくる。

(もしかして……竜騎士の契約を切られたら、ラーシュ様のレーヴでの立場が危うくなったりするんじゃ……。――あ、だからわたしを連れて帰りたかった？)

竜騎士の名門クランツ家の娘を妻にすれば、それだけでも優位にたてるだろう。エドガーは持ち直したと言ったが、財産の方はそうでも評判や名誉というものは落ちやすい。盤石にしたいのなら、なおさらだ。

ただ、それにしては熱意も必死さも伝わってこない。口では花嫁として連れ帰りたい、と言っていても、婚約申し込みも、自らエステルを訪ねてくるということもないのだ。

(なんか、やっぱり変よね……)

あまりよくない頭を必死で巡らせていると、ふいにジークヴァルドが注いだ力を確認するように地面に向けていた顔をぱっと上げた。

「――焦げ臭いな」

「え？　……あっ！　エドガーさん、火の始末、ちゃんとしました!?」

「したはずっす！」

すぐに思いついたのはつい先ほどウルリーカに出したお茶の後片付けだ。焦ってエドガーと共に厨房の方へ行きかけたエステルの腕を、ジークヴァルドが掴んで引き留めた。

「待て。厨房の方ではない。もっと遠くだ。この屋敷の外――」

探るようにジークヴァルドが視線を屋敷の塀の外へと向けた次の瞬間、屋敷の裏手の方で何かが破壊される音と共に、人々の悲鳴が沸き起こった。

「火事だ！」

「お屋敷に荷車が突っ込んだぞ！」

少し遅れて、エステルの鼻にも煙たい匂いが届いた。騒然とした声が聞こえ、なおのこと緊迫した状況が伝わってくる。

「あっちは……使用人口っすね。ちょっと見てくるっす！」

「俺も行こう。エステル、お前はウルリーカと共にいろ。マティアスがすぐに来るだろう。何かあれば声を上げろ。お前の声ならすぐにわかる」

エステルの頭を一度撫でたジークヴァルドは、慌てふためいて走って行くエドガーの後を追って屋敷の裏へと駆けていった。

『番殿、こっちへ。万が一、火が飛んでくると危ない』

彼らの背を見送ったエステルは、手にしたままだったスケッチブックをポケットに突っ込み、卵をなおのこと抱え込むウルリーカの傍へと寄った。

「ここのところ、乾燥していますからね。火事も起きやすくなっているのかもしれません」

『ああ、数日前にも王都の端の方であったようだな。すぐに消し止められたようだが……。今日は風が強いな』

ウルリーカが心配そうに空を見上げる。晴れてはいたが、肌がぴりぴりとしそうなほど空気が乾燥している。雲一つないのは、おそらく風が強いせいだろう。

なかなか収まらない騒ぎに、様子を窺いに行った方がいいだろうかとエステルが考え始めた時、表門の方から別の騒ぐ声が聞こえた。

『何だ?』

ウルリーカが不審そうに首をもたげる。ただ事ではなさそうな様子に、エステルが緊張に身を強張らせていると、庭に誰か複数の人物が入ってくる足音が聞こえてきた。

何が起こっているのかわからず、恐怖をこらえながらエステルはウルリーカを促した。

「裏へ回りましょう。ジークヴァルド様たちのいる方へ行ったほうがいいです。卵は運べますか?」

『ああ、大丈夫だ』

ウルリーカが腰を上げ、巣を形作っていた金色の蔓のようなものをくるくると卵に巻き付けたかと思うと、籠《かご》のような形になったそれの取っ手をくわえた。

そのまま移動しようとした時、こちらに向かってきていた足音がすぐ近くまで来ていた。いくらも経たないうちに姿を現したのは、王都警備を担う紺色の騎士服を着た三人の男たちだった。その後ろには青ざめた顔の門衛の姿がある。

「――失礼致します。竜のご婦人、至急避難をしていただけますでしょうか」

ちらりとエステルに目をやった後、隊長らしき男が礼をとってウルリーカに話しかけた。その指先が細かく震えているのは、竜を前にして畏怖《いふ》を感じているからだろう。

『避難? どういうことだ』

一旦籠を地面に置いたウルリーカが、探るような視線を向ける。

「裏の使用人口に荷車が突っ込んだようであります。ランタンの火が燃え移ってしまったようで、なかなか消えません。お屋敷に燃え移る可能性もありますので、駆けつけました私どもに、エドガー・ニルソン様からウルリーカ様の大切なお子に何か触りが出る前に、クランツ邸に避難をしてほしいと伝えるようにとのご指示をいただきました。ご本人様からの指示だという証拠はこちらに」

そう言うと、隊長は懐から竜騎士だけが使用できる竜の意匠の金ボタンと、ハンカチを取り出して見せた。ハンカチの間からは金糸雀色の長い髪が覗いている。

『そこへ置け』

ウルリーカの指示通り隊長は一歩近寄り、地面にボタンとハンカチを置くと、すぐに下がる。警戒しつつも首を伸ばしたウルリーカはハンカチの匂いを嗅《か》ぐと、鷹揚に頷いた。

『確かにエドガーの物だ。わかった、クランツ邸へ避難しよう。――つが……エステルは』

「わたしもご一緒します。わたしの自宅なので、突然ウルリーカ様が現れてもその方が混乱も少ないと思います」

『それならば、頼む』

任せてください、と頷こうとしたエステルだったが、そこではたと気づいた。

（あ、どうやって移動するの？　さすがにウルリーカ様の背中に乗るわけにはいかないし）

エドガーの屋敷には竜に慣れた馬がいたはずだが、借りることができるだろうか。

「ウルリーカ様、馬を借りてきます。もしエドガーさんを見かけたら、一応声をかけてきますので」

使用人口と同じように裏手にある厩《うまや》の方へと行こうとしたエステルだったが、険しい表情の隊長に呼び止められた。

「お待ちください。ご自宅、ということはお嬢様はエステル・クランツ伯爵令嬢でお間違いないでしょうか？」

「はい、そうです」

内心びくつきながらも、できるだけ表情に出さないようにして頷く。

「移動手段でしたら、私どもが卵を運ぶための馬車を用意してきております。そちらをお使いいただけますので、速やかに避難をなさってください」

隊長が裏の様子を窺うようにちらりとそちらへ目を向ける。その表情は焦りを帯びていて、落ち着きがない。裏の火事の様子を気にしているように見えたが、何となく引っかかった。

(そんなにすぐに馬車を用意できるの？　ついさっき火事が起きたばかりなのに、やけに用意周到じゃないかしら……。――この方たち、本当にエドガーさんの指示でここに来たの？)

ウルリーカが断言していても、ボタンやハンカチならば、どうにかすれば手に入りそうだ。そもそもの話、これは本当に王都警備の騎士なのだろうか。

ふっと頭に浮かんだのは、この屋敷を窺っていたというレーヴの執政官の話。

（まさか……卵を誘拐しようとしている？）

そしてエステルの名前も確かめてきた。卵と同様に連れ去ろうとしているのかもしれない。

足を止めたエステルに安堵《あんど》の表情を浮かべた隊長を尻目にウルリーカをそっと見やると、彼女も気づいたのだろう。かすかに首を横に振ったのでそのすぐ傍に寄り、囁《ささや》いた。

「卵を持って逃げてください」

『しかし……』

「わたしは裏へ回ります。大丈夫です。逃げ足が速いとジークヴァルド様に言われましたから」

小さく笑って見せると、ウルリーカはためらうように視線をさまよわせたが、すぐに卵の籠をくわえた。それを見たエステルは、気合いを入れるように大きく息を吸った。

「――あの、卵と一緒に乗るのは恐れ多いので、わたしは馬で行きますから大丈夫です」

エステルはそう言うなりぱっと身を翻し、ジークヴァルドたちがいるはずの裏へと向けて走り出した。それとほぼ同時にウルリーカが飛び上がる羽音がする。

「待っ――……っクランツの娘を追いかけろ！」

背後から押し殺した声と共に、二人の騎士が追いかけてくる。竜があんな風に卵を運べることが想定外だったのか、卵よりもエステルの方に標的を変えたようだ。

(何だかここのところ、走って逃げてばかりよね!?)

クランツ家の娘として一応剣も学んでいたが、さすがに護身用の短剣で屈強な騎士たちに立ち向かえるわけがない。逃げるが勝ちだ。

この建物の角を曲がれば、もう裏口が見える、といったところで、後ろに迫ってきていた騎士の一人に強く腕を掴まれた。

「放し――んんっ！」

叫びかけた口元を塞《ふさ》がれる。じたばたと暴れても、抱え込むように引きずって連れて行かれそうになり、血の気が引いた。

(また誘拐される！)

脳裏に浮かんだのは、真っ暗な谷底と自分を代わる代わる覗き込む心配そうな表情の家族。竜に噛みつかれた時の痺《しび》れるような痛みに、そして蒼白《そうはく》になったジークヴァルドの顔。その途端、引いた血の気が一気に戻ってきた気がした。

(――またじゃないわよ！　相手は竜じゃないのよ。人間だからどうにかなるわ)

奮起したエステルは、自分を捕らえる騎士の腕に爪《つめ》を立て、口を塞いでいたその手の内側に、自分が竜にそうされたように食いちぎる勢いで思い切り噛みついた。

「……痛っ!?」

小さく声を上げた騎士がぱっとエステルを放し、手を押さえてしゃがみ込む。地面に倒れこんだエステルは、口の中にうっすらと広がる鉄錆《てつさび》の味がする唾《つば》を吐き出し、すぐさま立ち上がって逃げ出そうとした。

「待てっ！」

別の騎士にぐっとスカートの裾《すそ》を掴まれる。嫌な音を立てて裂けそうになった布地を、エステルは真っ赤になって押さえた。

「放しなさいよ、この変態！」

「変態⁉」

衝撃を受けたように騎士が裏返った叫び声を上げる。どうやら、破落戸《ならずもの》もどきの雇われ傭兵《ようへい》ではないようだ。付け焼刃ではなさそうな丁寧な物腰と物言いから、きちんと教養がある者だろうと思っていたのは間違っていなかったらしい。

しかしそれでも騎士は手を放してくれなかった。蹴《け》り上げようかと足を上げかけた時、エステルに噛みつかれた騎士が背後からエステルを捕らえ、あっという間に肩に担がれてしまった。

「――っジークヴァルド様！」

庭を疾走する騎士の肩から、声を張り上げて銀の竜の名を叫ぶ。火事の煙が流れてくるせいなのか、それとも恐怖に慄《おのの》いているのか、じわりと滲《にじ》みかけた涙を悔し気に拭《ぬぐ》い、騎士から逃れようと身をよじる。

「早くしろ！」

三人目の騎士が、門の辺りから仲間を呼んでいた。その足元には先ほど見かけた門衛が倒れている。生きているのか死んでいるのかここからではよくわからない。それを見てひゅっと息を呑《の》んだエステルは、なおのこと必死で足をばたつかせ、騎士の背中を叩いた。

「放して！　わたしを連れて行ったら、貴方《あなた》たち死ぬわよ！」

それは確信だ。【庭】でのジークヴァルドの怒り狂った咆哮《ほうこう》が耳の奥に蘇《よみがえ》る。エステルを連れ去ろうとした奥庭の竜を追い払うために吹き下ろされた氷の風は、あの場の全ての物を凍りつかせていた。人間などひとたまりもない。そこではっとした。

（あ、駄目だわ。つい呼んじゃったけど、ジークヴァルド様が来たら、街が凍りつく！）

リンダールの王都が氷漬けになって壊滅、という言葉が頭に浮かび、エステルは青ざめた。

こうなったら、隙《すき》を見て逃げ出すしかない。

エステルが覚悟を決めてぐっと唇を噛みしめた次の瞬間、待望なのか絶望なのか、灰を被ったのだろう煤《すす》けた銀の髪をした青年が、憤怒《ふんぬ》の形相で駆け寄ってくるのが見えた。

「――エステル!!」

「怒ったらだめです！　駄目ですからね！」

必死で宥めていると、ジークヴァルドは行く手を阻もうとした騎士の胴を抜かれた剣ごと勢いよく蹴り飛ばした。剣が真っ二つに折れ、騎士の体がよく跳ねる毬《まり》のように弾かれ転がっていく。そのままピクリとも動かなくなった騎士を見て「嘘《うそ》だろ……」とエステルを抱える騎士が呆然《ぼうぜん》と呟くのが聞こえた。

（うわあぁっ、どこのどなたか知りませんけれども、命だけでも助かっていますように！）

竜の身体能力で蹴られたのだ。骨の一本や二本で済んでいればいい方だ。

「早く行け！」

門の傍にいた騎士が剣を抜き、押し殺した声を上げてジークヴァルドに向かっていく。

「――無理よ！」

自分の状況も忘れて、エステルは騎士を引き止めてしまったが、結果を見るよりも先に抱えられたまま門の外へ連れ出されてしまった。

すぐ傍に止められていた質素な馬車に、勢いよく放り込まれ、強《したた》かに腰を打つ。痛む体を必死で起こし、逃げ出そうとしたが出入り口はエステルを抱えていた騎士に塞がれてしまっていて、降りることができない。

「出せ！　早く！」

ほぼ怒鳴るように御者に指示し、騎士が一緒に乗り込もうと階段に足をかけた時、上空から誰かを叱《しか》るウルリーカの声が聞こえてきた。

『――これっ、どこへ行く!?』

次の瞬間、エステルを馬車に放り込んだ騎士の肩に何か重たそうな物が直撃した。

「ぐっ……!?」

肩の骨が砕けたのか、だらりと垂れ下がった腕を押さえ、騎士が乗車口からずるりと落ちる。そのまま騎士だけを残して馬車が走り出した。

何が起こったのかわからず、走り出した馬車の中で呆然と座り込んでいたエステルだったが、ごろりと車内に転がった物を見て、盛大に顔を引きつらせた。

大きさはエステルがようやく抱えられるほど、金糸雀色に金の縞《しま》模様、磨かれた鉱石のように透き通る見た目なのに中身が見えない、これは。

「――卵!? え、これがぶつかったの? どうして……」

傷がないか確認をしようと触れかけたエステルは、手を差し出したまま蒼白になった。

「嘘……。卵にひびが……っ」

取りすがるように卵を抱きしめる。騎士の肩にぶつかったせいだろう。滑らかだった殻に大きなひびが入ってしまっていた。せっかくあともう少しで孵るところだったというのに、もしかしたらこのまま死んでしまうのでは、と思うとぞっとしてくる。

(大丈夫、よね？ お願いだから、頑張って……!)

ほんのりと温かい卵を修復できるものならしたいと抱え込んでいると、腕の中でぱきっ、と割れる音がした。

「――っ!?」

あまりにも強く抱きしめすぎて、さらに割ってしまったのだろうかと慌てて手を放す。――

と、卵の殻がぱきん、と大きく割れ人の拳《こぶし》ほどの穴が開いた。

「え？」

目を見開いたエステルの膝の上で、卵の殻に開いた穴から小さな金糸雀色の角が覗く。そのままあれよあれよというちにぐりぐりと中身が穴を広げ、ついに耐えきれなくなった殻がばりんと大きく割れた。

「ぴゃああっ！」

鳥のような鳴き声を上げ、ぶるっと身を震わせて現れたのは、ウルリーカと同じ金糸雀色の鱗にまるで金粉をまぶしたかのような仔竜だった。深緑と赤が混じる不思議な色の双眸がエステルの姿を捉えると、ぱちぱちと瞬き、何かを尋ねるように首を傾げた。

「ぴ？」

（か……かわいいっ！）

一瞬で虜《とりこ》になってしまうような仕草に、思わず抱きしめて歓声を上げそうになったが、ふいにがたんっ、と馬車が石でも踏んだかのように激しく揺れる。その拍子に開いたままの扉から転がり落ちかけた仔竜を、エステルは慌てて抱き止めた。

「ぴゃあ、ぴ、ぴゅう！」

「ええと、すみません。何を仰《おっしゃ》っているのか、わからないんです」

エステルの腕の中で仔竜が元気よく何かを訴えてきたが、さっぱり理解できずに困ってしまっていると、上空から竜の咆哮がした。

『待て、待ってくれ！　我が子を返せ！』

余裕など全くないウルリーカの叫びに、背筋を伸ばしたエステルは表情を引きしめると自分の外套《がいとう》で仔竜を包んだ。

「ぴ、ぴ、ぴゃあ、ぴゃあ！」

「大丈夫です。大丈夫ですから、ね、落ち着きましょう」

包まれたのが気に入らなかったのか、仔竜が激しく暴れる。落とさないように必死で宥めながら抱え上げ、扉を開けたまま走り続ける馬車から頭を出すと、すぐ上を金糸雀色の竜が追いすがってきているのが見えた。

（この速さじゃ、ここから飛び降りるのは無理よね……？）

あっという間に過ぎ去っていく街並みに思案しつつ再び空を見上げると、仔竜がいるせいなのか、追いかけることしかできないウルリーカの焦りを帯びた深緑の双眸と目が合った。その目を見た途端、浮かんだ考えにごくりと喉を鳴らす。

（人間より頑丈だとは思うけれども、孵ったばかりで大丈夫かしら……。でも、ウルリーカ様に早く返してあげないと。このままじゃ、街も破壊される）

怪我《けが》を負っていた自分がジークヴァルドにそうされても大丈夫だったのだ。エステルは祈るように仔竜の体を優しく撫でると腕を上げた。エステルの意図を察したのか、ウルリーカがこくりと頷く。

「――ウルリーカ様、受け止めてください！」

確信を持って、エステルは包んでいた外套ごと仔竜をウルリーカの方へと放り上げた。

ウルリーカが難なく先ほど卵を包んでいた物と同じ金色の蔓で仔竜を受け止めてくれたのを見て、エステルがほっと胸を撫で下ろした次の瞬間。

「ぴゃあああっ!!」

蔓にくるまれた仔竜が耳を突くような甲高い咆哮を上げた。

馬が怯《おび》えたようにいななき、大きく馬車が揺れたかと思うと急停止する。

「……っ!?」

馬車が急に止まった衝撃でぐらりと車外へと体が傾いた。とっさに戸口を掴んで転がり落ちるのをこらえる。何とか落ちずに済んで息をついていると、乱暴な足音が近づいてきた。

「……っ降りろ！　竜に殺される。さっさと降りてくれ！」

怒鳴りながら歩み寄ってきた男――おそらく鞭《むち》を持っていることから御者だろう――が、青ざめた顔でエステルを引きずり降ろそうとこちらに手を伸ばしかけてきた。

「貴方は何をしたのかわかっているんですか!?」

エステルは身を引いて男の手を避け、真っ直ぐに見返した。

少し薄汚れたシャツとジャケットに、泥が落ち切っていないズボン。髪と髭《ひげ》は一応整えてあるが、明らかに貴族に仕えている御者ではなく市井の者のようだ。

「知るか！　俺はただ乗せられた物を運べと言われただけだ。竜に追いかけられるなんて聞いて……っ！」

怒鳴り返してきた男は急に極限まで目を見開き、がくがくと震えだした。

「ぴゅあ、ぴゃあああ!!」

威嚇するような仔竜の声が耳を打つ。男を睨み据えていたエステルは、それを聞いてはっと我に返り、急いで馬車から飛び降りた。

『エステル、無事か!?』

案じる声と共に金糸雀色の竜が空から舞い降りてくる。何事だと周囲に集まってきていた人々が、蜘蛛《くも》の子を散らすようにわっと去って行った。エステルを乗せていた馬車もまた、慌てて扉を閉めて逃げて行く。

ウルリーカは地に足をつけるよりも早く人間の女性の姿になると、その腕に抱いた仔竜ごと半ば飛びつくようにエステルを抱きしめた。

「――っ！」

あまりの勢いに持ちこたえることができず、後ろに引っくり返りかけたエステルだったが、その背中を誰かが支えてくれた。

「――大丈夫か？」

　ほっとしたような声に頭越しに見上げたエステルは、珍しく息を切らしたジークヴァルドが見下ろしているのを目にして、全身から力が抜けてしまった。

「はい、大丈夫です……」

　安堵の溜息をついて、ジークヴァルドの腕に寄りかかる。ここが往来だとかそんなことは頭から吹き飛んでしまっていた。

「番殿、申し訳ない。急に卵が暴れて飛び出してしまったのだ。――感謝する」

　エステルから身を離したウルリーカが、仔竜を抱き直して礼を述べてくる。

「いいえ、わたしは何もしていません。むしろ助けてもらったようなものですし。それより無事に孵ってよかったですね。おめでとうございます」

　微笑んで首を横に振る。母竜の腕に抱かれている仔竜の元気そうな様子に、心の底から笑みがこぼれてきた。ひびが入ってしまった時にはどうなることかと思ったが、こうして無事に母竜の元に帰ることができてよかった。

　エステルが胸を撫で下ろしていると、その肩にジークヴァルドが自分の外套を着せかけてきた。

「屋敷に戻るぞ。騒ぎを聞きつけて、皆が戻ってくる」

　ジークヴァルドに促され歩き出そうとしたエステルだったが、それよりも先に何気なくジークヴァルドが身を屈《かが》めたかと思うと、背中と膝裏に手を回され、抱き上げられてしまった。

「……お、下ろしてください！　自分で歩けますし、ここ、人目につきますから」

あまりにも自然な行動に、ジークヴァルドが歩き出すまで唖然《あぜん》としていたエステルだったが、ようやく我に返ると、その胸を軽く叩いた。激高した竜の登場に、人々は逃げ去ってしまっていたが、建物の陰からこちらを窺う視線が向いているのがわかる。

「少しは俺の気持ちも考えてくれ。人目に晒《さら》されるのが嫌ならば、頭まで外套を被っていればいい」

悔しさが滲むジークヴァルドの声に、エステルはその胸元をぎゅっと握りしめた。

（そ、そうよね。自分が離れた隙にこんなことになっているんじゃ、放したくないわよね……）

その心情をようやく察したエステルが羞恥《しゅうち》をこらえて外套を引っ張り上げると、ジークヴァルドは宥めるようにエステルの頭に頬を擦り付けてきた。安堵と恥ずかしさと嬉しさと、色々な感情がないまぜになってわけがわからなくなっていたが、その仕草にようやく落ち着く。

「あの、火事は消えましたか？」

「おそらくな。お前の声が聞こえる少し前には道向こうまで飛び火していたが、周辺の人間が総出で消していた。あの様子なら鎮火しただろう。……本当に力が使えないのは不便だな」

忌々しそうな声で呟いたジークヴァルドは、エステルを抱き上げる腕に力を込めた。それでも自分の正体を明かさないジークヴァルドは、それだけ人の国を混乱させたくはないのだろう。

竜と人との共存とは、圧倒的な強者が踏み潰《つぶ》すことなく弱き存在を認めることで成り立つ、危うい均衡を保っているというのを実感してしまう。

ゆらゆらと揺れるジークヴァルドの腕の中が心地よくて、緊張から解放された安心感からか、眠気を覚えながらも、彼がいない間に何があったのか話していると、仔竜に話しかけながら後ろからついてきていたウルリーカが唐突に切羽詰まった声を上げた。

「なんだと、食べていない!?」

エステルが今度は何事だと目を見開くと、ちょうどエドガーの屋敷の門に入ったところだった。ジークヴァルドがぴたりと足を止め、半身を返す。その眉間《みけん》に深く皺《しわ》が寄っている。

「ウルリーカ、食べていないとは、まさか――」

「殻です、長。慌てて逃げてしまったため、殻を食べていないようです」

青ざめたウルリーカが仔竜をかき抱く。少し潰されてしまっても楽しいのか、仔竜が「ぴ、ぴ、ぴゅー」とはしゃいだ声を上げていた。

「あの、殻って……。卵の殻のことですか？　食べなかったらどうなるんですか？」

二匹の竜の不穏な様子に、エステルはおそるおそる尋ねた。

不安が胸に広がる。馬車から仔竜を逃がしたのは自分だ。卵の殻のことなど気にもしていなかった。

ジークヴァルドが険しい表情のまま、声を潜める。

「殻は生まれて初めての竜の食事になる。力が豊富で、病にも強くなるからな。何らかの事情で口にできないとなると、虚弱体質となり、発育不全を起こして最悪、飛ぶこともままならなくなる。人間には知られないようにしていたからな。お前が知らなかったのも無理はない」

ざあっと明らかに血が引いて行く音がした。どくどくと心臓が嫌な音を立てる。

エステルは震える手で抱き上げているジークヴァルドの胸を押し、その腕から下りようと身をよじった。

「探しに行ってきます！　あの馬車を追いかけて、殻を取り戻してきますから」

知らなかったでは済まされない。とんでもないことをしてしまったのだ。

ジークヴァルドが落ち着かせようとするのか、体をなおのこと強く抱きしめてくる。

「よせ、今から行ってもお前の足では追いつけない。もっと――」

『今の話は本当かよ』

ごうっと音をたてて風が吹いた。低く、怒りを押し殺したような声にはっと空を見上げると、そこには黒鋼色の鱗の竜が渦巻く風と雷《かみなり》を纏ってそこに滞空していた。今日はその背にラーシュの姿はない。ユリウスたちと同様に、レーヴの竜騎士も何か招集がかかったのかもしれない。

「……っマティアス様」

ごくっと唾を飲み込む。つい先ほどまではよく晴れていたというのに、瞬く間にエドガーの屋敷の上だけこの世の終わりかと思うほど空が黒く染まっていく。

　肯定しても否定しても確実に怒りを向けられそうな気配に喉が凍りつきそうになるが、エステルはジークヴァルドの腕から無理やり下りると、からからに乾いた唇をどうにか開いた。

「本当です。もの知らずのわたしが殻を置いてきてしまったせいで、お子様が卵の殻を口にすることができませんでした。大変申し訳ございません」

『ふざけるな！　俺の子が飛べなくなるかもしれないんだぞ⁉　謝って済む問題じゃねえだろ』

　びりびりと空気を震わせる大音声と共に、雷を纏った竜巻がすぐ目の前に現れる。吹き飛ばされる、と思った時にはジークヴァルドに抱え込まれていた。ぶつかる直前で、竜巻が脇《わき》にそれ、背後の門の一部を大きく揺らして壊した。

「マティアス、収めろ。エステルの責任ではない。エステルも連れ去られかけた。俺が目を離したせいだ」

「やめてくれ、マティアス。私が卵が飛び出すのを止められなかったのがいけなかったのだ」

「ぴゃあああ、ぴっ、ぴぴぃ。きゅゆ！」

　ジークヴァルドとウルリーカの取りなす言葉に、マティアスはぐるぐると苛立《いらだ》ったように喉を鳴らしていたが、ウルリーカの腕から首を伸ばした仔竜が一際高い声を上げたのに、ぐぬっ、と妙な声を出して、黙り込んでしまった。それと同時に風も雷も糸がほどけるようにするりと解ける。

(怒りを収めてくれた？　あの子、何を言ったの……？)

幼すぎるのだろう。エステルの耳には相変わらず聞き取れないが、明らかに仔竜は何かマティアスの怒りを鎮める言葉を言ったのだろう。

エステルが戸惑っているうちに、マティアスはくるりと一回転しつつ空から降りて来たかと思うと、あっという間に人間の青年に姿を変えた。その表情はなぜかばつが悪そうだ。

「――ったく。元凶はお前か。『怖い人間潰して怒鳴って追い払った。褒めて！』ってなぁ……」

ばりばりと頭をかいたマティアスは、大股《おおまた》でウルリーカに近づくと、その腕から仔竜を抱き上げた。口調は乱暴だが、仔竜の背中を撫でるその手つきは優しい。

「とりあえず、無事に孵ってくれてよかった」

少しだけ照れくさそうに呟くマティアスに、エステルは完全に怒りを収めてくれたのだと察して、ようやく肩に入った力を抜いた。その肩を力任せのようにジークヴァルドに強く抱きしめられる。

「……うぐっ」

「お前は本当に無茶をする。子のことで激高した竜に謝罪とはいえ、堂々と言い返すのはやめろ。物怖《ものお》じしないところは好ましいとは思うが、さすがに言う相手と状況を選んでくれ。殺されるところだったぞ」

「す、すみません。でも、謝らないよりはいいと思ったので……」

連れ去られた時よりも寿命が縮んだ、とこぼすジークヴァルドの背中に手を回してしがみつき、頬をその胸元に押し付けると、長命なためなのか自分よりもずっと遅い心音に安堵の溜息がこぼれてしまったが、慌てて唇を引き結んだ。

(ここで安心していたら駄目よ。早く殻を見つけ出さないと。あの馬車の御者は騎士じゃなかったわよね？　となると……)

エステルが考えを巡らせていると、ふいに建物の陰からエドガーが頭だけを出してびくびくしながら声をかけてきた。

「あ、あのう……。これ、一体何があったんすか？　ウルリーカ様の咆哮が聞こえてマティアス様が――」

エドガーの鼻の頭は煤で汚れ、いつも綺麗に整えられている金糸雀色の髪はあちこちがほつれていた。いかにも火事場に乗り込んでいました、という風情だったが、マティアスが抱く仔竜を目にした途端、主竜愛が強すぎる変わり者の竜騎士は、瞬時に真っ赤な顔をしたかと思うと、鼻と胸を押さえてその場に膝をついてしまった。

「はぁあああ、なんすか、あれ。小さいウルリーカ様じゃないっすか。いや、違う？　違わないっすよね。うん、少し別の色が混ざっていても、それもよし……！」

ぶつぶつと静かに興奮し始めたエドガーの手の下が赤い気がしたが、エステルは賢明にも指摘することはせずに、そっと視線を逸らした。

その視線の先で、マティアスがエドガーの目から仔竜を隠すようにそちらに背を向けたのが見える。

（うん、あれはちょっと見せたくないですよね。孵ったばかりの仔には刺激が強いと思います……）

マティアスのあまりにも必死な形相に、エステルが心の中で激しく同意していると、そのマティアスが何かに気づいたかのように不審げな声を上げた。

「――ちょっと待て。俺の子が言っている『怖い人間』は、あいつらのことかよ」

マティアスが凝視する視線の先を追うと、そこには肩を押さえて呻《うめ》く騎士の姿があった。馬車に乗り込む寸前に、卵に直撃された騎士だ。他の二人もまた別々の場所に転がっている。

拐《かどわ》かしに巻き込まれて倒れていた門衛は幸いなことに無事だったようだが、マティアスに不審者の侵入を咎められたと思ったのか、エドガーの傍で震えていた。

先ほどは気づかなかったが、卵の状態でもあの仔竜は周囲の状況がわかっていたのかと驚きつつ、エステルはマティアスの視線から隠すように門衛の前に立ち頷いた。

「はい、そうです。わたしたちに避難をしろと言って連れ去ろうとしていました」

「見知った者か？」

ジークヴァルドがエステルを放し、問うようにマティアスを見た。

マティアスは柘榴《ざくろ》色の目を眇《すが》め、他の二人も検分するかのようにじろじろと眺めていたが、やがて不可解そうな表情で口を開いた。

「こいつら、確かレーヴの奴《やつ》らだな。交渉団の警護の騎士の中にいた。何でリンダールの騎士服なんか着てるんだ？」

本当に王都警護の騎士なのだろうか、と疑っていた騎士のある意味予想通りの正体に、エステルは大きく目を見開き静かに唇を噛んだ。

ウルリーカに仔竜を渡したマティアスが、つかつかと騎士に歩み寄る。

「お前、なにしてくれてんだ。俺の子とクランツの娘を連れ去ろうとしたのは、レーヴの意向じゃねえだろうな」

脂汗をかき、転がって呻いていた騎士は、目だけを動かしマティアスを見ると、小さく首を横に振った。

「……わ、私はアンデル公爵閣下のご指示で」

「はあ？　ラーシュ？　俺の竜騎士がそんなことをして、なんの意味があるんだよ。馬鹿にしてんのか」

マティアスが凄《すご》むように柘榴色の竜眼で騎士を睥睨《へいげい》すると、騎士は大きく肩を揺らして慌てて口を開いた。

「卵を連れ去って隠したのがリンダールの騎士ならば、怒った貴方様が卵をレーヴへ移動させるだろう。そこで卵が孵ればレーヴの名誉になる、とこの件の手順を記した指示書をいただきました」

「指示書？　見せてみろよ」

「読み終えたら燃やせと書かれていましたので、も、燃やしてしまいました！」

ちっ、と舌打ちをしたマティアスの傍で、何事かを考えていたジークヴァルドが静かに口を挟んだ。

「その指示書とやらは誰に渡された」

「……存じません。私が不在の間に部屋に置かれていましたので。ただ、アンデル公爵閣下のサインが記されてはいました」

「筆跡など、偽装しようと思えばいくらでもできるだろう。そんな誰に渡されたのかもわからない、本物なのかもわからない紙切れ一枚の指示を実行するとは、お前は指示がなくとももとより卵をレーヴへ連れ去ることに賛同していたのではないか」

ジークヴァルドの指摘にぐっと騎士が押し黙る。それに溜息をついたジークヴァルドが、険しい表情でマティアスを振り返った。

「ラーシュはどうした？」

「あいつなら帰国の準備をするから、って部屋に……」

言葉を止めたマティアスが、さっと顔色を変えた。

「あいつ、危ないか？」

「ああ。ラーシュの名前で全てやったことにして、殺すなり攫《さら》うなりしてしまえば、罪を犯したから死んだ、もしくは逃げた、と濡《ぬ》れ衣を被せることができる。卵のことよりもラーシュを陥れることの方が目的だった可能性もある」

「けどな、ラーシュはそんな簡単に陥れられるような奴じゃねえよ」

ジークヴァルドの言葉に、マティアスが唇を戦慄《わなな》かせた。首を横に振るマティアスを説得するようにエステルもまた言い募った。

「昨日ラーシュ様と街でご一緒した時に、マティアス様が迷惑を被るような事態にだけはさせない、と言っていました。もしかしたら何かこの件について知っていたのかもしれません」

「マティアス、早く安否を確認しに行け」

ジークヴァルドに促され、マティアスは慌てふためいて竜の姿に戻るとすぐさま城の方へと飛んで行った。

「ラーシュ様、大丈夫でしょうか……。せっかく妹さんにお土産を選んだんですから、ちゃんと渡せるといいんですけれども……」

つい昨日、妹に土産を選んでいた楽しそうな様子が思い浮かぶ。

心配するエステルに、しかしながらジークヴァルドは目を眇めた。

「それだがな。お前の予定をあの者は知っていたのだろう。昨日出くわしたのも偶然を装ったのかもしれないぞ。お前にわざわざ先ほどの言葉を聞かせるためにな」

「え……それはやっぱり何か企《たくら》んでいる、ってことですか？」

ふとエステルを花嫁にしたい、と言う割にはそれほど熱心ではなかったことに疑問を持ったのを思い出す。

「ああ、あれはかなり強かだ。善行にしろ、悪行にしろ、何かしらをやっていることは確かだろう。マティアスも言っていたではないか。簡単に陥れられるような者ではない、とな」

そう言ったジークヴァルドは苦虫を噛み潰したような表情で、エステルと同じ方向を見やった。

しかしながら、ジークヴァルドに促されたマティアスがラーシュの客室に辿《たど》り着いた時には部屋はもぬけの殻で、レーヴの竜騎士ラーシュ・アンデルは卵の誘拐未遂事件を起こした容疑者として、その日から行方《ゆくえ》知れずとなってしまったのである。

第五章　竜の絆《きずな》と番《つがい》の行方《ゆくえ》

「ごちそうさまでした。——また今日《きょう》もちょっと出かけてきます」

クランツ邸の食堂で、手早く朝食を食べ終えたエステルは慌ただしく立ち上がった。向かいの席につこうとしていた母が、驚いたように眉《まゆ》を顰《ひそ》める。窓の外ではようやく太陽が顔を出したばかりだ。

「もう行くの？　食べたばかりでしょう。大丈夫なの？」

「大丈夫です。行ってきますね、お母様」

気をつけなさいね、と心配そうに声をかけてくる母に笑い返し、食堂を出ようとすると、出入り口のところで欠伸《あくび》を噛《か》み殺しながらやってきたユリウスと出くわした。

「もう出かけるの？　昨日《きのう》だって遅く帰って来たのに。セバスティアン様がまだ起きないから、俺《おれ》はすぐに出られないけれども」

「わたしが早く殻を見つけたくて落ち着かないだけだから、気にしないでいいわよ」

ひらりと手を振って、叱《しか》られない程度に小走りで廊下を進む。すると今度はこちらへ歩いてくる父の姿を見つけた。今日はまだ出かけていなかったらしい。話をしたかったが、今はそれどころではない。早く卵の殻を食べないと、マティアスとウルリーカの仔竜が飛べなくなるかもしれないのだから。

「お父様、お早うございます。行ってきます」

立ち止まって挨拶《あいさつ》をし、父からの返事を待たずにすぐさま歩き出そうとすると、ふいに呼び止められた。

「エステル」

「はい、何ですか？」

急いでいるのに、と少し憤然としながら振り返ると、父は何かを言いたげな表情をしていたがすぐには声を出さず、わずかに間を置いてからようやく言葉を発した。

「……いや、気をつけなさい。体を冷やさないようにな」

「？　はい。わかりました」

今の間は何だったのだろう、と首を傾《かし》げつつ、父と別れたエステルはジークヴァルドが待っている叔父の離れに向かった。


ラーシュが行方知れずとなってから二日目。捜索が行われているものの、依然としてその足取りはつかめていない。

そちらの捜索は騎士がやるからと、エステルたち竜騎士は普通の人間には任せられない卵の殻の捜索を行っていた。

「あの馬車の御者ならすぐに見つかると思ったんですけれども……」

エステルは辻《つじ》馬車の組合本部の建物から出てくると、大きく溜息《ためいき》をついた。

ラーシュ捜索の過程ですでに組合には捜索が入っており、加担していた御者は組合には所属していないとの結論が出てしまっていた。それでも何か御者たちの間で噂《うわさ》がないかと、立ち寄ってみたのだが、やはり結果は芳しくなかった。

「いない、と偽っているのかもしれないが……。ただ、それだと何の益にもならないからな」

一緒に建物から出てきたジークヴァルドが、扉に鋭い視線を向けながら呟《つぶや》く。

「そうですよね。組合が卵の誘拐に加担していたことになりますしね」

そんな危ないことはしないだろう。

気を取り直すかのようにもう一度嘆息したエステルは、徐々に日が高くなり人出が増えてきた大通りに目を向けた。

あと一月も経《た》たずに新しい年になる。そろそろ新年に向けての支度を始めるのだろう。どの顔も皆忙しそうだ。

「とりあえず、今日も昨日と同じように個人で貸馬車をしている方々を回ってみますか？」

「いや……それは続けるとしても、今日は殻そのものの行方を探そう」

「そのもの、ですか？」

歩き出そうとしていたエステルは足を止めかけたが、歩きながら話そう、と言われ、ジークヴァルドの横を歩きながら首を傾げた。

「ああ。人間のお前の目にはあれは何に見える？」

「卵の殻には見えません。宝石とか、石とか……。わたし個人の感覚なら、顔料の材料に見えます」

初めて卵を見た時、叔父にいくら何でもあれは顔料にしたらただじゃ済まない、と言われた言葉が蘇《よみがえ》る。今ならその本当の意味がよくわかる。さすがに冷や汗ものだ。

「それならば、それらを扱っている場所や買い取る場所があるのだろう？　そちらを当たってみた方がいい」

「でも、御者の方も竜の卵の殻だって多分わかっていますよ。さすがに売るとは思えないんですけれども」

難しそうに眉を顰めると、ジークヴァルドは珍しく唇の端を持ち上げて皮肉な笑みを浮かべた。

「わかっているのなら、逆に恐ろしくて手元には残しておきたくはないのではないか？　お前が言うように見た目には鉱石だ。捨てるには惜しいだろう。言わなければ買い取る側にわかるわけがない。珍しい鉱石で作った顔料ならお前も欲しいだろう」

「欲しいです！」

間髪入れずに叫んでしまってから、すれ違った男性がぎょっとした顔をしたのに気づいて、はしたなかったと急いで口を噤《つぐ》んだ。

小さく笑ったジークヴァルドを軽く睨《にら》み、エステルは足を速めた。

「それなら、最初にわたしが懇意にしている画具店に行きましょう。顔料を卸している方を紹介してもらえれば、その繋《つな》がりで何かわかるかもしれません」

今日の方針が決まれば、できるだけ早く行った方がいい。もし売られてばらばらになってしまっていたとすれば、痕跡《こんせき》を辿《たど》るのが難しくなる。

先だって歩いていたエステルは、ふと、ジークヴァルドが足を止めたことに気づいて振り返った。何かを探すように周囲に視線を走らせている様子に目を瞬《まばた》く。

「どうかしましたか？」

「……いや、誰かに見られている気がしたが……。気のせいだったようだ」

ゆるく首を横に振ったジークヴァルドは、エステルと並ぶと促すようにその背をそっと押してきたので、同じように周囲を見回したエステルは気になりながらも足を進めた。

＊＊＊

殻が見つかった、との知らせがユリウスからもたらされたのは、エステルがその日の殻の捜索を始める前に、ジークヴァルドと共にエドガーの屋敷に仔竜の様子を見に行った時だった。

「もう見つかったの⁉」

「ぴ？　ぴゅーう？」

驚きのあまり裏返った声を上げたエステルだったが、ウルリーカが抱いてやってくれと言うので、膝《ひざ》に抱かせてもらっていた仔竜が不思議そうにきょときょととするのに、慌てて口元を押さえた。

「わたしが顔料店に珍しい顔料の原材料が持ち込まれても、それは盗品だから一番に教えてくれるように頼んだのは一昨日《おととい》よ？」

懇意にしている画具店に顔料店を紹介してもらってそう頼んだのだが、もう少しかかると思っていた。いくらなんでも早すぎないだろうか。

他《ほか》の竜騎士たちとも手分けして、宝飾店や別の顔料店を回ってみていたが、それらしき物は全く見つからなかったというのに。

傍らのジークヴァルドに同意を求めて視線を向けると、彼もまた驚いたのか片眉を上げている。

知らせを持ってきてくれたユリウスが、仔竜がエステルの膝に大人《おとな》しく乗っていることに少し驚きながらも詳細を話し始めた。

「エステルは自分の名前を名乗って頼んだよね？　それが効いたんだと思うよ。無類の絵好きのクランツのお嬢様なら、ここで貸しを作っておけば今後どんな高価な顔料でも買い取ってもらえそうだ、とか欲が出たんじゃないの。あっという間に見つけ出して、ついさっきクランツの屋敷に見本を届けに来たんだよ。あと、持ち込んできた人に、まだあるなら持ってきてくれ、って念を押したってさ。店にあるのが拳《こぶし》くらいだっていうから、確かに足りないよね」

「お金が絡むと人間ってすごい力を発揮するよねえ……」

一緒にやってきていた人の姿のセバスティアンが心底不思議そうに首を捻《ひね》るその横で、皮肉気に笑ったユリウスが、懐から片手で包み込めてしまうほどの大きさの小瓶を取り出した。

透明なガラス越しでもそれとわかる透き通った金糸雀《カナリア》色にうっすらと金の縞《しま》模様が見える鉱石だ。約一月の間毎日のように眺めていた卵の殻と同じ物のように見える。

『あぁっ、我が子の殻だ！　マティアス、見つかったぞ』

エステルの横合いから覗《のぞ》き込むようにしていた竜の姿のウルリーカが、歓喜の声で番の名を呼ぶ。

『落ち着くんだ、ウルリーカ。――偽物じゃないだろうな』

「手にとってお確かめください」

じろじろと小瓶を疑わし気に眺めるマティアスに、ユリウスが表情を引きしめて差し出すと、黒鋼色の鱗《うろこ》の竜は、瞬く間に人間の青年の姿になって瓶を受け取った。

蓋《ふた》を開けて手の平に取り出し、冬の穏やかな日の光にかざすようにして確かめるマティアスの様子に、一同が注目したまましんと静まり返る。

やがてマティアスは険しかった表情を緩めた。

「ああ、そうだ。俺の子の――うわぁああああっ、ちょ、ちょっと待て！」

ほっとした空気が漂うかと思いきや、マティアスの叫び声が響き渡る。いつの間にかエステルの膝から下りた仔竜が、ぴょんと飛び上がったかと思うとぱくりと殻を口に入れてしまったのだ。

『これっ、まだ食べてよいとは言っていない！　ぺっしなさい！』

「いい子だから出すんだ。もう少しよく見てから……っ、噛むな！　いや、飲み込むな！」

大慌ての親竜たちを尻目《しりめ》に、ごくんと殻を飲み込んでしまった仔竜は、何がいけないの、とばかりに「ぴ？」と不思議そうに首を傾げた。

「……だ、大丈夫ですか？」

がくっと脱力する番たちにエステルがおそるおそる声をかけると、マティアスが額に手をやりながら頷《うなず》いた。

「あー、大丈夫だ。飲んでも吐き戻さないってことは、間違いなく殻だ。初めて口にできるものは殻だけだって、体がわかっているとは聞いていたけどさあ。動転することは動転するよな……」

疲れたようなマティアスの隣で、ウルリーカが仔竜に擦《す》り寄るようにしながらも何やら言葉をかけてやっている。

（あの子、けっこうやんちゃよね……。とりあえずは大丈夫そうでよかったけれども）

彼らの様子にエステルがほっとしていると、ジークヴァルドがその肩に手を置いてきた。

「少しでも殻を口にできればしばらくは問題ない。――顔料店に殻を引き取りに行くぞ。持ち込んできた男の詳細も聞かなければな」

「はい、そうですね。――マティアス様、ウルリーカ様、すぐに残りの殻を持ってきますからね」

エステルが力強く宣言し、先に歩き出したジークヴァルドの後についていくと、それまで脱力していたマティアスがずかずかと後を追いかけてきた。

「待ってくれよ。今日は俺もついていく。俺の子の殻だ」

「それはかまわないが……。だがマティアスがここを離れるとなると、代わりにセバスティアンにウルリーカたちの傍《そば》にいてやることを頼まなければならなくなるが」

再び仔竜を攫《さら》いに来るかもしれない、とウルリーカたちの傍を離れなかったマティアスが一緒に行くのなら、確かに誰かが傍にいた方がいいだろう。ウルリーカとエドガーだけでは生まれたばかりの仔竜を抱えて応戦するのは厳しい。

「ただ、もしも何かあった場合、ここで大きな力を使うとすでに俺の力が染み込んでいる分、余計に荒れる。それにだけ気をつけることができるのならばな」

ジークヴァルドの疑わしそうな視線に、セバスティアンが目を丸くした。

「え、それならなおさら嫌だよ。マティアス僕のこと嫌いだって言うし、何か文句言われそう」

「ああ、嫌いだね。……でもすっげえ認めたくねえけど、お前俺より強いじゃんか。能天気で何考えてんだかよくわかんなくて、時々けっこうえげつないことをさらっと言ったりして、際限なく食い意地がはってて、強いくせに俺より下のやつらにも時々怯《おび》えて威厳なんかちっともねえけどさ。でも、お前にならなら頼んでもいい」

滔々《とうとう》とセバスティアンの嫌いなところを挙げていくマティアスに、ふるふるとセバスティアンが小刻みに体を震わせる。

（め、珍しくセバスティアン様が怒っている？）

いくらなんでもマティアスの言葉は頼み事をしている者が言う言葉ではない。

エステルが冷や冷やとしていると、ぱっとセバスティアンが顔を上げた。その目には涙が溜《た》まっている。

「強い？　強いって言った？　ようやくマティアスが僕が強いって認めてくれたよ、ユリウス！」

「ほぼ悪口を言われていますけれどもね」

冷静なユリウスの突っ込みは耳に入らなかったらしい。歓喜に震え涙をこぼすセバスティアンは、堂々と胸を張った。

「大丈夫だよ。強い僕がちゃんと守っていてあげるから。心置きなく卵の殻泥棒に仕返しをしてくればいいよ。あと、お礼にレーヴの名物をくれるともっと頑張ってあげるよ」

仕返し、とはまた物騒な言葉を口にするセバスティアンは、やっぱりセバスティアンだった。食い意地がはった最後の一言に、呆《あき》れ返ったマティアスがひらひらと手を振る。

「はいはい、活躍してくれたら考えといてやる」

わあい、と歓声を上げたセバスティアンにくるりと背を向けたマティアスが、すたすたと門の方へと歩いて行く。

「セバスティアン様って、嫌がる割には大抵の頼み事を聞いてくれて、お優しいですよね」

「あれは優しいのではなく、傲慢《ごうまん》なだけだ」

先に行ってしまうマティアスの後を追いながら、エステルがこそっとジークヴァルドに話かけると、ジークヴァルドからは呆れた言葉が返ってきた。

「え、そうですか？」

「頼みを聞いておけば、自分にたてつく者はいないからな。自分が強いのがわかっているから大抵は頼みを引き受ける。あれは怖がりだというのに、好戦的だぞ。だから時々物騒な言葉が出てくるだろう」

ジークヴァルドの口から出てきた思わぬ言葉の数々に、エステルはもしかしたらユリウスはとんでもない竜の竜騎士になったのでは、と今更ながら青くなった。

（と、とりあえず、今のところはうまくやっているみたいだから、そっとしておいた方がいい

のかも）
おそらく怒らせると一番怖いのはセバスティアンだろう。ジークヴァルドは激高しても理性が働くが、セバスティアンは自分の気が済むまで怒り狂いそうだ。ユリウスには是非とも頑張ってもらいたい。そうでなければ下手《へた》をするとリンダールが滅びる。
背筋が寒くなりながらも、今はもう一つの脅威を呼ばないために、殻を引き取りにいかなければと、エステルはジークヴァルドたちと共に、顔料店へと急いだ。

＊＊＊

カランとドアベルを鳴らして顔料店の扉を開けた男は、自分の他に客がいないことを確かめると、静かに店の中に足を踏み入れた。

肩にかけた薄汚れた鞄《かばん》の紐《ひも》をぐっと握りしめ、緊張のあまり乾いた唇を舐《な》めるとカウンターで何か書き物をしている店主に近づく。

男に気づいた店主は顔を上げると、ああ、と気さくな笑みを浮かべた。

「あんたか。昨日持ち込んでくれた鉱石はいい買い手がついたよ。今日は何だい？」

「……もっと量があればなおさら高値で買い取る、って言っていたよな。だから持ってきたんだ」

男は鞄から震える手で革袋を取り出すと、カウンターの上に中身をごろりと転がした。

大人の男性の拳ほどの大きさの鉱石だ。金糸雀色に金の縞模様が美しい。しかしながら男にとってはこの美しさは恐怖心をかき立てるものでしかなかった。早く処分してしまいたいのと、欲がせめぎ合い、心が落ち着かなくなる。

「こりゃ、すごいな。昨日も聞いたが、あんたこれをどこで見つけたんだ？　鉱脈でもあれば一生食うに困らないぞ。——おい、ちょっと来てこれを見てくれ」

手にとって眺める店主がふいにカウンターの奥の方へと声をかけた。

男がぎくりと肩を揺らして視線を泳がせている間に、奥の部屋の方から従業員なのか、一人の青年が出てくる。

黒と金が交じった短い髪の快活そうな青年だった。あまり見かけない柘榴《ざくろ》色の瞳《ひとみ》に、男は得体の知れない不安を抱いてごくりと喉《のど》を鳴らした。

「ああ、これは珍しいな。珍しいけどよ……これと似たような色をどこかで見かけたな」

確かめるように鉱石を眺めていた柘榴色の双眸《そうぼう》がひた、とこちらを向いた時、男は心臓を冷たい手で撫《な》でられたような気がして震え上がった。

「あ、いや、そんなことは……」

「そうか？　何だったかな……。——ああそうだ、あれだ、リンダールにいる竜の、その中の一匹の鱗の色に似ていないか？」

にやりと笑った青年の口元から鋭い八重歯が覗く。瞬く間に瞳孔《どうこう》が縦に走った竜眼になり、身を乗り出すようにカウンターについた手が、みるみると黒鋼色の鱗に覆われた。

「――俺の子の殻を返せ。この盗人が」

「……っ!?」

男は声にならない悲鳴を上げて、弾《はじ》かれたように身を翻《ひるがえ》した。扉に飛びつくように開け、もつれそうになる足で駆け出そうとした時、さっと差し出された誰《だれ》かの足に勢いよく躓《つまず》いた。

見事その場に転んだ男は、それでも石畳の上を這《は》うようにして逃げ出そうとしたが、その行く手を何者かの足に阻まれる。おそるおそる見上げた男は、自分を見下ろす銀の髪の青年の姿を見つけ、その人並外れた整った容姿に息を呑《の》んだ。

「――竜の宝を盗んで売り払うとは、なかなか豪胆な人間もいたものだな」

冴《さ》えざえとした凍りつくような視線を向けてくる青年の瞳孔が、一瞬だけ縦になったように見えたのは気のせいだっただろうか。

前を銀の髪の青年に阻まれ、後ろには竜。完全に観念した男は、その場でがくりと肩を落として石畳に突っ伏した。

「ご協力、ありがとうございました」

エステルは満面の笑みを浮かべて、カウンターに立つ顔料店の店主に頭を下げた。

「いえいえ、噂《うわさ》に名高いクランツ伯爵家のご令嬢の頼みでしたら、こんなことはお安い御用です。是非とも今後贔屓《ひいき》にしていただけると、こちらも助かります」

ちゃっかりと売り込んでくる店主に、エステルは苦笑してしまった。

昨日、顔料店に殻を引き取りに来た際、ユリウスが言っていた通り持ち込んだ人物がまた持ってきそうな気配だったと店主から聞いたため、確実に確保するために先ほどの茶番を引き受けてもらったのだが、竜を前にしてもさほど慌てることのなかった店主はかなりの傑物だ。

「奥の部屋をお借りしてしまって、すみません。できるだけ早く済ませますので」

ごゆっくりどうぞ、とにこやかに頷く店主を残し、エステルはカウンターを通り過ぎて、奥の部屋へと向かった。

店主が事務作業や休憩をするための部屋だというそこには、険しい表情のジークヴァルドとマティアス、そして今にも気絶しそうなほど青ざめ、小刻みに震える件《くだん》の御者が椅子《いす》に座らされていた。

「――普段は貨物を運搬している御者だそうだ。生活に困窮していて、竜の卵を運ぶとは知らずに依頼を引き受けたらしい。ただ、その依頼者がな」

エステルが入ってきたのに気づいたジークヴァルドが、御者から問い質《ただ》していた内容を簡潔に説明してくれたが、途中で言葉を止めた。

「――本当に間違いねえんだろうな。お前に依頼をしてきたのはラーシュ・アンデルとかいう名前の男だったんだな？」

こめかみを震わせながら、努めて冷静にふるまおうとしているマティアスの言葉に、エステルは瞠目《どうもく》してジークヴァルドを振り返ってしまった。

「どういうことですか？」

「聞いたままだ。あの御者はラーシュ・アンデルという男から依頼を受けたそうだ。本人なのかどうかはわからないがな」

エステルはぐっと唇を噛んだ。ラーシュが逃げたのか連れ去られたのか未《いま》だによくわからないのだ。怒っていいのか、嘆けばいいのか判断に迷う。

怒りに身を震わせていたマティアスがなおのこと言葉を募らせる。

「――っ、そうかよ。顔を隠されていたから、どんな男だったのかも説明できない、ってか。くそっ、徹底していやがるな」

がん、と御者が座った椅子を蹴《け》ったマティアスだったが、椅子の脚が折れなかったところを見ると、相当怒りを抑えているらしい。

（殻もそうだけれども、ラーシュ様の居所もつかめないから余計に頭にくるだろうけれども……)

竜騎士ならどこにいてもわかるそうだが、それでも範囲が限られる。遠く離れた場所からあの建物内にいる、という細かい指摘はさすがにできないらしい。王都内で生きている、ということしかわからないそうだ。

苛立つマティアスに、ジークヴァルドが宥《なだ》めるように声をかけた。

「マティアス、残りの殻だけでもすぐに回収をしに行った方がいい。この御者の棲《す》み処《か》にあるのだろう」

ジークヴァルドの視線を受けて、御者がびくっと大きく肩を震わせた。おどおどと床を落ち着きなく見回す様子に、エステルははっと気づいた。

「まさか……、殻はもう貴方《あなた》の家には残っていないの？　誰かに渡してしまった？」

「ち、違う！　確かにまだ家にある。けど、依頼人が品物を手に入れたらその日の内か、五日間以内にはとりにくる約束だった。……ただ、まだやってきていない。卵が目当てなら、その約束はもしかしたらなかったことになっているかもしれない」

自信なさげに言葉を紡いだ御者に、エステルは慌ててジークヴァルドとマティアスを見た。

「五日間以内、って……。今日までですよね!?」

「まだ来ていないなら、ちょうどいいじゃん。こいつの棲み処で待ち構えようぜ。もし来れば、ラーシュじゃねえことがすぐにわかる」

腕を組んだマティアスが好戦的な笑みを浮かべる。それに不安を覚えたエステルは、縋《すが》るように主竜を見た。

この様子だと現れた相手を殺してしまわないだろうか。卵の誘拐を指示した人物だ。不安しかない。

「ジークヴァルド様……」

「マティアスの好きにさせろ。大丈夫だ。何かあれば俺が止める」

その何か、が怖いんですけれども、とは言えずに、エステルは背筋が凍る思いで、どうにか頷いた。

＊＊＊

どこか遠くでカラスの鳴く声がしていた。不吉なその声に、エステルはどことなく嫌な予感を感じたまま、細く息を吐いた。

「疲れたか？」

声を潜めたジークヴァルドに尋ねられ、エステルは小さな丸椅子に腰かけたまま、ゆるく首を横に振った。

御者の自宅で来るかもしれない卵の誘拐を依頼した人物を待ち構える。

そう意気込んだマティアスに付き合い、この王都でも端の方にある御者の家に潜んでいるが、いくつかの世帯が集まった三階建ての集合住宅の一番上にある部屋はあまり広いとは言えなかった。居間を兼用した小さな厨房《ちゅうぼう》と寝室らしき部屋しかない。家族はいないらしく、質素な暮らしぶりだった。

マティアスは住宅前の路地からこちらを窺《うかが》っているが、エステルとジークヴァルドは男の寝室で依頼人が現れるのを待ち構えている。部屋の主《あるじ》の男は出入り口がある隣の居間だ。

エステルはエドガーの屋敷に戻ることも提案されたが、結局時間が惜しいからと着いてきた。

「……来ると思いますか？」

「どうだろうな」

ジークヴァルドが傾いた夕日が差し込む窓辺から、下の道を窺いながら曖昧《あいまい》な返事をした。

「卵が孵ったことは告知されていないとはいえ、知れ渡っているようだからな。卵を引き取りに来ることはないだろう。殻を探していることも知らないはずだ。ただ、この取引を知っているあの御者を始末しにくる可能性は十分にある」

「それって……あの御者の方はある意味、命拾いをしたのかもしれませんね」

もしもエステルたちが御者を捕まえなければ、今ここには御者だけだ。殺される確率は高い。

じりじりと時間が過ぎていき、やがて辺りがうっすらと暗くなっても、一向に依頼人は現れない。

街に灯《あか》りがぽつぽつとともり始め、帰路を急ぐ人々が下の道に溢《あふ》れてきた頃《ころ》、窓の外を窺っていたジークヴァルドが肩を預けていた窓辺から身を離した。

「――来ないな。こうなると、御者一人が騒いだところでどうにもならない、とでも考えたか」

「殻を持って帰りますか？」

「そうだな。殻と御者を――」

再び通りに目をやったジークヴァルドが言葉を止めた。すっと目が眇められる。

「――マティアスがいない」

「え？」

エステルはごくりと喉を鳴らした。窓からはマティアスが潜んでいる路地が見えていたはずだ。暗くなったとはいえ、夜目のきく竜にその姿が見えなくなることはない。

わずかな沈黙の後、ふいに隣の居間で出入り口の扉を叩《たた》く音がした。誰かが中に入った足音とともに居間の扉が閉まる。ジークヴァルドが静かに寝室から居間へと出る扉の傍へと移動した。

「あ、あんたの望む物は持ってこられなかった。これだけだ」

「――これだけでもかまわないよ。報酬はここに」

緊張に裏返りそうになる御者の声の後、相手が発した声にエステルは息を呑《の》んだ。

(この、声……。嘘《うそ》でしょう……ラーシュ様!?)

薄い扉越しでもそれとわかる天鵞絨《ビロード》のように耳に心地の良い深みのある声。間違いなくこれはラーシュの声だ。

ラーシュが殻を引き取りに来るということは、本当に卵の盗難の件から全てラーシュの起こした事件だというのか。やはり、妹への土産を選ぶ姿は偽りだったというのだろうか。

エステルが愕然《がくぜん》として身動きできないでいる間に、ジークヴァルドが素早く扉を開ける。それとほぼ同時に、隣の部屋の天井がばりばりと音を立てて破壊された。

『ラーシュ、全部お前が企てたことか!?』

屋根を吹き飛ばすように現れた黒鋼色の鱗に金の筋が美しい竜が、柘榴色の双眸にぎらぎらとした獰猛《どうもう》な光を浮かべて、怒りの咆哮《ほうこう》を上げた。

「マティアス! 落ち着け。話を聞いてから――っ」

ジークヴァルドの宥める声も耳に入っていないのか、勢いよく舞い上がったマティアスがぐるりと空を巡り滞空する。

エステルはジークヴァルドに続いて慌てて隣の部屋へと足を踏み入れた。瓦礫《がれき》と生活用品が散らばった室内では、御者が身を丸めるようにしてうずくまり、がたがたと震えている。ぱっと見には怪我《けが》があるようには見えない。その傍で、すっくと立ち尽くして上空を見上げているラーシュは瓦礫が当たったのか、頬《ほお》から血を流していた。その顔には覚悟を決めたような表情が浮かんでいる。

『何とか言えよ！』

一瞬の怒りは少し収まったのか、それでもぐるぐると喉を鳴らしながらがなるように問いかけてくるマティアスにも、ラーシュは唇を開かなかった。

「エステル、御者を連れて下へ行け。このまま収まるとは思えない」

ジークヴァルドが背中を押して、壊れた扉を指し示す。確かにここは建物の最上階だ。危険なことこの上ない。

「ジークヴァルド様はどうするんですか？」

「俺はこのままマティアスの説得を続ける。早く行け」

硬い声に促され、うずくまる御者の腕を引っ張って何とか立たせると、先に階段を下りるようにと扉の外へとその背中を押し出す。すると御者が震える声でぼそりと呟いた。

「――違う」

「何が違うんですか？」

「俺の依頼人の声じゃない。あの男の声は、もっとおどおどとしていて、小さかった。あんな落ち着いた自信があるような声じゃない」

エステルは急いで後ろを振り返った。声が聞こえていたのだろう。ジークヴァルドが一つ頷き、マティアスを見上げる。

「聞こえたか？　ラーシュは首謀者ではない。何かの間違いだ。怒りを収めて話を聞け」

『……だったら何で黙っているんだよ。何も言わねえってことは、首謀者じゃなくても、加担したってことだろ。――そいつは俺の信頼を裏切ったんだよ!!』

マティアスが低く咆哮したかと思うと、ラーシュ目掛けて躍りかかってきた。

「ラーシュ様！」

「エステル、よせっ」

気づいた時には、足が動いていた。ジークヴァルドの静止の声が耳に入るよりも先にマティアスとラーシュの間に割り込むように飛び出す。恐ろしいという感情よりも、あんなにも信頼していた竜騎士を殺させては駄目だ、という思いの方が強くそれ以外は何も考えられなかった。

「殺してしまったら、後悔するのはマティアス様です！」

マティアスの怒りに満ちた柘榴色の双眸を奥の奥まで見透かすように凝視すると、その双眸がほんのわずかに揺れくっと見開かれたが、ラーシュに食らいつこうとするその勢いは止まらなかった。

『――お前は俺の番も殺す気か！』

ジークヴァルドの怒声と共に、すぐ傍で体の芯《しん》まで凍えるような氷交じりの冷風がぶわりと湧き起こる。次の瞬間、ジークヴァルドが銀の竜の姿へと戻り、空へと舞い上がっていった。

その勢いに吹き飛ばされまいととっさに飛びついたラーシュにしがみついてやり過ごそうとすると、竜騎士がかばうようにエステルの体を包み込んだ。

「――大丈夫かい、エステル嬢」

「大丈夫か、じゃないですよ！　貴方は何をやっているのかわかっているんですか！」

強風が過ぎ去ったすぐ後にかけられた妙に落ち着いた声に、エステルは噛みつくような勢いでラーシュを怒鳴りつけた。

「もちろんわかっているよ。たとえ言い訳をしたとしても、マティアス様が怒り狂うだろうことはね。――やはり思っていた通り、君が盾になってくれて助かった」

どういうことだ、と皮肉気に笑うラーシュに眉を顰めると、頭上で轟音《ごうおん》が響き渡り、ぱっと閃光《せんこう》が走った。はっと空を振り仰いだエステルは、暮れたばかりの藍色《あいいろ》の空で恐ろしげな咆哮を上げて諍《いさか》いを繰り広げる銀色と黒鋼色の二匹の竜の姿を見て、蒼白《そうはく》になった。

「ジークヴァルド様、マティアス様を叩き落とさないでください！　王都が壊滅します！」

そうでなくとも、すでに辺りは嵐《あらし》のようになっている。所々で人々の悲鳴が上がるのが聞こえてきた。暴風に吹き飛ばされた様々な物が街を襲っているのだ。

とっさに立ち上がったエステルの腕を、ラーシュが強く握って引き留めた。

「危ない！　無理だ。頭に血が上っているあの状態になっては聞こえない。君は竜の恐ろしさをまだわかっていないんだ」

「……っラーシュ様は竜に噛まれたことがありますか？」

「いや、あるわけがない。今はそんなことを言っている場合では――」

「わたしはあります。力になるかもしれない、って竜に食べられかけたんです。それだけでわかっているなんて堂々と言えるわけがありませんけれども、それでも……竜の恐ろしさを全くわかっていないわけじゃありません！」

ラーシュの腕を振り払ったエステルはしっかりと床を踏みしめて、上空を見上げた。強風が被っていた茶色の鬘を吹き飛ばし、緩く波打つ銀色の髪がその下から姿を現す。

「わたしの声が聞こえていますよね！　戻ってきてください、ジークヴァルド様!!」

数日前、エステルの声なら聞こえる、と言っていたのだ。聞こえていないはずがない。

懇願するエステルの声に呼応するかのように咆哮したジークヴァルドが、マティアスに向けて一際強い氷交じりの風を叩きつけて、演習場がある街の外へと吹き飛ばした。

マティアスの操っていた雷《かみなり》を纏《まと》った竜巻がするするとほどけて霧散するのを確認したジークヴァルドはそのまま悠然と空を飛び、屋根が破壊された住宅の上へと戻ってくると、ふわりと竜の姿から人へと姿を変えた。

「怪我はないか？」

「それはわたしの台詞《せりふ》です！」

広げられたジークヴァルドの腕に、ためらいもせず引き寄せられるように飛び込む。

力強く抱き止めてくれるジークヴァルドの体からは、マティアスと戦ったせいなのかいつものひやりとした冬の夜の香りに混じって、どこか焦げたような匂《にお》いがした。

「火傷《やけど》でもしましたか⁉」

エステルが慌ててジークヴァルドの状態を確認していると、背後で安堵《あんど》の溜息が聞こえた。

「――激高した竜を呼び戻すとは……大した女性だね」

驚愕《きょうがく》と苦笑いが混じった声でそう呟いたラーシュの声に、エステルは振り返って真《ま》っ直《す》ぐに竜騎士を見据えた。

「主竜が怒るのがわかっていて、何か事件を起こそうとする貴方には敵《かな》いません」

「……それもそうだ」

ラーシュはちらりとマティアスが吹き飛ばされた方を見やり、小さく笑って肩をすくめた。

――と、その時、どん、と大きく建物が揺れた。よろめいたエステルをジークヴァルドがとっさに支えてくれる。

「え、地震……っ⁉」

一瞬、建物が倒壊するのかと思ったが、地上の人々が口々に「地震だ」と騒ぐ声がこちらまで聞こえてくる。

「――あの、大食らいの馬鹿《ばか》者が。あそこで大きな力を使うなと忠告をしたというのに。エステル、乗れ。エドガーの屋敷に戻るぞ。ラーシュ、逃げずに追ってこい。この件の説明責任を果たせ」

瞬時に銀竜の姿になったジークヴァルドに促され、わけもわからずその背に乗ったエステルだったが、すぐに到着したエドガーの屋敷に降り立つなり、唖然《あぜん》とした。

『忍び込んできた誘拐犯を捕まえたよ！　頑張ったから、レーヴの特産品が沢山もらえるよね』

「庭を破壊しなければ、ねだってもよかったと思いますけれどもね」

半眼になるユリウスと、得意げに胸を張り機嫌よく尾を揺らす竜の姿のセバスティアンのすぐ傍で、ラーシュと共にいたあのレーヴの執政官が蔓草《つるくさ》に縛り上げられ木に吊《つ》るされていた。

しかしながら美しく整えられていた庭はあちらこちらがひび割れ、陥没し、見る影もない。

「……ウルリーカ様のための庭がぁあああ……っ」

さめざめと泣くエドガーの傍らで、仔竜を尾で守るように抱き込み目を丸くしているウルリーカの無事な姿に、ついジークヴァルドと顔を見合わせてしまう。

色々と言いたいことはあるものの、エステルはとりあえずほっと胸を撫《な》で下ろした。

＊＊＊

「ぴ、ぴ、ぴゅー、ぴゅう」

金糸雀色に金粉をまぶしたかのような色の鱗をした仔竜が、ころころとエドガーの屋敷の庭を上機嫌に転がっていた。傍で座っている母竜ウルリーカの尾にじゃれつくようにしたかと思うと、どうにかしてその背に上ろうと、もたもたと体の周りを歩き回る。

しかしながら、そんな微笑《ほほえ》ましい様子もその場の空気を和ませることはなく、アルベルティーナと叔父を呼びに行ったユリウスとセバスティアン以外のそこに集まった者たちの視線はラーシュ一人に集まっていた。

「卵を誘拐する計画を持ちかけられたので、逆に誘拐犯たちに加担して証拠集めをしていました。私の名前はわざと使わせたのです。そうしておけば首謀者は私だと言い逃れができて、本当の首謀者が油断しますから」

御者の自宅からエドガーの屋敷に戻り、静かにそう切り出したラーシュの言葉に、青年姿のマティアスが呆れたように盛大な溜息をついた。その頬にはジークヴァルドに吹き飛ばされた際に負ったのか、大きな擦り傷ができている。面白いことにそれはマティアスが飛ばした瓦礫で怪我をしたラーシュとほとんど同じ場所だ。

「お前なあ……。なんでそれを俺に言わねえんだよ。さっさと言っていれば、こんな大事にはならなかったじゃんか」

「敵を欺くのなら味方から、と言うでしょう。貴方の態度はわかりやすすぎます。相手方に私の思惑を気づかれれば、行動に移さなくなってしまいますし。それに誘拐犯などに卵を任せたら、どんな扱いをされるかわかったものではない。卵を守れるのは私だけです」

「お前……もしかして、あの竜は使役するものだ、とか妄言を吐いている奴《やつ》らを一掃する気だったのか？」

マティアスが片眉を上げて、苦い顔をする。

聞き捨てならない言葉に、エステルは眉を顰めた。

「竜は使役するもの……って、何ですか、その考えは。力も身体能力も人間とは桁《けた》外れの竜の方々を人間が使役できるわけがないじゃないですか。冗談じゃなくて、死にますよ」

「君の言う通りだね。だが、残念なことにレーヴ国内では竜が少ないせいか、そういう考えの者がわずかだがいるのだよ。竜を怒らせると国が滅ぶ、というのを全くわかっていない者たちがね。竜騎士の地位はレーヴでも高いが、矛盾することに見下し、竜に不敬を働く者もいる」

ラーシュが嫌悪を滲《にじ》ませて吐き捨てる。

リンダールでは竜には畏敬《いけい》と感謝を抱くもの、という考えが根付いているが、もしかするとその考えは竜が途切れず多数いることによるものなのかもしれない。

「だから恥知らずにも卵の所有権を寄こせなどと、リンダールに押しかけることができるのだろうね。それを派遣したのが、その竜を使役したい方々だったわけだが。こちらで事件を起こしてもらえれば、一掃できると踏んだのだよ」

ちらりと未だに木に吊るされたままの執政官を見やり、不敵な笑みを浮かべるラーシュにエステルは瞠目した。

「それでわたしと卵の誘拐計画に乗ったんですか？」

「ああ、本当ならば卵と君も連れ去って、リンダールの王都に被害を与えないよう首謀者に受け渡す予定だった王都の外でマティアス様方に奪還してもらうつもりだったが……。見事に計画は崩れたというわけだ。まさか今日あそこで鉢合わせるとは。リンダールへの補償のことを考えると頭が痛いよ」

ラーシュが肩をすくめると、マティアスがばつが悪そうな表情を浮かべた。

「悪かったよ。大暴れして、お前も殺そうとして」

「それは想定の内です。念のためにエステル嬢に印象付けをしておいてよかった。マティアス様に怒りのあまり殺されるかもしれない、と予想はしていてもある意味賭《か》けでしたから」

エステルに度々ちょっかいをかけていたのは、そういうことだったのかと納得はしたものの、ラーシュはあまりにも危ない橋を渡りすぎる。

「命の危険を冒してまで、竜を使役したい勢力を一掃したかったんですか？　ラーシュ様にもしものことがあったら、妹さんが悲しみます」

「その妹のためでもあるのだよ。竜騎士契約を切られて竜に捨てられた、という元竜騎士の兄よりも、レーヴの民の不始末の責任をとって竜騎士の立場を返上した元竜騎士の方が、体裁はいいし、各方面に恩も売れる。竜騎士候補になる妹にはいい箔付《はくづ》けだ」

にこりと笑うラーシュに、エステルは驚いてマティアスに問いかけた。

「マティアス様はラーシュ様との竜騎士契約を切るんですか？」

「ああ、切るぞ。子が育つまでは【庭】に戻るからな。竜がいないのに竜騎士だけいても、国に貢献できない。逆にそれは不誠実だろう。だからそれは俺が番を得た時にラーシュと決めておいた」

「私もそれは覚悟していたからね。竜騎士でいる間にどうにか傾いた公爵家の財政を立て直して、立ち行けるようにしていたのだよ。――まあ、それも見込まれて、竜騎士契約を切られる不名誉を払拭《ふっしょく》したいだろう、と仲間へと誘われたわけだが」

竜騎士という名誉と、財政を立て直した手腕。エステルが知っている高級紙だけでも、かなりの財産を築いているだろう。それは勧誘されそうだ。

「そういえば、街で殻の捜索をしている時に誰かの視線を感じたと思ったのは、お前か？」

銀の竜の姿から銀の髪の青年へと姿を変えたジークヴァルドの問いかけに、ラーシュは少しだけ苦い表情を浮かべて頷いた。ジークヴァルドの正体を見たはずなのに、態度が変わらないところを見ると、ラーシュはどうも察していたようだ。

「ええ。レーヴの私の協力者からの連絡を待っていたところでしたので、見つかるわけにはいかずにひやりとしました。ですが、あの御者も顔料店に殻を売りに行くとは……。エステル嬢、君の伝手《つて》も馬鹿にできないね」

「ありがとう、ございます?」

感心しているのか、小馬鹿にしているのかよくわからない言葉に、エステルは反応に困ったが、それでも一応礼は言ってみた。疑問符がついてしまったのは許してほしいが。

「ともかく、卵泥棒に加担した奴らの証拠はあるわけだな? 御者からお前が依頼人とは別人だっていう証言もとれたし、あの執政官は紛れもなくここに忍び込んで俺の子を連れ去ろうとしたし、お前の罪はなかったことになるよな」

マティアスがほっとしたように八重歯を見せて笑ったが、ラーシュは真剣な表情で首を横に振った。

「いえ、協力者から連絡がないことには、何とも……。ああ、ジークヴァルド様? 私の動向を探るようにレオン・クランツ殿に指示していたのは貴方ですよね。何か報告がありませんでしたか?」

エステルは驚いてジークヴァルドをまじまじと見つめた。そんなことは初耳だ。それとも自分が忘れているだけだろうか。

「わたし、それ聞いていませんよ。叔父様にそんなことを頼んでいたんですか?」

「ああ、演習場でラーシュがレーヴの執政官と密談をしていた後に頼んで、時々報告を受けていた。そうか、お前が待っていたのはやはりあれのことか」

「そんなやり取りはいつ……。あ、もしかしてこの前部屋に落ちていた紙はその報告書ですか？」

マティアスが卵が動いたと離れに飛び込んできた際に、部屋に落ちていた紙を拾おうとしたら、慌てて隠されたのだ。

「紙……？　――ああ、あれか。……そうだな」

不審げに片眉を上げるもすぐに頷いたジークヴァルドだったが、しかしながら妙に歯切れが悪い。違うのかと首を傾げていると、ばさりと羽音が耳を打った。

上空を見上げると、紅玉石のような鱗を持つ竜と若葉色の鱗の竜が旋回していた。その背にはそれぞれの竜騎士が乗っている。

叔父が来たということは、まだ容疑が晴れていないラーシュが連行されてしまうのかと、ひやひやと見上げていると、叔父がアルベルティーナに乗ったまま身を乗り出して叫んだ。

「――ジークヴァルド様！　卵とエステルの誘拐未遂の件でレーヴの交渉団長を捕らえました。加担した者たちも順次捕らえられています。それと、交渉団を派遣したレーヴの王弟殿下が横領の罪で捕縛され、ラーシュ・アンデル殿にはそれらの件についての潜入調査を依頼していたので罪はない、とレーヴの王太子殿下からの知らせが入りました」

「――わかった。……ラーシュ、お前が待っていたのは協力者……レーヴの王太子からのこの知らせだろう」

眉間《みけん》に皺《しわ》を寄せて睥睨《へいげい》したジークヴァルドに、ラーシュがにこりと食えない笑みを浮かべた。

吊るされたままの執政官が、呻《うめ》き声なのか悲鳴なのかどちらともとれる声を上げて、がくりと項垂《うなだ》れる。

「ええ、ご協力感謝致します。これでもう竜騎士として、思い残すことはありません」

ふとその足元に、とことこと仔竜が歩み寄ってくる。それに気づいたラーシュが先ほどとは違う親しみがこもった笑みを向けながら、地面に膝をついた。

「初めまして、あなたの父君の竜騎士だ。あなたの殻を盗まれてしまって、申し訳なかったね」

「ぴ？　ぴゅう、ぴう……。ぴっ！」

こてん、と首を傾げていた仔竜が、ふいに何かに気づいたようにぱっと走り去った。

何事だと一同が見守る中、仔竜は屋敷の方へと駆けて行ったかと思うと、建物の裏へと姿を消した。次の瞬間、情けない叫び声が響く。

「ひええっ、うわっ、わかったっす！　行きますから、へうっ、わわっ」

仔竜が建物の陰から服の端を引っ張るようにしてぐいぐいと連れ出してきたのは、先ほどから気配は感じていたものの、ジークヴァルドやマティアスを恐れてか近寄ってこなかったエドガーだった。

「ぴう、ぴ、ぴぴ、ぴゃあ！」

エドガーをラーシュの傍まで引っ張ってきた仔竜が、ふん、とやりきった、というように胸を張る。それと同時にマティアスが噴き出した。そうして腹を抱えて笑い出す。

『マティアス……笑いすぎだ』

「だってさ、ウルリーカ……。『竜騎士一緒、だから仲良し！』って……」

マティアスの翻訳に、ラーシュとエドガーは互いに不本意だというように顔をしかめたが、仔竜の手前、違うとも言い切れず、ただ黙りこくって立ち尽くすしかないという様子に、エステルもまた思わず肩を震わせて笑ってしまった。

＊＊＊

卵の誘拐未遂から始まった怒涛《どとう》の数日が過ぎ去ると、エステルの周囲は落ち着きを取り戻すどころか、異様に静かになった。

それまでエステルやユリウス宛てに来ていた婚約申し込みの釣書はもちろんのこと、少しでもクランツ家と近づきたい他家からのお茶会や夜会のお誘いなど、そういった人付き合いの諸々が一切届かなくなってしまったのだ。

（……まあ、あれを見たら怖くてそうなるわよね）

自分の部屋で【庭】に戻るための荷造りをしながらも、ついぼやきがこぼれる。

数日前、激高したマティアスを止めるためにジークヴァルドがやむなく正体を現した後、エステルが銀の竜を宥め、その背に乗るのを見ていた人々が多数いたのだ。

――クランツ伯爵家のエステル嬢はやはり竜の番になっていた。

そんな話があっという間に王都を巡り、エステルに下手に手を出して竜の怒りを買うのを恐れた人々は、波が引くように去って行ったのだ。大して親しくもないのにしつこく誘ってくる人々がいなくなったのはいいが、数少ない親しい友人まで遠慮するようになってしまったのは、少し悲しい。

「……ジークヴァルド様は理由もなく怒ったりなんかしないのに」

「そう言ってもらえるのは嬉《うれ》しいものだな」

八つ当たりのように勢いよく着替えを詰め込んでいたエステルは、換気のために開けていた窓から聞こえてきた静かながらも嬉しそうな声に、大きく肩を揺らした。

「ジークヴァルド様！　マティアス様との打ち合わせは終わったんですか？」

卵が動き出してから【庭】に帰る準備はしていたが、卵が孵ってしまったこともあり、見直しをしようと今朝《けさ》から話し合いをしていたが、正午近くになってようやくまとまったらしい。

ジークヴァルドがかすかに唇の端を持ち上げる。

「ああ、大まかなことは決めた。あとは移動中にどれだけマティアスの子が大人しくしていてくれるかだな」

「あのやんちゃな子はまだ飛べないからなぁ。気が気じゃねえんだけどな」

ひょい、とジークヴァルドの隣から顔を出したマティアスが、八重歯を見せて苦笑いをした。その表情は以前よりもエステルに対しての刺々《とげとげ》しさが感じられない。

「でも、無事に【庭】に戻れそうでよかったです。殻は全部食べられましたか？」

「ああ、なんとかな。けどな、ウルリーカと大騒ぎだったんだよ。喉に詰まらせそうになるわ、途中で遊びだして庭のどこかに隠そうとするわ……」

少しだけげんなりとしつつも、嬉しそうに親の顔で柔らかく笑っていたマティアスだったが、ふとその表情をすっと改めた。

何を言われるのかと、エステルもまた背筋を伸ばして待ち構えてしまう。

「これ、言っておかねえとな。……ラーシュを殺すのを止めてくれて助かった。あの時、お前の目を見なければあのまま殺していた。――礼を言うよ」

「目……？　もしかしてあの時、魅了の力にかかっていたんですか？」

きょとんと目を瞬く。確かにマティアスを凝視したが、襲うのをやめなかったので、魅了の力が発揮されたとは思っていなかった。かけようと思って割り込んだわけではないので、余計に気づかなかったのだろうか。

「いや、かかった、というより、魅了の力に気づいて一瞬だけ頭が冷えただけだ。それでもあの一瞬で殺してしまうことにならなかったのは事実だ。――力がないから番になるのは無理だ、なんて決めつけて悪かったな」

「いいえ、わたしの知識不足のせいでご迷惑をおかけしましたし、謝っても謝り足りません。もっと竜の方々のことを学ばないと駄目だと反省しました」

「ああ、それはお前自身のためにも必要だろうな。竜騎士にさえも教えないことも沢山あるし。まあ、それはともかく――」

ちらっとジークヴァルドに気まずそうな視線を向けたマティアスが、すぐにエステルに目を戻した。

「お前のおかげでウルリーカも早く元気になれたし、人間には人間のやり方があるのがよくわかった。まあ、何だな……色々言いたいことはあるけどよ、俺はお前がジークヴァルドの番になっても、文句は言わねえよ」

「――っ、本当ですか？　ありがとうございます！」

認めてもらえた、と胸を張っては言えないが、文句を言われないだけでも十分に嬉しい。

胸にこみ上げてきた嬉しさのまま勢いよく礼を言うと、マティアスの隣でジークヴァルドが眉間の皺を深くして嘆息した。

「本来ならば、お前に番のことで文句など言われる筋合いはないのだがな」

「仕方ないじゃんか、人間が番なんて普通はないだろ。……あーあ、本当だったらラーシュの嫁にいってほしかったんだけどなあ……。――ああ、そうだ、これ」

ひょいと肩をすくめたマティアスが、ふと何やら懐から薄茶色の包み紙で包まれた手の平ほどの平たい物を取り出し、エステルに差し出してきた。

「ラーシュからの餞別《せんべつ》。卵泥棒の件の後処理で忙しくてなかなか行けないから渡してくれって」

「餞別なんて……わざわざありがとうございます」

レーヴの交渉団の者たちが起こした卵の誘拐未遂の罪は、リンダールの王都の被害の補償も含めて現在話し合っている最中だ。その諸々《もろもろ》のことで、ラーシュが忙しいのはわかる。今回の件を調べていた叔父たちもそうなのだから。

「いや、巻き込んだからな。お前に求婚したのはこの前言っていたみたいに命の盾と、俺が契約を切った後の自分の立場を守るための保険にしたかったからみたいだけどさ。……まあ、開けてみろよ。こんなもん渡すってことは、意外と気に入ったんじゃねえの」

「そんなことはないと思いますよ。嫌味ばかり言われますし……」

にやっと笑うマティアスの言葉を聞きながら包み紙を開けたエステルは、金属の板を竜の形にくりぬいた栞《しおり》が出てきたのを見て、瞠目した。

「これ……、妹さんへのお土産《みやげ》にしたたんじゃなかったんですか？」

「同じ物を選んだらしいぜ。だから伝言。来年の竜騎士選定にこれと同じ物を持った娘が行くから、くれぐれもよろしく頼むよ、だってさ。――ラーシュが候補になった時には、こんな好待遇じゃなかったんだよなあ」

ほんの少しだけ懐かし気な目をしたマティアスはウルリーカと仔竜を【庭】に送った後、レーヴに戻って今回の件の始末がつくのを見届けたら、そこでラーシュとの竜騎士の契約を切るそうだ。そう思うとどうしても切なくなってしまう。

竜騎士ではなくなったラーシュがどうなるのかはわからないが、今回のように主竜をも騙《だま》し、妹を売り込んでくるくらいだ。強《したた》かに生きていくのだろうということは、想像がつく気がした。

「――はい、わかりました。お世話させていただきますね、と伝えてください」

竜騎士の契約が切れたとしても、縁というものはこうして繋がっていくのだろう。全《すべ》てが終わりではないのだ。

そう思うと、切ない気分が和らいだ気がして、エステルは唇に笑みを浮かべた。

＊＊＊

マティアスから番になることにもう文句は言わない、と告げられたその日の夕方。

次はエステルの父からの許可を貰《もら》おう、とジークヴァルドから提案された。

話がしたい、とジークヴァルドと一緒に今日は在宅していた父の書斎を訪れたエステルは、その父から目の前に差し出された数枚の紙に今現在、非常に困惑していた。

父の傍には神妙な表情を浮かべた母が静かに控えている。

「これって……どうやって調べたんですか？」

ざっと見たところ、エステルでもまだあまりよく知らないジークヴァルドが生まれてからこれまでの出来事が端的にではあるが、丁寧な文字で綴《つづ》られている。

「もしかして、アルベルティーナ様かセバスティアン様から聞き出したんですか？」

【庭】での出来事だ。普通の人間に調べられるわけがない。だとすれば、身近にいる竜に聞くしかないだろう。だが、それにしたとしてもこんなこそこそと聞き出すような真似《まね》は卑怯《ひきょう》だ。

憤慨して父を睨みつけていると、何か覚悟を決めたような表情をしていた父はエステルを窘《たしな》めるように控えめに笑った。

「いくら何でもそんなことをするわけがないだろう。それは、ジークヴァルド様自らが記されてお持ちになられた」

「え……。本当ですか？」

思わぬ事実に、傍らに立つジークヴァルドを慌てて見上げると、当の本竜は不可解だとでもいうように眉を顰めていた。

「お前に婚約を申し込んだ者たちの絵が届いていたことがあっただろう。絵の他にその者の経歴のようなものも書かれていた。だから俺も絵はないが、それに倣って書いて渡しただけだ。何か問題があったか?」

「……いいえ、問題なんてありません」

竜は文字を書かない。それほど重要視していないのだ。そこをエステルのためを思って、人間の慣習に沿おうとしてくれたその気持ちが、胸が痛くなるほど嬉しい。

(あ、もしかして、あのわたしが離れで拾おうとした紙って……これ?)

だが、あれは所々インクが染みていた。もしかしたら下書きか何かだったのかもしれない。だからあまり見られたくはなかったのだろう。けっこうジークヴァルドは負けず嫌いなのだ。

痛みを訴えるほどこみ上げてくる嬉しさをこらえるように胸元を握りしめていると、執務机越しに立っていた父が慈しむようにエステルを眺めてきた。

「お前がここに帰って来てからの行動をずっと見ていた。あの、絵ばかり描いていて高いところが苦手なお前が、竜のためにあれこれ奔走する姿を見ていると、お前はもうここに収まっていてはくれないのだな、と心底思い知らされた」

ほんの少し寂し気な響きでそう語った父は、傍らの母を振り返った。父の視線を受けた母が一つ頷くと、腕に抱えていた白い布の塊を持ってエステルの傍に歩み寄り、ふわりとそれを広げてエステルの頭に被《かぶ》せた。視界の端に映るのは、繊細な模様の美しいレースだ。

(これ……花嫁のヴェール……！)

母の口元が小さく綻《ほころ》ぶ。大きく目を見開いていたエステルはきゅっと唇を噛みしめた。

「――エステル、私たちは貴女《あなた》を【庭】に竜の長《おさ》の番として送り出すことに決めたわ。このヴェールを使ってもらえるのかどうかわからないけれども、親の気持ちだと思って持っていってくれないかしら」

「人が【庭】で生きることは想像以上の苦労があるだろうが、どうしても耐えきれないと思ったらいつでも帰ってきていい。私たちは……クランツの者はいつでも待っている」

父が慈愛に満ちたまなざしを向けてくる。

番になれば普通の人間とは寿命が違う。帰りたいと思った時に、両親が生きているとは限らないのだ。あえてそういう言い方をした父に、エステルは小さく微笑んでしっかりと頷いた。

「――ジークヴァルド様、娘をどうかよろしくお願い致します。貴方様とは違う人間の娘です。至らないことも、時にはすれ違ってしまうこともあるかと思いますが、寛容なお心で受け入れていただけますことを、心よりお願い申し上げます」

父が胸に手を当てて騎士の礼をとった。その隣で母もドレスの裾《すそ》をつまみ、淑女の礼をする。

礼をとる両親を前に、ジークヴァルドが静かに目を伏せて頷いた。

「ああ、大切な娘をもらい受けるのだ。悲しませるようなことはしない。何の愁《うれ》いもなく過ごせるよう、心を尽くそう」

ジークヴァルドがエステルの腰をそっと引き寄せた。決して離しはしないといったように
ぴったりと寄り添ったそのほのかな温もりが心地よくて、鼻の奥がつんとする。

「お父様、お母様……ありがとうございます！」

エステルがこぼれそうな涙をこらえていると、ふいにジークヴァルドが怪訝《けげん》そうな顔をした。

「番を認めてもらえたというのに、何を泣く」

「これは嬉し涙です。嬉しくても泣くんです。心配しないでください」

泣き笑いの表情でジークヴァルドを見上げると、ふいに彼はすっと身を屈《かが》めたかと思うと、
エステルの目尻《めじり》に溜まった涙をその唇で吸い上げた。

「…………っ!?」

「涙は塩の味がするのだな。初めて知った」

ヴェールが頭から滑り落ちたのにも気づかずに、真《ま》っ赤《か》な顔でぱくぱくと口を開閉させてい
ると、ジークヴァルドは悪びれるどころか、いいことを知ったとばかりに小さく笑った。

「……せめてっ、そういったことは親の前ではやらないでいただきたい！」

わなわなと震えた父が叫ぶのに、エステルは同意を示すように激しくこくこくと頷いた。

エピローグ

空を飾る星がいつもより多く見えると感じてしまうほど、空気が澄んでいる夜だった。

「ジークヴァルド様に謝らないといけないことがあるんです」

クランツ伯爵邸の広い庭園内にある東屋で、エステルはぽつりと隣に座ったジークヴァルドにそう話を切り出した。吐いた息がそのまま凍るのでは、というように真っ白になる。

今夜、クランツ伯爵邸ではもしかするとリンダールには戻ってこないかもしれないからと、エステルを送り出すための送別の夜会が行われた。

明日《あす》には【庭】に戻るということもあり、ジークヴァルドを恐れながらも招待に応じてくれた友人たちや親族と楽しいひと時を過ごし、名残惜しくもほとんどの招待客が帰路についてしまうと、エステルはふとジークヴァルドにあることを謝っていないことを思い出した。

一度思い出してしまうとどうも気になってしまい、夜会が終わるなりジークヴァルドを庭園へと誘ったのだが、冬の夜の庭園を散歩しようなどという酔狂な人間は当然のことながらいない。しんと静まり返った庭園に思っていたよりも大きく声が響き、妙に緊張してくる。

「お前が俺《おれ》に謝ることなどあるのか？」

思い当たらない、とジークヴァルドに不可解そうに促され、エステルは今更かもしれない、とためらったがそれでも先を続けた。

「城での夜会の後、ジークヴァルド様に『画材につられてふらふらするな。もう少し危機感を持ってくれ』と言われた時、わたし怒りましたよね。それを謝りたいんです」

「――ああ、あの俺が夜会で人間の女たちと話していた、と怒り出したあのことか」

ジークヴァルドが少し間を置いて、思い出したように目を瞬《まばた》く。しかしながら、すぐに不愉快そうに眉間《みけん》に皺《しわ》を寄せた。

「あれは少しでも人間の考え方を知れば、お前の言いたいことを察することができ、お前の両親の感情も汲《く》むことができるのではないか、と思って話を聞いていたが……。あまり参考にはならなかったな。ただ鬱陶《うっとう》しいだけだった。それに怒ったのか？」

エステルは目を見開き、そしてすぐにがっくりと肩を落とした。

（エドガーさんが言っていた通り、わたしのためだったわ……）

それを勝手に嫉妬《しっと》して、勝手に怒り、勝手に落ち込んでいたのだから、どうしようもない。

「わたしのために話を聞いてくれて、その、嬉《うれ》しいんですけれども……。わたしが傍《そば》にいないのに他《ほか》の女性の方と喋《しゃべ》っているのを見るのは……嫌だったんですよね」

「嫌だった？　それはどういう……」

途中で言葉を止めたジークヴァルドが、ふいにエステルの耳飾りに触れた。思わず肩を揺らしてそちらを見てしまうと、ジークヴァルドがさも嬉しそうに唇に笑みを浮かべているのが目に入って困惑する。

「そうか、お前はあの女たちに嫉妬したのか」

　珍しくからかうような響きに、かっと顔に熱が集まった。

「そうですよ、嫉妬しました！　ジークヴァルド様が好きなんですから仕方がないじゃないですか。こう、じりじりと胸が焼かれているみたいで、すごく不愉快というか気持ち悪いというか……わたしのジークヴァルド様なのに、って」

　ジークヴァルドが軽く目を見開いた。その頰《ほお》に薄く朱が入ったのを見て、エステルはようやく自分が何を口走ったのか気づき、真《ま》っ赤《か》になって声を上げた。

「違います！　あのっ、違わないいんですけれども、そんな、あの、わたしのなんかじゃないですよね」

　誤魔化すようにへらっと笑うと、耳元に触れていたジークヴァルドの手がするりと首筋に滑らされたかと思うと、軽く首を引かれた。もう片方の手が腰に回され、引き寄せられる。

「俺の番《つがい》なのだから、お前の俺、は間違っていない」

　嬉しげな声音と共にジークヴァルドの顔が近づく。噛《か》みつかれる、と思わず目を瞑《つむ》ると、首筋を甘噛みされた。つい身を強張《こわば》らせてしまったが、それでも今回は押しのけようとはしなかった。歯の感触の他に首筋に触れる柔らかな唇が、まるで火を当てられたように熱い。

「――エステル」

　首元から離れた唇が、蜜《みつ》を含んだかのような甘い声で自分の名を紡いだ。

「嫉妬するほど俺のことを想《おも》ってくれるようになったのだな」

その言葉を聞いて、速かった鼓動が一際強くどきりと跳ね上がる。エステルが表情を強張らせたのに気づいたのだろう。少し身を離したジークヴァルドが怪訝《けげん》そうに見据えてきた。

「何かおかしなことを言ったか」

「――わたしが怒ったのは、嫉妬したからだけじゃないんです」

ジークヴァルドの胸元についた手をぎゅっと握りしめる。

「周りから番になることを色々と反対されて、それなのにジークヴァルド様にまでわたしの気持ちが軽いものだと思われているのかもしれない、とか考えてしまって……。それが悲しくて、怒ったんです」

ジークヴァルドを信用していなかったと言っているようなものだ。

疑われるのは不愉快だと憤慨されても仕方がないと身を縮めていると、しかしながらジークヴァルドはどこか気まずそうに眉《まゆ》をわずかに下げた。

「いや、俺の言い方が悪かった。お前の気持ちが軽いものだとは一切思っていない。ただ、お前は俺が促さなければ悩みを口にしないからな。心を完全に開いてくれてはいないのだろう、とは思っていた。謝るのは俺の方だ」

「いいえ、理由も話さずに怒ったわたしの方が謝るべきです」

「そんなことはない。俺が」

「違います、わたしが」

　互いに譲らない謝り合いに、何となくおかしくなってきてしまい、次第にどちらともなく笑い出した。

「お前も頑固だな」

「それはジークヴァルド様も同じです」

　笑みを含んだ表情を浮かべたジークヴァルドがエステルをさらに引き寄せて抱きしめた。そうしてすでに鬘《かつら》を被《かぶ》る必要のなくなった銀の髪に指を絡めてくる。

「……この髪色が俺と同じ色ではないのを見ているのが、あれほど苛《いら》つくものとはな」

「苛ついていたんですか？」

「ああ、目に見えてお前が俺のものだとわからないだろう。人間の男の目に留まるのは気分が悪い」

　だから嫉妬深さに磨きがかかっていたのだろうか。

（そういえば、ここのところやけに頭を撫《な》でられていたけれども、あれはそういうことだったのね）

　不愉快そうに眉を顰《ひそ》めるジークヴァルドの胸に、エステルは小さく笑って身を預けた。

　ほんのりと温かな腕の中はどんな場所よりも安堵《あんど》する。どれほど恐ろしい目に遭ったとしても、ここならば全部過ぎたことだと笑って言えるのだろう。

「他の方になんか興味はないです。だから……わたし以外に目を向けないでください。――好きです、ジークヴァルド様」

心臓が口から出そうなほど激しく暴れている。軽く見開かれたジークヴァルドの藍色《あいいろ》の竜眼が、なおのこととろりと熱をはらんだ。

「他に目を向けるな、などと俺に言えるのはお前だけだ。あまり愛《いと》おしくなることを言うと、また泣くことになるぞ」

再びジークヴァルドの手がエステルの首筋を愛《め》でるように滑り、ふっと顔が下がった。また首を甘噛みされるのだろう、と思うとどうしようもなく鼓動が速くなる。まるで待ち構えるように顔を傾けてしまったのにも気づかずに目を伏せ――だが思っていた感触は首ではなく、何か柔らかな物が唇に押し当てられた。

「…………っ!?」

慌てて目を開けてみると、間近にジークヴァルドの怜悧《れいり》な顔があった。伏せた銀の睫毛《まつげ》の一本一本までまるで芸術品のようだ、とあらぬ方へと思考が飛ぶ。

(そうじゃなくて! え、なに、これ、唇!? わ、わ、ちょっと待って……っ)

少し唇を離したジークヴァルドが切なげな息を漏らしたかと思うと、角度を変えて下唇に軽く噛みついてくるのに、エステルの頭はいっぱいいっぱいになってしまった。呆然《ぼうぜん》としたまま、息を詰め、指先一つ動かせないでいると、微動だにしなくなってしまったエステルに気づいた

のだろう。ようやく甘噛みをやめたジークヴァルドが窺《うかが》うように声をかけてきた。

「……エステル？　――大丈夫か!?」

緊張から解放されたせいか、自分で自分の呼吸を止めてしまっていたせいなのか、くらりと眩暈《めまい》を覚えて、エステルはジークヴァルドの胸元に半ば倒れ込むように頭を預けてしまった。

「だいじょうぶです……」

顔は火照り、心臓はばくばくと暴れていてどうしようもない。言葉だって混乱の極みでこれ以上意味のある言葉を言える気がしなかった。ただわかるのは、全く嫌ではなかったということだけだ。

(ちょっと触れただけなのに、甘くて溶けそう……)

溢《あふ》れ出しそうな甘くて温かい気持ちを伝える代わりに、ジークヴァルドの服を握りしめる。

「驚かせてしまったようだな。悪かった。中へ戻ろう」

淡々としながらも少し焦ったようなジークヴァルドに抱えられて連れて行かれようとしたので、ぼうっと呆《ほう》けてしまっていたエステルは慌ててそれを押しとどめた。

「も、戻らなくていいですから。こんな顔を誰《だれ》かに見られるのは嫌です！」

キスをされて熱が引かない顔を家族に見られるのは、とてつもなくいたたまれない。なんと言い訳をしろというのだ。

必死の訴えに、ジークヴァルドは少し迷ったようだが、抱え上げたエステルを膝《ひざ》の上に乗せて再び東屋のベンチに腰を下ろした。

「本当に大丈夫なのか？」

「大丈夫です。でも、どこであ、あんなことを覚えてきたんですか？」

「いいというのに、マティアスに聞かされた。人間は愛情表現の一つとして唇を唇に押し付けて噛むのだと」

（お、面白がる竜が、もう一匹……）

ちなみにもう一匹は今現在【庭】で留守番をしているジークヴァルドの側近クリストフェルだ。人間のことに疎いジークヴァルドにからかっているのか、後押ししているのかわからないようなことを度々教える。

この様子では、庭に帰っても二匹に散々振り回されそうだ。

（そういえば、エドガーさんも一緒に行くのよね。なおさら騒がしくなりそう……。あ、でも竜のことを人間目線で教えてもらえるかも）

自分の屋敷の片付けが終わったら、【庭】にやってくるそうだ。竜に関する収集物が大量にあり、他に流出させてしまうのはまずいと、かなり大変なことになっているらしいが。

エステルが羞恥《しゅうち》をおさめようとあれこれ考えていると、ふいにジークヴァルドが膝に座らせていたエステルをベンチに下ろし、おもむろに立ち上がった。

「マティアスに抗議をしてこよう。こんなに危険なものとは知らなかった」

「危険？　いえ、危険じゃないです。わたしがちょっと緊張しすぎてしまっただけで、マティアス様は全然悪くないですから！　もう一度してみれば大丈夫だってわかります!!」

とんでもないことを口にしているとは考えもせずに、慌ててジークヴァルドの腕を掴《つか》んだその拍子に、カシャン、と何か硬い物が東屋の石床に落ちる。何が落ちたのか気づいたエステルが拾い上げようとするよりも早く、ジークヴァルドがそれを拾ってくれた。

「これは……」

ぐっとジークヴァルドの眉間に皺が寄る。

親指の先ほどの紅玉石に似た石があしらわれた首飾りだった。繊細な銀細工が縁を彩り、小さくても華やかだ。

「アルベルティーナ様から貰《もら》ったんです。わたしには必要ないかもしれないけれども、お守り代わりに鱗《うろこ》をあげる、と言われて。これ、温かいんですよ。ユリウスにも渡したみたいで……」

アルベルティーナが街での買い出しの際に注文してきたという、ちょっといい物、だ。

怒りの矛先を逸《そ》らそうと、必死で言い募っていると、ジークヴァルドがどんどんと眉間の皺を深めた。いくらアルベルティーナの物だとはいえ、他の竜の鱗を持っていては何か不都合なことが出てくるのだろうか。

不安になって、おそるおそる尋ねる。

「あの……、貰ったら駄目でしたか？」

「……いや、【庭】に帰っても、お前の保護者に監視されているようだな、と思っただけだ」

「監視……」

確かに、ジークヴァルドにとってはそうかもしれない。持っていったら失礼だろうか。首飾りを眺めて考え込んでいると、ジークヴァルドが嘆息した。

「だがお前にとっては大切な物なのだろう。持って行ってもかまわない」

許可しつつも盛大な溜息《ためいき》をつくジークヴァルドに、徐々に目を見張ったエステルは満面の笑みを浮かべた。やっぱりジークヴァルドは寛容で、とても優しい。

「ありがとうございます！　……あ、でもいくら大切な物でも、一番大切な物はジークヴァルド様から貰ったこの耳飾りですから。これは絶対に譲れません」

ジークヴァルド以上に綺麗《きれい》な竜はいないと思うのと同じだ。

断言するエステルに虚をつかれたような表情をしていたジークヴァルドが、ふいにくすりと笑った。

「どうして笑うんですか。わたしは真剣に――」

「いや、お前を笑ったのではない。早く夏にならないものかと思った自分がおかしくなっただけだ。――俺が何かを待ち遠しく思うようになるとはな」

さらに苦笑したジークヴァルドに、エステルは「夏」の意味を理解するなり、思わず目を伏せた。

夏——竜騎士の選定の後には、番の誓いの儀式が控えている。

妙にそわそわとしてしまい、少し気恥ずかしく思いながらもその胸に身を寄せた。

「……わ、わたしも夏が楽しみです」

同じ思いだと伝えたくて、ほのかな笑みを浮かべてジークヴァルドを見上げる。

竜の時にはとてつもなく強くて恐ろしい銀の竜は甘やかに微笑み返してくれたかと思うと、まるで壊れ物を扱うかのようにエステルを柔らかく抱きしめ、耳飾りで飾られたその耳元をくすぐるように撫でた。

閑話　弟の心、姉知らず

A pet daughter of the Kranz Dragon Knightas

「絶対にやめた方がいいと思う」

ユリウスは半眼になって姉を見据えたまま首を横に振った。

エドガーへの料理教室を終えてアルベルティーナたちが迎えに来るのを待つ間に、呆《あき》れたことにエステルが今度はお茶の淹《い》れ方を教える、とまた無謀なことを言い出したのだ。

「どうしてよ。それだけに集中して付きっ切りで教えれば、何日か経《た》てば飲めるものが出せるようになるわよ」

「……そうかもしれないけれどもさ」

「それならどうして反対するの？」

不思議そうに問い返してくるエステルに、ユリウスはちらりとその背後に佇《たたず》むジークヴァルドが無表情にこちらを見据えてくるのに、唇を引き結んだ。

(反対するに決まっているよ！　ジークヴァルド様が妬《や》くに決まっているじゃないか)

最近のジークヴァルド様は食べるとなると好き嫌いなく何でも残さず食べてくれるから、作り甲斐《がい》がある、と姉は嬉《うれ》しそうに言っていたが、絶対にそれは違う。

エステルの作った物を残せば、セバスティアンが欲しがるからだ。それが気に入らないのだろう。涼しい顔をしているが、ジークヴァルドは存外嫉妬《しっと》深い。

(そんな嫉妬深い竜が、人間の男に付きっ切りで教えるのをよく思うわけがないじゃないか。それも一回きり、じゃなくて毎日、だなんて……。いい加減、自分がどんなに溺愛《できあい》されているのか自覚してほしいよ)

おそらく今回と同じく、ユリウスにお茶の淹れ方教室の監視をしろと言ってくるに決まっている。面倒だというよりも、ジークヴァルドの不機嫌さが増して威圧感がとんでもなくなるので、乗り物と化しているセバスティアンが乗せるのを嫌がるのだ。できれば断りたい。

「何も言わないなら、反対する理由はないわよね？」

黙ったままのユリウスにしびれを切らしたエステルが確認するように言い募ってくる。その後ろのジークヴァルドが不満げな雰囲気を漂わせているのに、姉は気づいていないのだろうか。

(気づいていないんだろうな。鈍感だから)

それはそれは大切に育てられたクランツ家の箱入り令嬢だ。世間知らずで、考えが甘い。周囲のことがあまり見えておらず、興味を示すのは絵と竜のことばかり。明るいといえば聞こえはいいが、基本的には能天気だ。両親もユリウスも誘拐事件の後ろめたさから過保護に扱いすぎた結果、こういう性格になったのだというのは否定できない。

(でも、高所恐怖症なのに竜騎士になったのは、ちょっとすごいとは思うけれどもさ。しかも竜の番《つがい》になるって決めるし。鈍感で向こう見ずだからそういう決断ができたのかもしれないけど)

人間の男性に嫁ぐよりもある意味いいのかもしれないが、ただ、アルベルティーナと同様に納得できないことは納得できないのだ。

「ジークヴァルド様は許可してくれたの？」

「もちろん許可をしてくれたわよ。ちょっと味見をさせてくれるのならかまわないって」

「………へえ、そうなんだ。それならいいんじゃないの」

エステルが関わるのなら、それがたとえ竜でも腹を壊す劇物料理を作る竜騎士の茶を飲めるというのだろうか。

唇の端をひくつかせながらユリウスが同意すると、喜びの声を上げたエステルはウルリーカに報告をしてくると、表の庭の方へ戻って行ってしまった。その後を当然のようについて行くジークヴァルドの姿に、ユリウスの隣でぼけっと成り行きを見守っていたセバスティアンが、どこか感慨深げに呟《つぶや》く。

「やっぱりジークって丸くなったよね。ガッチガチの氷の塊だったのが、固い雪玉みたいになった気がする。刺々《とげとげ》しかったのをエステルがせっせと削って溶かしちゃったのかな」

「本当にそうなら、そのうち全部溶けそうですよね」

氷の塊が全て溶けきってしまったら、一体そこから何が出てくるのかと思うと恐ろしいが。

氷の竜を溶かすのが人間の娘だなど、どこの使い古されたおとぎ話だ、と辟易《へきえき》としつつもなぜか誇らしげな気持ちになったのを隠すように、ユリウスは肩をすくめて小さく笑った。

あとがき

こんにちは、紫月です。ありがたいことに高所恐怖症の箱入り令嬢のお話が、作者初の三巻目となりました！　これも読者様のおかげです。

今回あとがきが一ページなので、一言。竜の番と新キャラの竜騎士とのやりとりを書くのが予想外に楽しかったです。あと、感謝をこめまして、弟のユリウス視点の閑話をつけました。世話焼きで苦労性の弟の視点を楽しんでもらえればと思います。

そして今回の椎名先生のイラストもすごく素敵です！　ジークヴァルドの別衣装はまた違った印象で、エステル同様に惚れ惚れとしてしまいました。レオン叔父様の初イラストも必見です。いつも想像より何倍もの美麗なイラストを描いていただきまして、椎名先生には感謝しかありません。ありがとうございます。

紙面が尽きてきましたので、謝辞を。いつも固まった視点を広げてくれる担当様、及びこの作品を製作するにあたってご尽力いただきました方々に、お礼申し上げます。

読者様の貴重なお時間に、少しでも楽しんでいただけると嬉しいです。それでは、またお目にかかれることを願いつつ。

紫月恵里

IRIS
ICHIJINSHA

クランツ竜騎士家《りゅうきしけ》の箱入《はこい》り令嬢《れいじょう》3
箱《はこ》から出《で》たのに竜《りゅう》に呼《よ》び戻《もど》されそうです

2021年10月1日　初版発行

著　者■紫月恵里

発行者■野内雅宏

発行所■株式会社一迅社
〒160-0022
東京都新宿区新宿3-1-13
京王新宿追分ビル5F
電話03-5312-7432（編集）
電話03-5312-6150（販売）

発売元：株式会社講談社
（講談社・一迅社）

印刷所・製本■大日本印刷株式会社

DTP■株式会社三協美術

装　幀■AFTERGLOW

ISBN978-4-7580-9398-9

この本を読んでのご意見
ご感想などをお寄せください。

おたよりの宛て先

〒160-0022
東京都新宿区新宿3-1-13
京王新宿追分ビル5F
株式会社一迅社　ノベル編集部
紫月恵里《しづきえり》 先生・椎名咲月《しいなさつき》 先生